BASTEI
LÜBBE

WOLFGANG HOHLBEIN

VICENTE SEGRELLES

EL MERCENARIO

DIE FORMEL DES TODES

Fantasy-Roman

BASTEI LÜBBE

BASTEI-LÜBBE-TASCHENBUCH
Band 20 191

Erste Auflage:
Oktober 1992

Lektorat: Reinhard Rohn
Titelillustration:
Vicente Segrelles
Umschlaggestaltung:
Quadro Grafik, Bensberg
Satz: KCS GmbH,
2110 Buchholz/Hamburg
Druck und Verarbeitung:
Brodard & Taupin, La Flèche,
Frankreich
Printed in France

ISBN 3-404-20191-4

Der Preis dieses Bandes
versteht sich einschließlich der
gesetzlichen Mehrwertsteuer.

PROLOG

Durch Abgründe des Weltraums und der Zeit von uns getrennt, dämmert in seinen ewigen Nebeln der Planet Zomar dahin. Zomar – wo die Krieger auf gewaltigen Flugdrachen in den Kampf reiten. Zomar – wo Menschen nur auf den höchsten Gipfeln einer endlosen Felswüste leben können, hinter jedem Bergrücken ein neues Geheimnis wartet und jede Reise ins Ungewisse führt. Zomar – wo ein Mann nur durch Mut und einen starken Schwertarm bestehen kann. Doch auch auf Zomar steht die Zeit nicht still. Mächtige Zauberforscher, die Alchimisten, spinnen ein Netz aus Magie und Wissenschaft, um Zomar zu beherrschen.
Einer von ihnen ist der Weise Klostos.

1

Der Helm hatte die Form eines alten Topfes, er war aber vom Waffenhändler als das Beste vom Besten angepriesen worden. Doch Mercenario schüttelte rasch den Kopf, nachdem er den Helm ausprobiert hatte.

»Also dieser Helm ist nichts für mich«, sagte er hastig, wobei er sich Mühe gab, möglichst mißbilligend zu klingen und die strafenden Blicke des Händlers zu ignorieren.

»Das Sichtfeld ist zu klein«, fuhr er fort. »Man kann im Kampf nicht zur Seite blicken. Das kann einem im entscheidenden Moment das Leben kosten.«

Mit einer Miene mißbilligenden Bedauerns reichte er dem Händler seinen Helm zurück, hob mit einem Seufzen die Schultern und sah sich im Halbdunkel des Ladens um. Es war der dritte Waffenschmied, den er an diesem Tag aufsuchte, und wahrscheinlich würde es nicht der letzte sein. Was nicht einmal unbedingt daran lag, daß die Waffenhändler von Harumal besonders schlecht sortiert gewesen wären oder Mercenario besonders anspruchsvoll. Ganz im Gegenteil: Harumal war weithin im Lande berühmt für die Kunst seiner Waffenschmiede, und Mercenario war nicht besonders anspruchsvoll; jedenfalls im Moment nicht. Mit nichts in der Tasche außer einer Handvoll Münzen, die kaum ausreichten, für eine Woche Unterkunft und Essen zu bezahlen, konnte man auch nicht sehr anspruchsvoll sein.

Mercenario war kurz gesagt völlig pleite. Es war jetzt ein gutes halbes Jahr her, seit er und Saidas Schwestern Carvas Festung in Schutt und Asche gelegt und seine Sklaven befreit hatten, und diese ganzen sechs Monate hindurch war ihm das Glück so treu geblieben wie eine häßliche Ehefrau mit zwölf Kindern. Dabei hatte alles so gut angefangen. Er hatte die fliegende Stadt hundert Meilen westlich von Harumal verlassen, ausgeruht und kräftig wie schon lange nicht mehr und überzeugt, bald einen neuen Auftrag zu finden und somit das Geld, das nötig war, sich eine gute Ausrüstung und vor allem einen neuen Drachen zu beschaffen. Wozu aber außer Geld auch eine gehörige Portion Glück gehörte. Aber Mercenario hatte nie an seinem Glück gezweifelt, und bisher war es ihm auch stets treu geblieben. Und die Zeiten auf Zomar waren schlecht – was nichts anderes bedeutete, als daß sie für Söldner *gut* waren.

Überall im Lande herrschte Krieg. So war es eigentlich gar keine Frage, daß ein junger, kräftiger Söldner wie er binnen kurzer Zeit einen lukrativen Auftrag finden würde.

Das heißt, eigentlich sollte es so sein, aber die Wirklichkeit sah leider anders aus.

Wohin er auch kam, bestand entweder kein Bedarf an Söldnern, oder es war gerade ein Kontrakt mit einem anderen Söldner geschlossen worden. Es war wie verhext. Mercenario war bei einem Dutzend Grafen, Baronen, Königen oder auch nur selbsternannten Herrschern vorstellig geworden, aber alles, was er bekommen hatte, war eine Mahlzeit und ein Schlafplatz für eine Nacht. Manchmal nicht einmal das.

Er verscheuchte den Gedanken und begann

unschlüssig in dem halbdunklen, bis in den letzten Winkel mit Waffen, Rüstungen und Kleidern vollgestopften Laden auf und ab zu gehen, zumal der Händler mittlerweile immer finsterere Blicke in seine Richtung warf. Was daran liegen mochte, daß er vergeblich versuchte, die Seiten des Helmes wieder geradezubiegen, den Mercenario ganz aus Versehen ruiniert hatte. Nicht, daß das Mercenario irgendwie leid tat – er war sicher, daß sich der Bursche spätestens an seinem nächsten Kunden schadlos halten würde. Die Waffenhändler waren allesamt Halsabschneider.

Er wollte schon aufgeben, als sein Blick an einer Rüstung hängenblieb, die im hintersten Winkel des Ladens aufgestellt worden war, so daß sie verborgen wie ein stummer Wächter in den Schatten dastand. Mercenario dachte flüchtig daran, daß es eigentlich keinen Sinn machte, denn obwohl er die Rüstung nur unscharf erkennen konnte, sah er trotzdem sofort, daß es sich um ein wahres Prachtstück handelte: groß, schwer und wuchtig, aber alles nicht auf die Art, die einen Mann im Kampf behindern würde. Tatsächlich hatte er bisher selten eine solch prächtige Rüstung zu Gesicht bekommen. Warum versteckte der Händler sie im hintersten Winkel seines Ladens? Sie allein mußte mehr wert sein als der ganze andere Plunder zusammen.

Er kannte die Antwort. Trotzdem fragte er: »Diese weiße Rüstung. *Das* ist ein wahres Kunstwerk. Ist sie zu verkaufen?«

Der Händler hörte auf, an seinem demolierten Helm herumzubiegen, und maß Mercenario mit Blicken, die ihm an einem anderen Ort und unter anderen Umständen eine gehörige Tracht Prügel eingebracht hätten. »Ja«, sagte er schließlich. Nach einer Sekunde fügte er hinzu: »Aber nicht an Euch.«

»Wieso?« fragte Mercenario. Er gab sich Mühe, möglichst ruhig zu wirken, aber es schien ihm nicht richtig zu gelingen. Zumindest blickte ihn der Waffenschmied mit einem Ausdruck plötzlichen Erschreckens an und beeilte sich hinzuzufügen: »Das ist das beste Stück in meinem Laden, Ihr versteht?«

»Sicher«, sagte Mercenario ruhig, »deshalb frage ich ja danach.«

»So ein Prachtstück ist leider sehr teuer«, fuhr der Händler fort. »Ich fürchte, es wird Eure Mittel übersteigen.«

Mercenario sah ihn durchdringend an, und der Mann schien plötzlich nicht mehr genau zu wissen, was er mit seinen Händen anfangen sollte. »Eigentlich ist sie sogar unverkäuflich«, fuhr er nervös fort, »sie stammt von einem berühmten Waffenschmied aus dem Osten. Ich habe sie jetzt schon so lange, daß ich gar nicht mehr weiß, ob ich sie überhaupt noch abgeben will. Aber ich habe vielleicht etwas anderes, nicht ganz so schön, aber sehr preiswert. Wer weiß, vielleicht können wir ein Geschäft machen.« Er zögerte einen kurzen Moment. »Ich brauche einen Mann, der mir zur Hand geht. Hättet Ihr Interesse? Sagen wir, ein halbes Jahr Arbeit, Essen und Unterkunft, und danach dürft Ihr Euch eine neue Ausrüstung zusammenstellen.«

Mercenario wußte im ersten Augenblick nicht, ob er lachen oder wütend werden sollte. Er sollte bei einem *Krämer* arbeiten? War der Kerl verrückt geworden, oder machte er sich über ihn lustig?

Sein Gegenüber schien Mercenarios Gedanken zu erahnen, denn sein Lächeln geriet plötzlich vollends zur Grimasse, und er wurde immer nervöser.

»Ich ...«, stammelte er, verlor den Faden und schien plötzlich nicht mehr zu wissen, wohin er seinen Blick lenken sollte. Der Helm entglitt seinen Fingern, und für eine Sekunde trat ein Ausdruck von Pein in seine Augen, den er mit solcher Verbissenheit zu unterdrücken versuchte, daß nun Mercenario alle Mühe hatte, sich zu beherrschen – und nicht vor Lachen laut herauszuplatzen.

»Verzeiht, wenn ich Euch zu nahe getreten bin, Herr«, fuhr der Händler stammelnd fort. »Es war nur ... nun ja, es ist nicht leicht, die richtigen Worte zu finden, Ihr versteht?«

Nein – Mercenario verstand nicht so ganz, was er meinte. Aber der arme Bursche hatte für den Moment genug Angst ausgestanden. So freundlich, wie es ihm nur möglich war, fragte er: »Was bringt Euch auf die Idee, daß ich kein Geld habe, um die Rüstung zu bezahlen?«

Wieder flackerte es unsicher im Blick des Händlers. Mercenario konnte sehen, wie es hinter seiner Stirn arbeitete.

»Hier kommen viele herein«, sagte der Händler schließlich. »Ich stehe jahraus, jahrein hier und sehe Männer gehen und kommen. Man bekommt einen Blick für gewisse Dinge, wenn man ihn lange genug schärft.«

»Wie zum Beispiel für die Seriosität eines Kunden?« erkundigte sich Mercenario.

Der Händler dachte einen Augenblick mit sichtlicher Anstrengung über diesen Satz nach, dann zuckte er mit den Schultern und fuhr mit einer Kopfbewegung in Mercenarios Richtung fort: »Ihr seid ein Krieger, Herr. Das sieht man sofort. Eure ganze Art, Euch zu bewegen und zu geben, zeigt das deutlich. Aber Ihr habt schon bessere Zeiten erlebt, nicht wahr? Eure Kleider sind abgerissen, und Ihr wirkt erschöpft. Da ist etwas in Eurem Blick, eine Art von Enttäuschung, die an Zorn grenzt. Eure Schuhe sind zerrissen, und man sieht, daß Ihr in den letzten Wochen viel zu Fuß gelaufen seid. Söldner gehen nicht zu Fuß, wenn es sich vermeiden läßt.«

Mercenario starrte den kleinwüchsigen Händler mit offenem Mund an. Die Beobachtungsgabe des Mannes war verblüffend. »Du hast recht«, sagte er überrascht. »Ich hatte ein paar schlechte Monate. Aber ich wußte nicht, daß man das so deutlich sieht.«

Der Mann seufzte. »Ihr seid nicht der einzige, dem es so ergeht«, sagte er. »Die Zeiten *sind* schlecht, nicht nur für Drachenreiter. Irgend etwas geht vor im Lande. Nichts Gutes, wie mir scheint.«

»Wie meinst du das?«

Der Gesichtsausdruck des Händlers änderte sich plötzlich, fast als bedauere er es, überhaupt mit diesem Thema angefangen zu haben. »Es ist . . . nichts Konkretes«, sagte er ausweichend. »Aber man hört so dies und das. Die Leute sind unruhig. Es heißt, große Dinge werfen ihre Schatten voraus, und wenn das stimmt, dann liegt ein *gewaltiger* Schatten über Harumal. Und nicht nur über dieser Stadt.«

Mercenario sah den Mann einen weiteren Moment durchdringend an, aber er stellte keine Frage mehr. Aus irgendeinem Grund war es dem Händler unangenehm, das spürte er ganz deutlich. Und es war nicht das erste Mal, daß er diesen Eindruck hatte. Etwas ging vor in dieser Stadt, in diesem Land, vielleicht auf ganz Zomar. Etwas, über das die Leute nicht redeten, das sie aber spürten.

Er verjagte auch diesen Gedanken und wandte sich wieder der Rüstung zu. Es war *wirklich* ein

Prachtstück. »Wie wäre es, wenn ich jetzt einen Teil bezahle und den Rest, wenn ich einen lukrativen Auftrag bekommen habe und ...«

»... getötet worden bin?« unterbrach ihn der Händler. Ein verlegenes, zugleich aber auch sehr entschlossenes Lächeln huschte über seine Züge. »Nehmt es mir nicht übel, Herr. Es ist nicht so, daß ich an Eurem Wort zweifle oder Eurer Ehrlichkeit – aber wer gibt schon einem Söldner Kredit? Sicher kommt Ihr zurück, um Eure Schuld zu bezahlen, daran zweifle ich keinen Augenblick. Aber nur, wenn Ihr es noch könnt, nicht wahr? Wenn Ihr erschlagen werdet, zahlt keiner Eure Rechnung. Ich fürchte, das kann ich mir nicht leisten.«

Mercenario seufzte. »Einen Versuch war es wert, nicht wahr?«

»Sicher. Und schaut Euch nur ruhig weiter im Laden um. Vielleicht findet Ihr ja etwas Passendes – sowohl für Eure Statur als auch für Euren Geldbeutel.«

Mercenario lachte, und nachdem der Händler der Höflichkeit und seiner eigenen Feigheit Genüge getan hatte, ließ er ihn allein und verschwand, um sich irgendwo im vorderen Teil des Ladens lautstark rumorend zu schaffen zu machen. Mercenario maß die Rüstung mit einem letzten, fast wehmütigen Blick. Sie war wirklich schön. Er hatte so etwas noch nie gesehen.

»Sag«, rief er, ohne sich zu dem Händler umzudrehen, »wäre es möglich, daß du sie mir reservierst? Für drei Monate? Ich leiste eine Anzahlung, und wenn ich nicht komme, um den Rest zu bringen, kannst du das Geld und die Rüstung behalten.«

»Seid Ihr sicher, daß das eine gute Idee ist?«

Die Stimme gehörte nicht dem Waffenhändler.

Mercenario fuhr auf dem Absatz herum und erblickte einen Schatten, der nur wenige Schritte hinter ihm stand. Der Mann war so lautlos herangekommen, daß Mercenario es nicht einmal bemerkt hatte – und das war sehr ungewöhnlich. Bisher war er stets der Meinung gewesen, daß es niemand schaffte, sich an ihn anzuschleichen. Entweder hatte der Mann das Geschick einer Katze, oder seine Aufmerksamkeit begann nachzulassen. Mercenario wußte nicht, welcher Erklärung er den Vorzug geben sollte. Keine von beiden gefiel ihm besonders.

Ein halblautes Lachen erscholl. Der andere Mann hatte seine Verblüffung bemerkt und amüsierte sich offensichtlich darüber. Mercenario konnte sein Gesicht nicht erkennen, denn es lag im Schatten verborgen. Dieses Lachen gefiel ihm nicht. Und irgend etwas sagte ihm, daß er diese Stimme *kannte*. Er wußte nicht woher, aber es war keine gute Erinnerung.

»Wer seid Ihr?« fragte er.

Der Fremde antwortete nicht auf seine Frage, aber er kam einen Schritt näher, so daß sein Gesicht ins Licht kam. Ja, Mercenario *hatte* es schon einmal gesehen. Er wußte noch immer nicht, wann und wo, doch es war noch nicht sehr lange her.

»Ich meine – der Mann hat recht. Niemand, der seine fünf Sinne beisammen hat, gibt einem Söldner Kredit. Aber umgekehrt sollte auch niemand einem Händler Geld anvertrauen, ohne die Ware bekommen zu haben. Glaubt mir, El Mercenario, ich spreche aus Erfahrung.«

»Ihr kennt meinen Namen?« fragte Mercenario erstaunt. »Wir sind uns schon einmal begegnet, nicht wahr?«

Der Alte trat noch einen Schritt näher und maß

Mercenario mit einem langen, abschätzenden Blick, ehe er antwortete. »Das sind wir. Es ist noch nicht lange her. Verzeiht mir, daß ich mich einfach so in Eure Angelegenheiten mische. Ich weiß, es gehört sich nicht. Aber ich kam nicht umhin, Euer Gespräch zu belauschen. Gestattet mir, daß ich mich vorstelle. Ich bin Klostos, der Alchimist.«

Mercenario sagte dieser Name rein gar nichts. Aber er sah aus den Augenwinkeln, wie der Händler, der ohnehin nur so getan hatte, als wäre er emsig mit irgend etwas beschäftigt, von seiner vorgegebenen Tätigkeit aufsah und Klostos aus weit aufgerissenen Augen anstarrte.

»Der große Klostos?« hauchte er. »Welche Ehre! Ihr in meinem Geschäft!«

Klostos verdrehte die Augen, sagte aber nichts, sondern fixierte Mercenario weiter auf diese abschätzende Art und Weise.

Und dann wußte Mercenario plötzlich, woher er den Alten kannte. Es war tatsächlich noch nicht lange her. Und es war tatsächlich kein *guter* Anlaß gewesen.

Ohne, daß er etwas dagegen tun konnte, wich er einen Schritt vor Klostos zurück und senkte die Hand zum Gürtel, dorthin, wo sein Schwert gehangen hätte, hätte er eines besessen. Aber er hatte die Waffe vor einer Woche gegen eine Mahlzeit und eine Passage auf einer Fähre eingetauscht; ein weiteres schlechtes Geschäft in einer ganzen Kette schlechter Geschäfte, die zu machen er gezwungen gewesen war.

Klostos lächelte dünn. »Ich sehe, Ihr erinnert Euch, wo wir uns getroffen haben.«

»Ihr gehört zu Carva«, sagte Mercenario düster. »Was wollt Ihr? Habt Ihr mich gesucht, um Euch an mir zu rächen?«

»Rächen?« Klostos lachte. »Wo denkt Ihr hin? Glaubt Ihr, ich nehme Euch übel, was Ihr mit Carva gemacht habt?«

»Ihr wart in seiner Burg«, antwortete Mercenario. Er erinnerte sich jetzt ganz deutlich. Er hatte den Alchimisten in Carvas Festung gesehen, an jenem Tag, als er dessen Frau zurückgebracht und anschließend auf so schändliche Weise dafür belohnt worden war. Er war ihm im gläsernen Dom des selbsternannten Herrschers begegnet und später noch einmal auf dessen Fest.

»Ihr doch auch, nicht wahr?« erwiderte Klostos ruhig. »Seid Ihr deshalb sein Freund?« Er schüttelte den Kopf, um seine eigene Frage zu beantworten, dann fuhr er fort: »Seht Ihr? Ich gebe zu, ich habe das eine oder andere Geschäft mit Carva gemacht, aber das ist auch schon alles. Im Grunde wurde es Zeit, daß ihm jemand das Handwerk legt. Er war ein Betrüger und Mörder und ein durch und durch schlechter Mensch. Außerdem ein Dummkopf. Ich hasse Dummköpfe.«

»Deshalb macht Ihr auch Geschäfte mit ihnen, wie?« sagte Mercenario – eigentlich nur, um überhaupt zu antworten. Klostos verwirrte ihn über die Maßen.

»Selbstverständlich«, antwortete Klostos ruhig. »Männer wie Carva sind so leicht zu beeinflussen. Niemand ist einfacher zu betrügen als ein Betrüger, müßt Ihr wissen. Nein – ich trage Euch nicht nach, was Ihr mit Carva getan habt. Er hat es verdient. Vielleicht hättet Ihr die Kuppel nicht zerstören sollen. Sie war einmalig. Zomar ist arm an solchen Wundern.«

»Was wollt Ihr?« fragte Mercenario offen heraus. Klostos war nicht hier, um Konversation zu machen. Er war nicht einmal *zufällig* hier.

Der Söldner bekam allerdings immer noch keine direkte Antwort. Klostos ging an ihm vorbei und musterte die weiße Rüstung, die Mercenario so bewundert hatte, seinerseits mit anerkennenden Blicken. »Wahrlich ein schönes Stück«, sagte er. »Ich kann verstehen, daß Ihr sie begehrt. Ich persönlich bin ein Mann des Friedens, den Waffen nie interessierten, aber ich erkenne eine gute Arbeit, wenn ich sie sehe. Ihr wollt sie haben?«

»Warum fragt Ihr mich das?« fragte Mercenario mißtrauisch.

»Vielleicht... gäbe es einen Weg«, antwortete Klostos in nachdenklichem Ton. Er sah Mercenario an. »Ihr seid auf der Suche nach Arbeit, wie ich gehört habe. Ich meinerseits bin auf der Suche nach einem Mann, der mich auf einer Reise begleitet. Möglicherweise kommen wir ins Geschäft. Was haltet Ihr davon? Ihr begleitet mich auf meiner Reise, und ich kaufe Euch dafür diese Rüstung. Zudem zahle ich Euch den üblichen Tageslohn.«

Das Angebot war so verlockend, daß es einfach einen Haken geben *mußte*, dachte Mercenario. Mißtrauisch sah er den Alten an, dann glitt sein Blick zur Rüstung und schließlich wieder zu Klostos. »Diese Rüstung nur für eine Reise?« fragte er. »Das ist ein fürstlicher Lohn.« Klostos hatte nicht einmal gefragt, was die Rüstung kostete.

»Seht das bitte nicht falsch«, antwortete Klostos mit einem verschmitzten Lächeln. »Ich verlange viel. Ihr sollt mit mir zur Großen Tiefe fliegen. Nur ein wirklich guter Drachenreiter kann das schaffen, und Ihr, Mercenario, seid ein guter Flieger. Man erzählt sich, daß Euch niemand gleichkommt, wenn Ihr auf dem Rücken eines Drachen sitzt. Außerdem habe ich gehört, daß Ihr eine gewisse Erfahrung in solchen

Dingen habt. Dieser Flug wird Euch noch berühmter machen, als Ihr schon seid.«

»Die Große Tiefe?« Mercenario zog verblüfft die Brauen zusammen. Plötzlich erschien ihm Klostos' Angebot gar nicht mehr so großzügig. »Ihr wißt, was Ihr da sagt? Ich meine: Mein Ruhm nutzt mir wenig, wenn ich tot bin. Zur Großen Tiefe führt nur ein einziger Weg. Man muß durch das Labyrinth der Eiswinde. Drachen können dort nur niedrig fliegen, und es wimmelt von Ungeheuern.«

»Ich sehe, Ihr kennt Euch aus«, bestätigte Klostos ungerührt. »Mit den Ungeheuern habt Ihr recht. Aber ich war schon dort, und wie Ihr seht, lebe ich noch. Ich brauche einen Krieger, der sowohl einen Drachen lenken kann als auch kämpfen. Was habt Ihr erwartet? Ich habe nichts zu verschenken.«

Mercenario schwieg einige Sekunden. Die Große Tiefe ... Der Gedanke erschreckte ihn, aber er hatte zugleich auch etwas Verlockendes. Außerdem war er kaum in der Position, sich seine Aufträge aussuchen zu können.

»Ich habe keinen Drachen«, sagte er.

»Ich weiß. Wir nehmen mein Tier. Nun?«

Mercenario seufzte. »Ich sollte *nein* sagen«, antwortete er. »Vor allem nach dem, was Ihr selbst mir gerade über gute Geschäfte erzählt habt, die man mit Dummköpfen macht. Ihr seid nicht zufällig gerade im Begriff, ein ganz besonders gutes Geschäft zu machen, oder?«

Klostos lachte.

Und damit war der Handel perfekt.

Sie wechselten noch ein paar belanglose Worte, und schon nach wenigen Augenblicken verabschiedete sich Klostos und ging. Mercenario sah dem sonderbaren Alten mit gemischten Gefühlen nach. Er verschwand rasch in der Menge, die die engen Gassen des Händlerviertels füllte, aber es war, als wäre... irgend etwas zurückgeblieben.

Sonderbarerweise schien er nicht einmal der einzige zu sein, der sich in Klostos' Nähe nicht sehr wohl fühlte. Auch der Waffenschmied zeigte deutliche Erleichterung, als der Alchimist sein Geschäft verließ, obwohl er vorher, als Klostos seinen prallgefüllten Beutel auf seine Theke legte, um die Rüstung zu bezahlen, vor lauter Bemühen, seinem Besucher zu Diensten zu sein, fast über seine eigenen Füße gestolpert wäre. Trotzdem atmete er auf, als Klostos ging.

»Was weißt du über ihn?« wandte sich Mercenario an den Waffenschmied.

»Klostos?« Der Waffenschmied hob die Schultern. Mercenario spürte, daß er diese Frage nicht gerne beantwortete. »Eigentlich nicht viel«, sagte er schließlich. »Aber im Grunde schon mehr, als ich wissen will.«

Mercenario sah ihn fragend an, und obwohl er nichts sagte, schien sich der Mann unter seinen Blicken genötigt zu fühlen, weiterzusprechen. »Ihr habt wirklich noch nie von Klostos, dem Weisen gehört?«

Mercenario verneinte. »Ich war... eine Weile fort«, antwortete er.

»Eigentlich weiß niemand genau, wer er ist«, begann der Waffenschmied. »Er... gehört wohl zu jenen Männern, von denen man nicht spricht, aber die jeder kennt, wenn Ihr versteht, was ich meine.«

Mercenario verstand sehr wohl, wovon der Mann sprach. Klostos schien etwas wie eine spürbare Kälte zu verbreiten, wie andere vielleicht einen unangenehmen Geruch. Aber statt darüber nachzudenken, was mit Klostos nicht stimmte, sollte er dem Himmel vielleicht lieber auf Knien dafür danken, dem Alchimisten über den Weg gelaufen zu sein. Wäre es anders gekommen, dann wäre er vielleicht in ein paar Tagen wieder hier gewesen, um zu fragen, ob die Stelle als Hilfskraft noch zu haben sei ... »Wollt Ihr die Rüstung gleich mitnehmen, oder soll ich sie Euch ins Gasthaus schicken?« frage der Händler. Seine Stimme klang bedauernd.

»Wart Ihr mit dem Preis nicht zufrieden?« fragte Mercenario.

Ein hastiges Kopfschütteln folgte. »Niemand feilscht mit Klostos über den Preis einer Ware«, sagte der Händler. »Aber das ist es nicht. Klostos ist für seine Großzügigkeit bekannt. Ich wollte sie gar nicht verkaufen, das ist die Wahrheit.« Er lächelte. Er sah ein wenig bitter aus. »Das ist der Grund, aus dem ich den Preis so hoch angesetzt habe. Ich dachte, niemand wäre bereit, ihn zu zahlen.« Er seufzte bedauern. »Ihr habt eine gute Wahl getroffen, Mercenario. Vielleicht wird Euch diese Rüstung eines Tages das Leben retten.«

»Das will ich hoffen«, antwortete Mercenario mit einem Lächeln. »Wenn nicht, komme ich als Geist zurück und bereite Euch schlaflose Nächte.« Er lachte, dann deutete er auf den Harnisch. »Ich denke, ich ziehe ihn gleich an. Je eher ich anfange, mich daran zu gewöhnen, desto besser.«

Der Waffenschmied sah wirklich ein wenig enttäuscht aus, aber er nahm die Rüstung gehorsam von der aus Holz, Stroh und Leinen gefertigten Puppe, auf der sie vermutlich ein halbes Menschenleben gehangen hatte, und half Mercenario sogar, sie anzulegen.

Die Rüstung hielt, was ihr Aussehen versprochen

hatte. Obwohl aus festem, gutem Eisen gefertigt, war sie doch sehr leicht, die einzelnen Teile gerade so stabil, wie sie sein mußten, um wirklich *Schutz* zu bieten. Außerdem ermöglichte sie ihrem Träger die größtmögliche Bewegungsfreiheit. Und das Gefühl nach Monaten, in denen er sich mehr und mehr wie ein Bettler vorgekommen war, endlich wieder die Kleider eines *Kriegers* zu tragen, erfüllte Mercenario obendrein mit Stolz und Freude.

Er bedankte sich bei dem Waffenschmied, doch als er den Laden verlassen wollte, rief ihn der Mann noch einmal zurück. In den Händen hielt er ein Schwert, das in einer fein gearbeiteten Scheide aus Leder und winzigen silbernen Pailletten steckte. »Nehmt diese Waffe hier, Herr«, sagte er. »Sie paßt besser zu der Rüstung als das Schwert, das Ihr tragt.«

Mercenario zog die Klinge ein Stück aus ihrer Umhüllung und musterte sie prüfend. Der Mann hatte nicht übertrieben, das Schwert, das an einem einfachen Ledergurt an der Rüstung befestigt gewesen war, war eine schwere, gute Klinge.

»Die Waffe ist phantastisch«, sagte er. »Aber du weißt, daß ich sie nicht bezahlen kann.«

»Sie gehört zu dieser Rüstung«, unterbrach ihn der Waffenschmied. »Sie sind wie zwei Teile eines Ganzen, die einzeln beide nicht viel wert sind. Es wäre eine Schande, sie auseinanderzureißen.« Er machte eine auffordernde Kopfbewegung. »Nehmt sie, Herr. Jeden anderen hätte ich vielleicht darum betrogen, aber ich glaube, Ihr seid dieser Klinge würdig. Wenn Ihr wollt, dann bezahlt mich dafür, wenn Ihr von Eurer Reise mit Klostos zurückkommt. *Falls* Ihr zurückkommt«, fügte er nach einem kurzen Zögern hinzu. Mercenario sah ihn halb nachdenklich, halb überrascht an. Die Worte des Mannes erfüllten ihn mit einem sanften Schrecken, vielleicht weil sie etwas in ihm anrührten, das bisher vergeblich versucht hatte, ihm eine Warnung zukommen zu lassen. Aber es war seltsam – er fragte den Händler nicht, wie seine Worte gemeint gewesen waren, sondern band sich schweigend das Schwert um und verließ das Geschäft.

2

Klostos und El Mercenario hatten sich geeinigt, noch vor Sonnenaufgang des nächsten Tages aufzubrechen. Der Weg zur Großen Tiefe war weit, und Klostos hatte es eilig; warum, hatte er Mercenario nicht im einzelnen erklärt – aber Mercenario hatte auch gar nicht danach gefragt. Ihr Gespräch hatte ja nicht mehr sehr lange gedauert – im Grund hatte es sogar sehr viel weniger Zeit in Anspruch genommen, als in einer solchen Situation zu erwarten gewesen wäre. Schließlich planten sie eine Reise, die sie nicht nur für Wochen zusammen, sondern womöglich auch in Situationen bringen mochte, in denen das Leben des einen in der Hand des anderen lag. Doch aus irgendeinem Grund war Mercenario fast froh gewesen, als Klostos sich schließlich unter einem Vorwand verabschiedete und ihm einen Zettel aushändigte, auf dem die Anschrift des Gasthauses notiert war, in dem der Alchimist wohnte. Mercenario sollte sich eine Stunde vor Sonnenaufgang am nächsten Morgen dort einfinden. Erst im nachhinein fiel ihm auf, daß Klostos den Zettel nicht in seiner Gegenwart geschrieben, sondern offenbar schon zuvor vorbereitet hatte, denn er hatte ihn aus einer der zahllosen Taschen seines Gewandes gezogen. Fast, als hätte er gewußt, daß er diesen Zettel brauchen würde. Dabei war ihr Zusammentreffen doch ein reiner Zufall gewesen – oder?

Mercenario jagte den Gedanken davon. Er verspürte einen leichten Ärger auf sich selbst. Was war nur mit ihm los? Statt dem Schicksal dafür dankbar zu sein, daß seine Pechsträhne endlich zu Ende zu sein schien, suchte er regelrecht nach Gründen, Klostos zu mißtrauen!

Er hatte das Gasthaus erreicht, in dem er die letzten Tage verbracht hatte; ein heruntergekommener Schuppen, der die Bezeichnung ›Gasthaus‹ kaum verdiente. Die windschiefe Bretterbude lehnte schräg wie ein gestrandetes Schiff an der Innenseite der Stadtmauer, die zugleich auch die rückwärtige Wand des gesamten Gebäudes bildete. Das Innere war düster und unangenehm. Es gab nur wenige, schmale Fenster, und die Luft roch nach abgestandenem Bier, kaltem Rauch und Erbrochenem. Auf dem Boden lag Stroh, das jedoch vor einem halben Jahr das letzte Mal ausgetauscht worden war.

Unter gewöhnlichen Umständen wäre dies ganz gewiß kein Ort gewesen, an dem sich Mercenario lange aufgehalten hätte. Leider jedoch gab es ein Gesetz in Harumal, das Herumtreiben und Hausieren (worunter die berüchtigte Stadtgarde auch das Übernachten unter freiem Himmel verstand) unter Strafe stellte, und zu allem Überfluß war Harumal nicht nur eine große, sondern auch eine *teure* Stadt. Mercenarios arg zusammengeschmolzene Barschaft reichte gerade aus, die Miete für dieses Loch zu decken.

Der Wirt paßte zu seinem Etablissement. Er war ein fetter, nahezu kahlköpfiger Kerl mit kurzen Stummelfingern und den tückischen Augen eines Wiesels, immer in Bewegung und immer auf der Suche nach Beute. Er gehörte zu jenen Menschen, die selbst dann noch auf eine unbestimmte Weise schmierig ausgesehen hätten, wenn sie gerade aus einem Badezuber voll heißem Wasser gestiegen wären.

Als Mercenario die Gaststube betrat, sah der Wirt desinteressiert auf, senkte wieder den Blick – und blickte eine Sekunde später mit weit aufgerissenen Augen noch einmal auf. Offensichtlich hatte er Mercenario in der schimmernden Rüstung beim ersten Mal gar nicht erkannt.

»Du?« sagte er überrascht.

»Wie du siehst.« Mercenario trat mit zwei raschen Schritten an die zerschrammte Theke heran und legte eine Handvoll kleiner Münzen auf den Tisch. Es war beinahe seine gesamte verbliebene Barschaft.

»Wein!«

Der Wirt strich die Münzen ein, ohne sich die Mühe zu machen, sie nachzuzählen. »Den billigen oder den guten?« fragte er. Eine Frage, die so überflüssig war, daß Mercenario sie überhaupt nicht zur Kenntnis nahm. Es gab nur eine einzige Sorte Wein in diesem Gasthaus. Der Unterschied im Preis beruhte allerhöchstens auf der Frage, wieviel Wasser hineingepanscht worden war.

»Du hast also einen Auftrag.« Der Wirt stellte einen Krug und einen verbeulten Becher vor Mercenario ab und maß die Rüstung mit einer Mischung aus Bewunderung und Gier. »Und einen ziemlich schwierigen dazu.«

»So?« fragte Mercenario. »Wie kommst du darauf?«

»Diese Rüstung muß sehr kostbar sein. Wer immer sie dir gegeben hat, hat gewiß gewichtige Gründe dafür.«

»Das hat er«, antwortete Mercenario. Er hatte wenig Lust, zu reden; schon gar nicht mit diesem Halsabschneider und Dieb, der sicherlich einzig und allein mit ihm sprach, weil er eine Gelegenheit witterte, ein

Geschäft zu machen oder ihn zu betrügen. Trotzdem sah er den Mann auf eine Weise an, die den Wirt wohl zum Weiterreden animierte, denn er fragte:

»Für wen arbeitest du?«

»Er ist ein Alchimist«, antwortete Mercenario, wobei er den Wirt aufmerksam im Auge behielt. »Sein Name ist Klostos, glaube ich. Kennst du ihn?«

Die Antwort lautete eindeutig ja, auch wenn der Wirt hastig den Kopf schüttelte. Mercenario las die Wahrheit in seinem Gesicht.

»Nein. Wer soll das sein?«

Mercenario zuckte mit den Schultern und trank einen Schluck von dem gepanschten Wein. »Ein verrückter alter Mann«, sagte er, »der eine Reise plant und ein starkes Schwert zu seinem Schutz braucht.«

»Für gewöhnlich mietet man sich in einem solchen Fall einen Mann, der ein Schwert besitzt«, antwortete der Wirt. »Man kauft ihm keines.« Er deutete mit einer Kopfbewegung auf die Klinge an Mercenarios Seite. »Das ist ein prachtvolles Stück, das Ihr da habt. Wollt Ihr es nicht verkaufen? Ich könnte Euch ein anderes dafür geben, ein gutes Schwert aus festem Stahl, auf das Ihr Euch verlassen könnt. Und eine hübsche Stange Geld dazu.«

War es Zufall, daß er vom plumpen ›du‹ plötzlich wieder zum ehrerbietigen ›Ihr‹ wechselte? War es das Geschäft, das er witterte, oder hatte er Mercenario in dieser Rüstung zum ersten Mal als das erkannt, was er wirklich war? »Bestimmt nicht«, antwortete Mercenario. Er trank einen weiteren Schluck Wein und stellte den Becher mit angewidertem Gesichtsausdruck zurück. »Ich hole meine Sachen. Du kannst den Rest selbst trinken oder auch ins Faß zurückkippen.«

Wahrscheinlich hätte er das sowieso getan, überlegte Mercenario, während er auf die schmale Treppe zuging, die ins obere Geschoß hinaufführte. Die altersschwache Konstruktion ächzte unter seinem Gewicht, und Mercenario zog den Kopf ein, um sich nicht an der schmalen Bodenklappe zu stoßen. Oben bewegte er sich geduckt weiter, denn der Dachboden war nur direkt unter dem First hoch genug, um zu stehen. Der Raum war noch düsterer als die Schenke und roch noch schlechter. Ein Dutzend schmieriger Lager aus Stroh bot Platz für ebensoviele Schläfer, die mutig oder verzweifelt genug waren, hier zu übernachten. Im Moment jedoch war Mercenario allein. Geduckt und halb blind in der staubigen Dämmerung ging er zu seinem Lager und nahm den Beutel mit seinen wenigen Habseligkeiten an sich. Im Grunde hätte er ihn auch hierlassen können, denn er enthielt absolut nichts von irgendwelchem Wert. Wäre es anders gewesen, wäre er zweifellos bereits in der allerersten Nacht bestohlen worden.

Mercenario ging zurück zur Treppe, blieb aber dann aus einem ihm selbst nicht ganz erfindlichen Grund stehen. Unten im Gastraum waren Stimmen zu hören. Die Schenke war, als er gekommen war, bis auf den Wirt leer gewesen.

Vorsichtig näherte er sich der Treppe, ließ sich dann in die Knie herabsinken und spähte in die Tiefe. In dem kleinen Ausschnitt des Raumes, den er von hier aus einsehen konnte, hielten sich drei Männer auf. Mercenario konnte ihre Gesichter nicht erkennen, denn sie waren alle drei in ein intensives Gespräch mit dem Wirt vertieft, aber sie trugen Rüstungen aus braunschwarzem Eisen, schwere Helme und Schwerter; einer hatte noch einen Bogen samt einem wohlgefüllten Köcher über die Schulter geworfen. Mercenario wußte nicht, wer diese fremden Krieger waren, aber sie stanken geradezu nach Ärger.

Er richtete sich wieder auf und wich rasch ein paar Schritte in die Dunkelheit des Dachbodens zurück. Es gab nur diesen einen Weg nach unten, doch nun erwies es sich als glücklicher Umstand, daß das Gebäude wenig mehr als eine Ruine war. Es kostete Mercenario nicht die geringste Mühe, einige der morschen Dachsparren zu lösen.

Aber leider war er nicht schnell genug. Die Treppe begann wieder unter schweren, eiligen Schritten zu erzittern, und als Mercenario sich hastig herumdrehte, blickte er in ein bärtiges Gesicht unter einem Helm, in dem nichts anderes als Entschlossenheit und Zorn, aber auch eine gehörige Portion Vorsicht zu lesen standen. Und für einen winzigen Moment glaubte er zu wissen, wo er diese Rüstungen, die trotz allem eine Art barbarischer Uniform zu ähneln schienen, schon einmal gesehen hatte. Vielleicht wären ihm eine Menge Gefahren und Schmerzen erspart geblieben, ja, vielleicht hätte sein ganzes weiteres Leben sogar einen völlig anderen Verlauf genommen, hätte er auch nur ein paar Sekunden mehr Zeit gehabt, über diese Frage nachzudenken. Leider hatte er sie nicht.

In den Händen des Kriegers erschien wie hingezaubert ein Bogen. Eine Pfeilspitze hob sich, während die Sehne bereits durchgezogen wurde, und deutete plötzlich auf Mercenarios Gesicht, und hätte er versucht, dem Geschoß auszuweichen, so wäre es zweifellos um ihn geschehen gewesen, denn damit rechnete der Mann. Bei der kurzen Distanz, aus der er auf ihn anlegte, hätte der Pfeil vielleicht sogar seine Rüstung durchschlagen.

Doch Mercenario sprang direkt auf ihn zu. Im letzten Moment jedoch sank er zurück, so daß er stürzte und dem Pfeil knapp entging. Er fiel auf den Rücken, aber der Schwung seiner Bewegung trug ihn weiter, so daß er schnell auf die Klappe im Boden zuschlitterte. Gleichzeitig zog er die Knie an den Körper, streckte die Beine dann ruckartig wieder aus.

Seine Füße landeten im Gesicht des Mannes, der gerade hastig versuchte, ein zweites Geschoß auf die Sehne zu legen. Pfeil, Bogen und der schwarze Helm flogen davon, und der Krieger stieß einen gurgelnden Schrei aus und stürzte rücklings die Treppe hinab. Dem Gebrüll und dem polternden Lärm nach zu schließen, mußte er dabei wohl gegen seine Kameraden geprallt sein und sie mit sich in die Tiefe gerissen haben.

Mercenario nahm sich nicht die Zeit, nachzusehen. Mit einem Satz sprang er wieder hoch, packte die hölzerne Klappe und schmetterte sie zu. Sie hatte keinen Riegel und es gab auch sonst hier oben nichts, womit er sie blockieren konnte. Trotzdem würde sie die drei Krieger vielleicht den entscheidenden Moment lang aufhalten. Schließlich konnten sie nicht wissen, ob er nicht mit gezücktem Schwert auf sie lauerte.

Und mehr als einen Augenblick brauchte er nicht. Mit einem einzigen Satz war er wieder bei der Stelle im Dach, an der er begonnen hatte, ein Loch hineinzubrechen. Stroh- und Holzsplitter flogen davon. Schon nach wenigen Augenblicken hatte er das Loch genügend erweitert, um Kopf und Schultern hindurchzuquetschen. Seine Hände gruben sich in das Stroh des Daches und suchten nach einem Halt, der fest genug war, daß er sich völlig ins Freie ziehen konnte. Es war der gefährlichste Moment seiner

Flucht, denn für ein paar Augenblicke war er vollkommen hilflos. Leider geschah dann genau das, was am allerwenigsten hätte geschehen dürfen: Mercenario hörte, wie die Bodenklappe mit einem Knall aufgesprengt wurde und schwere, sehr eilige Schritte näher kamen. Verzweifelt riß er all seine Kraft zusammen, um sich noch rascher ins Freie zu ziehen. Beinahe wäre es ihm sogar gelungen. Er dachte tatsächlich schon, er *hätte* es geschafft, als sich eine Hand mit festem Griff um sein Fußgelenk schloß und ihn mit einem Ruck wieder auf den Dachboden zurückzerrte. Mercenario keuchte vor Anstrengung und Schmerz; er klammerte sich instinktiv fester an seinen Halt und ließ dann plötzlich los, als ein zweiter Ruck durch sein Bein ging. Polternd stürzte er auf den Dachboden zurück, wobei er zwei der drei Krieger mit sich von den Füßen riß und unter sich begrub. Der dritte brachte sich mit einem hastigen Sprung in Sicherheit. Der Mann versuchte sein Schwert zu ziehen, aber seine Bewegungen waren langsam und umständlich. Er wirkte ein bißchen benommen, und selbst im Halbdunkel des Dachbodens konnte Mercenario sehen, daß sein Gesicht voller Blut war. Es war der Mann, den er von der Treppe gestoßen hatte.

Mercenario führte einen blitzschnellen Tritt gegen das Gesicht des Mannes. Er traf nicht gut, aber er traf, und der Mann taumelte, ließ sein Schwert fallen und schlug beide Hände gegen den Mund. Mercenario hieb dem zweiten, der hilflos unter ihm zappelte, den Ellbogen gegen die Kehle und rammte dem dritten das Knie in eine ganz besonders empfindliche Körperpartie. Dann sprang er mit einem Satz in die Höhe. Seine drei Gegner krümmten sich am Boden und waren jeder für sich vollauf wieder damit beschäftigt, das Atmen wieder zu lernen. Aber der Söldner machte sich nichts vor: Er hatte sie überrascht. Die drei hatten nur nicht mit einer so heftigen Gegenwehr gerechnet, aber letztendlich waren sie Krieger wie er. Wenn sie ihre Waffen zogen und ihn gemeinsam angriffen, dann sah die Sache anders aus.

Er wollte sich wieder zur Treppe drehen, doch in diesem Moment erklangen unten in der Schenke schon wieder die Schritte schwerer, eisenbeschlagener Stiefel, und Mercenario begriff, daß die drei keineswegs allein gekommen waren. Kurz entschlossen packte er einen der drei Krieger und warf ihn in die Tiefe, dann schmetterte er die Bodenklappe zum zweiten Mal zu. Diesmal *hatte* er *etwas*, um sie zu blockieren. Es kostete ihn einige Sekunden, die beiden Krieger mit ihren eigenen Gürteln zu fesseln und aneinander zu binden, aber ihr Gewicht würde die Klappe lange genug niederhalten, daß er diesmal wirklich Gelegenheit fand, auf das Dach hinaufzuklettern.

Als er nach den Rändern des Loches griff, begann die Klappe unter einer Reihe harter Schläge zu erzittern; einen Augenblick später bohrte sich eine rasiermesserscharfe Lanzenspitze durch das Holz, nur eine Winzigkeit vom Gesicht eines der Männer entfernt. Der Krieger begann in einer fremden Sprache, aber eindeutig hysterisch zu kreischen, und die Schläge verstummten. Mercenario schenkte ihm noch ein schadenfrohes Grinsen, dann zog er sich vollends auf das Dach hinauf und stand auf.

Er entging dem Pfeil, der auf sein Gesicht gezielt war, nur um Haaresbreite.

Fluchend wich er ein paar Schritte weit auf das Dach zurück und duckte sich. Unter ihm waren weitere Krieger in schwarzem Eisen aufgetaucht. Mindestens zwei weitere mochten sich im toten Winkel unter dem Dach aufhalten, den er nicht einsehen konnte. Verdammt, das war eine ganze Armee, die da Jagd auf ihn machte! Und er wußte nicht einmal, warum!

Ein zweiter Pfeil flog in seine Richtung, und nur einen Augenblick später wurde eine brennende Fackel zu ihm emporgeworfen. Er trat sie aus, aber der ersten Fackel folgte eine zweite, und das trockene Stroh fing fast sofort Feuer. Gleichzeitig hob unter ihm das Hämmern gegen die Klappe wieder an. Die Männer schienen wenig Rücksicht auf ihre Kameraden zu nehmen.

Mercenario sah sich gehetzt um. Er saß in der Falle. In drei Richtungen fiel das Dach schräg ab, und dahinter erwartete ihn nur ein fünf Meter tiefer Sprung, vor dem er sich zwar nicht fürchtete, zu dem ihn seine Gegner aber offenbar zwingen wollten. Er wäre von einem Dutzend Speerspitzen und Schwertern durchbohrt worden, ehe er sich wieder aufgerichtet hätte.

Also blieb nur der Weg zurück. Das Haus lehnte an der Stadtmauer, deren zinnengesäumte Krone es zwar um gut fünf Meter überragte, die aber so rauh war und so breite Fugen hatte, daß es sicher ein Kinderspiel war, daran emporzuklettern – solange niemand etwas dagegen unternahm. Aber dieses Risiko mußte er einfach eingehen.

Rasch näherte er sich wieder der Wand, hob die Arme und begann Hand über Hand daran in die Höhe zu klettern. Wie er erwartet hatte, flog sofort ein Pfeil in seine Richtung. Er verfehlte ihn und zerbrach harmlos an der Wand. Aber das zweite Geschoß landete schon näher. Und das dritte traf.

Der Pfeil vermochte den Rückenpanzer seiner Rüstung nicht zu durchschlagen, doch die reine Wucht des Geschosses trieb ihm die Luft aus den Lungen, und der Schmerz ließ bunte Sterne und Lichtblitze vor seinen Augen explodieren. Für eine Sekunde mußte er sich mit verzweifelter Kraft festklammern, um nicht abzustürzen. Viele solche Treffer würde er nicht aushalten.

Mit zusammengebissenen Zähnen kletterte er weiter. Er wurde noch ein zweites Mal getroffen, aber dann drehte der Wind, und der Qualm des brennenden Daches hüllte ihn ein und nahm dem Schützen unter ihm die Sicht. Mercenario hustete qualvoll. Der beißende Rauch ließ ihm die Tränen in die Augen steigen, und das Feuer schien mit rasender Geschwindigkeit um sich zu greifen. Die Hitze stieg. Immer mehr Funken umtanzten ihn wie kleine glühende Leuchtkäfer, die schmerzhaft in seine Haut bissen. Aber der Rauch und der Vorhang aus wabernder Hitze retteten ihn auch. Erschöpft und mit keuchenden Atemzügen erreichte er die Mauerkrone und zog sich mit einer letzten Anstrengung durch eine Lücke zwischen zwei der mannshohen Zinnen.

Für einen kurzen Moment drohten ihm die Sinne zu schwinden. Die kurze Kletterpartie hatte ihn fast seine ganze Kraft gekostet, denn er hatte sie praktisch mit angehaltenem Atem zurückgelegt. Als sich die klebrigen Schleier vor seinen Augen wieder hoben, blickte er auf ein paar schmutziger Zehen, die in zerschrammten Schnürsandalen steckten. Das zweite, was er sah, war die Spitze eines Schwertes, die genau auf sein Gesicht deutete. Im allerersten Moment glaubte er, sich einem seiner geheimnisvollen Verfolger gegenüberzusehen, der vielleicht einen bequemeren Weg hier herauf gefunden und auf ihn gewartet hatte, aber dann begriff er seinen Irrtum. Der Mann trug die Uniform der Stadtgarde Harumals; eine Uniform, die bei den Menschen der Stadt alles andere als beliebt war. Mercenario war allerdings noch niemals zuvor in seinem Leben so froh gewesen, die Uniform eines Soldaten zu sehen.

»Euch schickt der Himmel«, sagte er erschöpft. »Ihr könnt Euch ja gar nicht vorstellen, wie froh ich bin, Euch zu sehen.«

Ein paar Sekunden lang sah der Mann Mercenario durchdringend an, dann tauschte er einen Blick mit jemandem, der außerhalb von Mercenarios Gesichtskreis stand. »Ist er das?« fragte er.

»Das weiß ich nicht«, antwortete eine Stimme. »Aber es ist die Rüstung. Ich erkenne sie genau.«

Der Soldat seufzte. Dann hob er sein Schwert, drehte die Waffe ein kleines Stück in der Hand und schlug Mercenario die flache Seite der Klinge so heftig vor die Stirn, daß er auf der Stelle das Bewußtsein verlor.

3

Zwei Stunden später tat sein Kopf immer noch weh, und auch den schlechten Geschmack von Blut in seinem Mund wurde er nicht los. Und was Mercenario sah, war auch nicht dazu angetan, seine Laune zu bessern.

Die Reihe abenteuerlich anmutender Gestalten, die auf der anderen Seite des Tisches saß, vor den man ihn gezerrt hatte, hätte ebensogut in den Königspalast von Harumal wie in eine finstere Hafenspelunke gepaßt. Harumal genoß einen gewissen Ruf, was die Gerechtigkeit in seinen Mauern anging. Eine erste Kostprobe hatte er bereits bekommen. Mercenario war mit dröhnendem Schädel aufgewacht, an Händen und Füßen gefesselt und von dem gleichen Krieger bewacht, der ihn auch niedergeschlagen hatte. Aber man hatte ihm bisher nicht einmal gesagt, was man ihm eigentlich zur Last legte. Nun, vielleicht würde er es ja jetzt erfahren.

Das halbe Dutzend Männer auf der anderen Seite des Tisches musterte ihn auf verschiedene Weise – manche voller Schadenfreude, andere unverhohlen hämisch oder auch einfach nur gelangweilt, aber er las in keinem einzigen Gesicht echtes Interesse. Schließlich ergriff ein dünner Kerl mit einer roten Jacke und einer lächerlichen, federgeschmückten Mütze das Wort.

»Wie ist dein Name, Bursche«?« fragte er.

»Mercenario«, antwortete Mercenario. Er behielt

das Gesicht seines Gegenübers aufmerksam im Auge, aber er konnte keine Reaktion erkennen. Sein Name war in dieser Stadt nicht bekannt. Vielleicht war das auch ganz gut so.

»Du bist ein Krieger?«

»Ich bin Söldner«, verbesserte ihn Mercenario; was vielleicht ein Fehler war, denn in den Augen des Mannes blitzte es mißtrauisch auf. Wie in jeder Stadt, die über eine eigene bewaffnete Garde verfügte, waren Söldner in Harumal nicht besonders gern gesehen.

»Ein Söldner«, fuhr der Mann nach einer Weile fort. Seine Finger schlugen rasche, unrhythmische Trommelwirbel auf der Tischplatte. »Führt dich ein Auftrag hierher?«

Selbst wenn es so gewesen wäre, hätte Mercenario ihm diese Frage nicht beantworten dürfen. Diskretion war nach Loyalität die zweite Pflicht eines Söldners. Ein Söldner, der über seine Aufträge redete, blieb nicht lange Söldner.

»Ich war auf der Suche nach einem Auftrag«, antwortete Mercenario unwillig.

»Habt Ihr einen gefunden?«

»Ja«, erwiderte Mercenario gereizt. »Aber warum interessiert Euch das?« Er beugte sich vor und stützte sich mit den Fäusten auf der Tischplatte ab. »Wieso bin ich überhaupt hier? Was wirft man mir vor?«

Der Mann maß ihn mit einem Blick, der nicht nur Verachtung, sondern für einen Moment sogar echtes Erstaunen spiegelte. Dann schüttelte er den Kopf, wobei der alberne Hut fast von seiner Stirn rutschte. »Die Fragen stelle ich hier«, sagte er. Er verzog spöttisch die Lippen. »Fangen wir damit an, daß das Gasthaus, in dem du die letzten Tage verbracht hast, bis auf die Grundmauern niedergebrannt ist. Daß sich das Feuer nicht ausgebreitet hat und auf die ganze Stadt übergegriffen hat, ist nur der Gnade der Götter zu verdanken – und dem beherzten Eingreifen einiger tapferer Bürger, die das Schlimmste verhinderten. Überdies ist der Wirt in den Flammen ums Leben gekommen.«

Das tat Mercenario aufrichtig leid. Der Mann war ein Halsabschneider und Gauner gewesen, aber den Tod hatte er nicht verdient. Trotzdem erwiderte Mercenario in trotzig herausforderndem Ton: »Seit wann ist es strafbar, überfallen zu werden? Falls es Euch Eure Männer nicht berichtet haben: Ich wäre beinahe selbst in den Flammen umgekommen und konnte mit Mühe und Not meinen Hals retten.«

Der Mann ging nicht auf seine Worte ein, sondern maß Mercenario mit einem langen, undeutbaren Blick. »Eine schöne Rüstung hast du da«, sagte er schließlich. »Ist sie neu?«

Mercenario wußte, daß Vorsicht geboten war. Die Frage nach der Rüstung kam nicht von ungefähr. »Ja«, antwortete er vorsichtig.

»Ein wirklich schönes Stück«, fuhr der Mann fort. Seine Augen verengten sich, und er beugte sich ein wenig vor. »Zufällig kenne ich sie. Sie gehört Maran, dem Waffenschmied. Du hast sie von ihm gekauft, nehme ich an?«

Mercenario nickte. Der bedrohliche Unterton in der Stimme seines Gegenübers entging ihm keineswegs. Er nahm sich vor, noch vorsichtiger zu sein.

»Das ist erstaunlich. Maran und seine Rüstung sind jedermann in der Stadt bekannt, weißt du? Bisher waren eigentlich alle der Meinung, daß er sie niemals verkaufen würde.«

»Vielleicht hatte ihm noch niemand den richtigen Preis geboten«, antwortete Mercenario. Die Worte waren vielleicht nicht sehr klug gewählt, das spürte er selbst. Aber zugleich hatte er auch das sichere Gefühl, daß es ganz egal war, was er sagte. Wenn dies eine Gerichtsverhandlung war, dann stand das Urteil ohnehin schon fest.

»Ja, vielleicht«, antwortete der Mann. »Aber verrate mir doch eines: Wie kommt es, daß ein Mann, der in der billigsten Kaschemme der Stadt wohnt und selbst dort von Wasser und trockenem Brot leben muß, sich plötzlich eine solche Rüstung leisten kann?«

»Ich... habe sie nicht bezahlt«, antwortete Mercenario zögernd.

»Ich verstehe«, sagte der andere. »Es kam ein edler Spender vorbei, der sie dir geschenkt hat, nehme ich an.«

Mercenario bemühte sich, den beißenden Spott in der Stimme des anderen zu ignorieren. »Sie ist der Lohn für einen Auftrag, den ich angenommen habe«, sagte er.

»Ein Auftrag? Was für ein Auftrag und wer hat ihn dir erteilt? Oder darfst du uns das auch nicht sagen?«

»Der Name des Mannes ist Klostos«, antwortete Mercenario. »Ich traf ihn zufällig in Marans Geschäft. Ich war auf der Suche nach einer neuen Ausrüstung, er auf der Suche nach einem Krieger.«

»Und so wurdet ihr euch schnell einig, nehme ich an?«

»Ganz genau so war es«, antwortete Mercenario gepreßt. »Fragt Klostos, wenn Ihr mir nicht glaubt. Er wohnt im Goldenen Greifen. Oder sprecht doch mit dem Waffenschmied.«

»Ich werde nach Klostos schicken«, antwortete der andere. »Was Maran angeht, liegt der Fall leider etwas komplizierter, fürchte ich. Er wird keine Fragen mehr beantworten. Er ist tot.«

»Tot?« Mercenario konnte ein erschrockenes Zusammenzucken nicht ganz unterdrücken.

»Tot. Ein Kunde fand ihn mit durchschnittener Kehle. Nur kurze Zeit nachdem ein hünenhaft gebauter Krieger sein Geschäft verlassen hatte. Ein Riese, der Marans weiße Rüstung und ein prachtvolles Schwert am Leib trug. Sag, Mercenario, erinnert dich diese Beschreibung an jemanden?«

»Tot?« sagte Mercenario noch einmal. »Aber er war bester Gesundheit, als ich ihn verließ! Wir haben noch eine Weile miteinander geredet.«

»Das ist deine Version«, antwortete der Mann. Plötzlich war jede Spur von auch nur vorgetäuschter Freundlichkeit aus seiner Stimme verschwunden. »Ich will dir sagen, wie ich es mir vorstelle.« Er hob die Hand und deutete mit dem ausgestreckten Zeigefinger auf Mercenario. »Du hast diese Rüstung gesehen. Du wolltest sie haben, aber natürlich hattest du nicht genug Geld, um sie zu bezahlen. Niemand hat das, denn Maran hatte nie vor, sie zu verkaufen. Er hat den Preis absichtlich immer zu hoch angesetzt. Aber das konntest du nicht wissen, nicht wahr? Du hast nur diese Rüstung gesehen, und natürlich war dir sofort klar, was für einen Schatz du da vor dir hast. Also hast du versucht, mit ihm zu feilschen.«

»Blödsinn!« sagte Mercenario, aber der andere fuhr unbeeindruckt fort:

»Schließlich wurde dir klar, daß ihr euch nicht einigen würdet, und du bist zornig geworden. Vielleicht hast du auch begriffen, daß Maran die Rüstung gar nicht verkaufen wollte.«

»Und da habe ich ihm die Kehle durchgeschnitten

und mir die Rüstung einfach genommen, wie?« fragte Mercenario höhnisch.

»Warum nicht?«

»Sicher. Und anschließend bin ich in aller Seelenruhe ins Gasthaus zurückgegangen, nicht wahr? Durch einen Zufall kamen dann ein paar Burschen vorbei, die ein Freudenfeuerchen anzünden wollten, und weil ich ihnen dabei im Weg war, haben sie gleich versucht, mich umzubringen. Meint Ihr, daß es ungefähr so gewesen ist?«

Seine Stimme troff vor Hohn. Aber der andere zeigte sich dadurch überhaupt nicht beeindruckt.

»Vielleicht waren deine Komplizen nicht sehr begeistert davon, daß du Maran ermordet hast. Möglicherweise fürchteten sie ja, daß dieses Aufsehen eure wirklichen Pläne stören könnte. Oder es kam zum Streit über die Frage, wie die Beute zu verteilen war.«

»Meine ... *Komplizen*?« murmelte Mercenario. »Von wem zum Teufel redest du?«

»Von den Männern, die dich gejagt haben. Karelians Räubern.«

»Ka ...« Mercenario verstummte mitten im Wort. Ungläubig riß er die Augen auf.

»Karelians Bande«, sagte der Mann noch einmal. »Du gibst also zu, zu ihnen zu gehören?«

»Ich ... hatte schon einmal mit ihnen zu tun«, antwortete Mercenario. Er sprach schleppend. Für einen Augenblick fiel es ihm schwer, überhaupt zu reden. Karelians Männer? Hier? Und nach all der Zeit? »Aber ich gehöre nicht zu ihnen«, fuhr er nach ein paar Sekunden fort. »Eher im Gegenteil.«

»Was soll das heißen?« Die Frage kam scharf, fast im Tonfall eines Befehles. Aber Mercenario hatte seine Fassung bereits wiedergefunden. Natürlich hatte er gewußt, daß Karelian einen Preis auf seinen Kopf ausgesetzt hatte. Aber er hatte nicht geglaubt, daß Karelians Rachsucht *so* gewaltig war. Mercenario hatte ihm Schaden zugefügt; genaugenommen hatte er ihm seine bisher größte, vielleicht sogar einzige wirkliche Niederlage bereitet. Aber das war ein halbes Jahr her, und Karelians Räuberburg lag weit entfernt. Selbst auf einem schnellen Drachen hätte die Reise dorthin Wochen in Anspruch genommen. Und überdies hatten Karelians Männer gar nicht wissen können, daß sie ihn hier in Harumal antrafen. Er selbst hätte es vor einer Woche noch nicht einmal gewußt.

»Karelian hat einen Preis auf mich ausgesetzt«, sagte er. »Ich wußte allerdings nicht, daß sie mir so dicht auf den Fersen waren. Aber mit dem Mord an Maran habe ich nichts zu tun.«

»Und das sollen wir dir glauben?«

»Klostos hat diese Rüstung gekauft und in meiner Gegenwart bezahlt«, beharrte Mercenario. »Fragt ihn, wenn Ihr mir nicht glaubt.«

»Das werden wir«, antwortete der Mann. Er wandte sich an eine der Wachen. »Schickt einen Mann zum Goldenen Greifen. Er soll fragen, ob Klostos tatsächlich dort abgestiegen ist. Wenn ja, wünschen wir ihn unverzüglich hier zu sehen.« Er wartete, bis der Mann gegangen war, um seinen Befehl weiterzugeben.

»Wenn Klostos deine Geschichte bestätigt, bist du frei«, sagte er. »Das heißt, sobald wir uns über die Frage geeinigt haben, wie der bei dem Feuer entstandene Schaden zu regulieren ist.«

Schaden? dachte Mercenario. Von was für einen *Schaden* sprach der Kerl eigentlich? Wie die Dinge lagen, sollte er Karelians Kriegern dankbar sein, daß sie diesen Schandfleck aus der Stadt entfernt hatten.

»Ich sehe, daß man mir wirklich die Wahrheit gesagt hat, als man die große Gerechtigkeit von Harumals Gerichten lobte«, sagte Mercenario mit einer spöttischen Verneigung. »Sie ist überall im Lande berühmt, wißt Ihr?«

Der Mann mit dem roten Hut – später sollte Mercenario erfahren, daß er tatsächlich der oberste Richter der Stadt war – sah ihn kalt an. »Das hoffe ich, Mercenario«, sagte er. »Denn du wirst Harumals Gerechtigkeit kennenlernen. Sollte Klostos deine Geschichte bestätigen, bist du frei. Doch wenn nicht, dann stirbst du noch vor Sonnenuntergang.«

4

Die Männer hatten ihn in ein finsteres, fensterloses Verlies tief in den Kellern des Gebäudes gebracht, so daß er den Himmel nicht sehen und somit nicht sagen konnte, wieviel Zeit verging, ehe man ihn wieder abholte. Aber es mußten viele Stunden vergangen sein.

Mercenarios Gedanken kreisten in dieser Zeit nur um ein einziges Thema: Karelian. Er war noch immer überrascht und vollkommen verwirrt. Es ergab einfach keinen *Sinn*. Er *hatte* Karelian herausgefordert, und er hatte ihn vermutlich sogar gedemütigt, aber nichts davon rechtfertigte diesen Aufwand. Was immer Karelian sein mochte – ein Bandit, ein Räuber, ein Mörder, vielleicht sogar wirklich das Ungeheuer in Menschengestalt, für das ihn viele hielten –, eines war er ganz bestimmt nicht: ein Narr. Und nur ein Narr würde eine ganze Armee seiner Krieger um die halbe Welt schicken, um einen unbedeutenden Söldner zu töten, der ihm eine Niederlage zugefügt hatte. Also doch nur ein Zufall?

Irgendwie gelang es Mercenario nicht, daran zu glauben. Er hatte schon vor langer Zeit begriffen, daß es Zufälle im Grunde nicht gab, nur Dinge, die man sich vielleicht im ersten Moment nicht erklären konnte.

Schließlich wurde er wieder abgeholt. Diesmal waren es gleich vier Krieger, die ihn eskortierten. Mercenario versuchte einen zuversichtlichen Ausdruck auf sein Gesicht zu zwingen, als er das Gerichtszimmer wieder betrat.

Der oberste Richter Harumals war diesmal allein. Er saß auch nicht mehr hinter seinem Tisch, sondern stand mit dem Rücken zur Tür am Fenster und blickte hinaus, als Mercenario eintrat. Obwohl er ihn gehört haben mußte, verging eine geraume Weile, bis er sich zu ihm herumdrehte.

Nachdenklich musterte er Mercenario. »Kann ich dir vertrauen, Söldner?« fragte er.

Mercenario schwieg. Er war nicht sicher, ob er die Frage wirklich verstand. Oder was sie bedeutete.

»Gibst du mir dein Wort, mich nicht anzugreifen oder einen Fluchtversuch zu unternehmen, wenn ich die Wachen hinausschicke?«

Nun war Mercenario *wirklich* überrascht. Aber er nickte zögernd.

»Laßt uns allein«, befahl der Richter.

»Aber Herr, Ihr . . .«

»Laßt uns allein, habe ich gesagt«, wiederholte der Richter in merklich schärferem Tonfall als das erste Mal. Trotzdem zögerten die Männer noch, dann aber wandten sie sich rasch um und verließen den Raum.

Mercenario wartete, bis sie die Tür hinter sich geschlossen hatten. Er fühlte sich noch immer verwirrt wie vorhin. Der Blick seines Gegenübers war noch keinen Deut freundlicher.

»Habt Ihr mit Klostos gesprochen?« fragte er.

Der Richter verneinte. »Meine Männer sind im Goldenen Greifen gewesen, ganz wie du gesagt hast. Aber Klostos wohnt dort nicht. Tatsächlich hat der Wirt ihn noch nie gesehen.«

»Aber das kann nicht sein«, entgegnete Mercenario. »Er hat mich dorthin bestellt.«

»Ich habe auch Männer in alle anderen Gasthäuser

der Stadt geschickt und nach Klostos fragen lassen. Sie haben ihn nicht gefunden.« Der Richter seufzte. Dann schüttelte er bedauernd den Kopf. »Es sieht nicht gut für dich aus, Mercenario.«

»Aber Ihr müßt . . .«

»Ich habe«, unterbrach ihn der Richter mit leicht erhobener Stimme, »auch noch einmal Marans Geschäft absuchen lassen. Der Beutel voller Gold, mit dem Klostos angeblich die Rüstung bezahlt hat, war nicht da.«

»Vielleicht wurde er gestohlen«, antwortete Mercenario. »Vielleicht ist das schon die Erklärung. Jemand könnte gesehen haben, wie Klostos Maran den Beutel gab. Er hat gewartet, bis ich gegangen bin, und den Waffenschmied dann getötet und das Gold gestohlen. Möglicherweise waren es sogar Karelians Räuber.«

»Ja, möglicherweise«, sagte der Richter. Er klang nicht sehr überzeugt. Er klang nicht einmal so, fand Mercenario, als *interessiere* es ihn wirklich. Mit langsamen Schritten ging er zum Tisch zurück, setzte sich und faltete die Hände auf der Tischplatte vor sich.

»Womit wir beim Thema wären«, begann er. »Karelian. Was weißt du von ihm?«

»Nicht mehr als die meisten«, antwortete Mercenario vorsichtig.

»Oh, ein wenig mehr muß es schon sein«, antwortete der andere. »Wäre es nicht so, dann würde er wohl kaum seine Männer um die halbe Welt schicken, um dich zu töten. Du bist ihm schon einmal begegnet?«

»Ihm selbst nicht«, antwortete Mercenario. »Aber seinen Kriegern.«

»Und du hast diese Begegnung überlebt?«

»Ich schon – aber nicht alle von ihnen. Das ist auch der Grund, aus dem sie so scharf auf meinen Kopf sind. Sie scheinen ziemlich nachtragend zu sein.«

Ein flüchtiges Lächeln erschien auf dem Gesicht des Richters. »Du glaubst also, daß sie deinetwegen hier sind?«

»Vermutet Ihr etwas anderes?«

Der Richter stand wieder auf, ging zum Fenster und blickte schweigend hinaus, ehe er sich umwandte und Mercenario abermals auf diese sonderbare, irgendwie beunruhigende Weise anblickte. »Sie sind schon eine ganze Weile in der Stadt«, sagte er. »Zwei Wochen, vielleicht drei. Ich habe sie beobachten lassen.«

»Und nichts gegen sie unternommen?«

»Aus welchem Grund? Sie haben sich nichts zu Schulden kommen lassen. Ich kann sie nicht in den Kerker werfen lassen, nur weil mir ihre Gesichter nicht gefallen.«

»Aber Karelian ist ...«

»Was immer er ist, er ist nicht hier«, unterbrach ihn der Richter scharf. »Seine Männer haben nie die Grenzen unserer Stadt verletzt. Er ist ein Räuber, doch solange seine Männer keinem Bürger unserer Stadt etwas zuleide tun, sind mir die Hände gebunden. Was nicht heißt, daß mir ihre Anwesenheit hier etwa keine Sorgen bereiten würde. Im Gegenteil.« Er ging zurück zum Tisch und setzte sich wieder.

»Und was wollt Ihr nun von mir?« fragte Mercenario geradeheraus.

»Vielleicht nichts«, antwortete der andere, »vielleicht viel. Du bist Söldner. Ein Mann, der für Geld kämpft. Überdies hast du ein persönliches Interesse an dieser Angelegenheit. Ich will, daß du herausfindest, was diese Männer hier bei uns suchen. Ich glaube nicht, daß sie durch einen Zufall hier sind. Ich weiß nicht viel über Karelian, aber ich weiß, daß er niemals etwas ohne Grund tut.«

»Ich habe bereits einen Auftrag angenommen«, erinnerte Mercenario.

Der Richter machte eine wegwerfende und auch ein wenig zornig wirkende Handbewegung. »Von einem Mann, der spurlos verschwunden ist«, sagte er. »Falls es ihn überhaupt gegeben hat.« Er legte eine genau berechnete Pause ein und fuhr mit veränderter Stimme fort: »Überlege es dir gut, Mercenario. Der Mord an Maran lastet schwer auf dir. Es gibt bisher nicht viel, was zu deinen Gunsten spricht. Aber ich wäre unter gewissen Umständen bereit, das eine oder andere zu vergessen. Falls du auf mein Angebot eingehst.«

»Und falls nicht, dann werde ich aufgehängt«, vermutete Mercenario.

»Sobald du diesen Raum verläßt«, bestätigte der Richter ungerührt.

Mercenario preßte ärgerlich die Lippen aufeinander, schluckte aber die scharfe Antwort, die ihm auf der Zunge lag, wohlweislich herunter. Er wußte, daß er gar keine andere Wahl hatte, als das Angebot anzunehmen, aber es widerstrebte ihm zutiefst, sich *erpressen* zu lassen.

»Nun?«

»Habe ich denn eine Wahl?« fragte Mercenario.

»Nein«, antwortete der Richter. »Also sind wir uns einig.« Er stand auf und klatschte in die Hände. Fast im gleichen Moment wurde die Tür geöffnet, und die Wachen traten ein.

»Nehmt ihm die Fesseln ab«, befahl der Richter. »Und bringt seine Waffen. Er ist frei.«

Die Männer taten, was er verlangte. Die groben Stricke, die seine Handgelenke auf dem Rücken zusammenbanden, wurden zerschnitten, und einer der Krieger brachte seinen Waffengurt und legte ihn vor ihm auf den Tisch.

Mercenario massierte seine schmerzenden Gelenke. Verstohlen musterte er die Gesichter der Männer, die rechts und links von ihm Aufstellung genommen hatten. Es war seltsam – sie wirkten nicht einmal sehr überrascht. Dabei hätte sie dieser Sinneswandel eigentlich total verblüffen müssen. Aber vielleicht, dachte Mercenario, kam er ja gar nicht so plötzlich.

»Und was genau erwartet Ihr jetzt von mir?« fragte er den Richter.

»Das, was wir besprochen haben. Finde heraus, warum Karelians Männer hier sind. Und was sie wirklich hier wollen.«

»Das wird nicht leicht sein«, antwortete Mercenario. »Diese Männer kennen mein Gesicht. Sie werden mir kaum freiwillig Rede und Antwort stehen.«

»Wer hat behauptet, daß es leicht sein wird?« fragte der Richter kalt. »Es liegt bei dir, wie du sie zum Reden bringst. Ich bin sicher, daß dir etwas einfallen wird.«

»Und wenn ich dabei ein paar von ihnen umbringen muß, dann macht das auch nichts, nehme ich an. Ich bin kein Mörder.«

»Wie die Dinge liegen, würde ich es eher als Notwehr bezeichnen. Diese Männer haben bereits bewiesen, daß sie dir ohne zu zögern die Kehle durchschneiden, wenn sie die Gelegenheit dazu haben, oder? Du siehst also, daß wir wahrscheinlich beide bei diesem Geschäft profitieren.«

Ja, du vor allem, dachte Mercenario böse, *ob nun*

ich sie oder sie mich umbringen. Vorsichtshalber sprach er das aber nicht laut aus. Statt dessen fragte er: »Wo finde ich sie?«

»Das weiß ich nicht«, antwortete der Richter. »Bis gestern hatten sie sich in einem Gasthaus in der Altstadt eingemietet. Aber natürlich sind sie dort nicht mehr. Meine Leute suchen bereits nach ihnen. Sobald wir sie aufgespürt haben, lasse ich es dich wissen. Bis es soweit ist, bist du unser Gast. Aber keine Sorge – wir haben auch bequemere Zimmer als das, das du bisher bewohnt hast.«

Was der Richter so vollmundig als *Gastfreundschaft* bezeichnet hatte, erwies sich schließlich als nichts anderes als eine etwas ansehnlichere Fortsetzung seiner bisherigen Gefangenschaft. Immerhin besaß das Zimmer, in das er gebracht wurde, ein Fenster, und nach einer Weile wurde ihm von einem schweigsamen Diener sogar eine Mahlzeit gebracht. Aber als er sein Quartier verlassen wollte, stand ein Posten vor seiner Tür, der ihm höflich, aber mit solchem Nachdruck den Weg verwehrte, daß Mercenario es schließlich aufgab und sich in Geduld faßte.

Und das für lange Zeit. Der Tag neigte sich seinem Ende entgegen, ehe auf dem Korridor vor seinem Zimmer endlich wieder Schritte laut wurden und der oberste Richter Harumals samt zweier Krieger eintrat.

Sein neuer Auftraggeber kam ohne Umschweife zur Sache. »Wir haben sie gefunden«, sagte er. »Sie haben die Stadt verlassen und sich auf einem Hof eine Stunde westlich verborgen. Die Bauern und ihr Gesinde haben sie anscheinend erschlagen.«

»Sie haben sie umgebracht?« Mercenario machte

eine entsprechende Handbewegung zur Kehle. »Dann habt Ihr doch Euren Grund, sie festzusetzen. Schickt Eure Soldaten los und laßt sie verhaften!«

»Ich will hier keinen Krieg anfangen«, antwortete der Richter unwillig. »Außerdem würden wir auf diese Weise kaum erfahren, was sie überhaupt hier wollen. Du wirst sofort aufbrechen. Ich nehme an, du brauchst ein Pferd?«

»Ein Drache wäre mir lieber«, antwortete Mercenario. »Aber ich glaube nicht, daß Ihr ein solches Tier zur Verfügung habt.«

»Drachen sind in Harumal verboten«, antwortete der Richter. »Und das aus gutem Grund. Karelians Leute haben solche Tiere, soviel ich weiß. Du kannst dir ja eines von ihnen ausleihen. Und jetzt solltest du aufbrechen. Der Weg ist weit, und es ist schon spät.«

»Wie stellt Ihr Euch das vor?« fragte Mercenario. »Soll ich allein dort hinausgehen und mich mit einem Dutzend Räubern anlegen?«

»Es sind nur noch fünf«, antwortete der Richter. »Drei sind in den Flammen verbrannt, die ihre eigenen Kameraden gelegt haben.« Er deutete auf seinen Begleiter. »Ich gebe dir diesen Krieger mit. Wenn du sonst noch etwas brauchst . . .«

Mercenario machte eine ablehnende Geste. Die plötzliche Eile überraschte ihn; ganz davon abgesehen, daß er sehr genau spürte, daß hier etwas nicht stimmte. »Ich denke, ich habe alles, was nötig ist.«

»Dann gibt es keinen Grund, noch länger zu warten.« Der Richter machte eine entsprechende Handbewegung und wandte sich zu dem Krieger zu seiner Rechten. »Begleite ihn in die Ställe. Er soll sich ein gutes Pferd aussuchen.«

Mercenario sah der Aussicht, auf den Rücken

eines Pferdes steigen zu sollen, mit gemischten Gefühlen entgegen. Es war nicht einmal das erste Mal, daß er dazu gezwungen sein würde. Während seiner Reise in das geheimnisvolle Land unter den Wolken hatte er Pferde schätzen gelernt, denn sie waren zwar nicht mit einem Drachen zu vergleichen, dennoch zuverlässige Reittiere. Trotzdem war er für einen Moment versucht, das Angebot des Richters zurückzuweisen und den Weg lieber zu Fuß zurückzulegen, denn er glaubte allein bei der Erinnerung an seine ersten Versuche, sich auf dem Rücken eines dieser großen Vierbeiner zu halten, schon wieder seinen Magen revoltieren zu fühlen. Daß es hier in Harumal Reitpferde gab, überraschte ihn überdies. Er hatte keines der Tiere gesehen, seit er in die Stadt gekommen war, und in den meisten Ländern, die er kannte waren sie gänzlich unbekannt. Wahrscheinlich hatte das Vorhandensein von Pferden mit einer geographischen Besonderheit Harumals zu tun, die überdies der einzige Grund für seine Größe und den Reichtum seiner Bürger war. Harumal gehörte zu den wenigen Städten, die, obwohl weit über dem endlosen Wolkenozean Zomars gelegen, doch auf fast ebenem Boden erbaut worden waren. Eine seiner Mauern erhob sich über dem bodenlosen Abgrund, hinter den drei anderen jedoch öffnete sich die Weite eines gewaltigen, fruchtbaren Hochplateaus, das erst in zwei Tagesreisen Entfernung wieder in die steilen Hänge und Böschungen überging, die den allergrößten Teil der von Menschen bewohnten Regionen Zomars beherrschten. In einem solchen Gelände machten Pferde Sinn, wie Mercenario sich fast widerwillig eingestehen mußte.

Trotzdem wurde er immer schweigsamer, während er dem Krieger – sein Name war Derrek – durch das

Labyrinth von Treppenhäusern und Gängen hinunter in die Ställe folgte. In einer Anzahl schmaler, hölzerner Verschläge waren gut zwei Dutzend Pferde untergebracht. Sie unterschieden sich von den Tieren, die er im Land unter den Wolken kennengelernt hatte. Sie waren größer und kräftiger, und ihre Statur ließ Mercenario vermuten, daß sie weit mehr für das Klettern in unwegsamem Gelände und über steile Bergpfade geeignet waren. Derrek führte ihn zu einem Verschlag ganz am Ende des Stalls. Mercenario musterte das Tier, das Derrek für ihn ausgesucht hatte, mit einer Mischung aus Mißtrauen und Ärger. Er verstand nichts von Pferden, aber das mußte man auch nicht, um zu sehen, daß dieses Reittier nichts anderes als ein alter Klepper war, der kaum noch die Kraft zu haben schien, sich auf seinen knochigen Beinen zu halten.

»Ich weiß, es macht nicht viel her«, sagte Derrek. Mercenario starrte ihn durchdringend an, und auf den Zügen des bärtigen Kriegers erschien ein flüchtiges Lächeln. »Aber es ist ein sehr zuverlässiges Tier; außerdem ist es das friedlichste Pferd, das du in diesem Stall finden wirst.«

»Und du meinst, es wäre gerade gut genug für mich?«

Aus Derreks anfangs noch schüchternem Lächeln wurde ein ganz offenes Grinsen. »Ich habe dein Gesicht beobachtet, als der oberste Richter die Pferde erwähnt hat«, antwortete er. »Außerdem bist du ein Söldner. Ich habe nie von einem Drachenreiter gehört, der gut mit Pferden umgehen kann.«

Mercenario sah ihn verblüfft an, und dann lachte er. Natürlich hatte der Mann recht. Die allermeisten anderen Söldner wußten vermutlich nicht einmal, daß es Pferde gab, und selbst wenn sie es gewußt hätten, hätten sie es sicher als unter ihrer Würde betrachtet, auf ihnen zu reiten. Er selbst hätte wahrscheinlich noch vor einem halben Jahr nicht anders reagiert.

»Bist du mit meiner Wahl einverstanden?« fragte Derrek noch immer grinsend. »Wenn nicht, kann ich dir selbstverständlich auch ein edleres Tier anbieten.« Er wies auf einen Verschlag auf der anderen Seite des Stalles, in dem ein riesiger, prachtvoller weißer Hengst stand. Selbst Mercenarios unkundiger Blick erkannte sofort, um welch wildes, unberechenbares Tier es sich dabei handelte. Seine Augen blicken die beiden Menschen mit einem Ausdruck an, der fast schon als heimtückisch zu beschreiben war. »Danke«, sagte er hastig. »Ich glaube, ich nehme doch das andere.«

Derrek gab den Stallburschen Anweisungen, Mercenarios und sein eigenes Pferd zu satteln, und sie verließen den Stall, um draußen zu warten. Sie fanden sich auf einem großen, auf allen Seiten von Mauern umschlossenen Innenhof wieder, und obwohl es bereits spät war, erblickte Mercenario doch hinter den allermeisten Fenstern noch Licht. Schatten bewegten sich darin, Mercenario hörte Stimmen, Geräusche und manchmal ein leises Lachen.

»Schlaft ihr hier in Harumal nie?« fragte er.

»Nicht sehr oft«, antwortete Derrek. »Das Leben ist zu kurz, um zu viel davon mit Schlaf zu vergeuden. Aber heute ist es besonders schlimm.«

»Was ist passiert?« fragte Mercenario.

Derrek zuckte mit den Achseln und wich seinem Blick aus, aber nach einigen Augenblicken antwortete er doch. »Ich weiß es nicht, aber vielleicht ...« Er zögerte. »Wahrscheinlich sollte ich nicht darüber reden, aber du wirst es ohnehin erfahren. Irgend etwas geht vor. Man munkelt von einem großen Unglück, das kommen wird. Vielleicht ein Krieg.«

Mercenario war nicht sehr überrascht. Harumal war nicht die erste Stadt, in die er in den letzten Monaten gekommen war, in der er genau dasselbe erlebt hatte. Eine schleichende Krankheit schien sich auf Zomar auszubreiten. Die Menschen hatten Angst. Sie wußten nicht einmal genau, wovor, so daß sie in ihrer Unsicherheit Zuflucht in den wildesten Gerüchten und Vermutungen suchten, aber die Furcht war da, und sie nahm offensichtlich keine Rücksicht auf Rang und Bedeutung dessen, den sie ergriff. Er fragte sich, ob ein ganzes Land Angst haben konnte.

Die beiden Pferde wurden gebracht. Derrek schwang sich mit einer so selbstverständlichen Eleganz in den Sattel, daß Mercenario Neid verspürte, er widerstand aber wohlweislich der Versuchung, es ihm gleichtun zu wollen, und kletterte sehr vorsichtig auf den Rücken des zweiten Pferdes. Derrek beobachtete ihn. Seine Augen glitzerten spöttisch, er sagte aber nichts.

Sie verließen den Hof durch ein Tor, das so niedrig war, daß sie sich tief über die Hälse der Pferde bücken mußten, um überhaupt hindurch zu kommen. Mercenario wollte sich nach rechts wenden, dem Stadttor zu, aber Derrek machte eine abwehrende Geste und wies in die entgegengesetzte Richtung. »Wir reiten dort entlang.«

»Aber das ist ein Umweg.« Das nördliche Tor lag fast am anderen Ende der Stadt.

»Das Osttor ist bereits geschlossen«, antwortete Derrek. »Die Wachen am anderen Tor haben Befehl, uns passieren zu lassen.«

»Was für ein Unsinn«, sagte Mercenario, aber Derrek zuckte nur mit den Schultern.

»Ich gebe die Befehle nicht«, sagte er. »Ich befolge sie nur.«

Mercenario hätte einiges gewußt, was er darauf sagen konnte, aber es hatte natürlich keinen Sinn, mit Derrek diskutieren zu wollen, und so drehte er sein Pferd gehorsam in die entgegengesetzte Richtung und ritt los.

Ganz wie er erwartet hatte, brauchten sie fast eine Stunde, bis sie die Stadt durchquert und das Nordtor erreicht hatten – das überdies gleichfalls verschlossen war, und um das Maß vollzumachen, schien der Befehlsfluß in Harumal doch nicht ganz so gut zu funktionieren, wie Derrek erwartet hatte, denn es kostete ihn fast zehn Minuten, bis er die Wache am Tor davon überzeugt hatte, sie passieren zu lassen.

Mercenario empfand eine spürbare Erleichterung, als die Stadt endlich hinter ihnen lag. Zum ersten Mal seit Tagen hatte er das Gefühl, wieder frei atmen zu können. Die Nacht war sternenklar, aber auch sehr dunkel und sehr kalt, und er spürte den eisigen Biß des Windes, der hier oben niemals ganz zu wehen aufhörte, selbst durch seine Rüstung hindurch. Und trotzdem fragte er sich für einen Moment fast verblüfft, was um alles in der Welt ihn dazu gebracht haben mochte, Harumal überhaupt zu betreten. Er spürte erst jetzt, wie eng und laut es in der Stadt gewesen war, wie eingesperrt er sich in den schmalen Gassen gefühlt hatte und wie unangenehm es dort roch, nach Abfällen und Moder, nach Alter und nach zu vielen Menschen, die zu lange auf zu engem Raum zusammengepfercht gewesen waren. Und es lag nicht einmal an Harumal allein. Die Stadt mochte unter schlimmen Orten ein besonders schlimmer Ort sein, aber Mercenario hätte sich wohl in keiner Stadt wohl gefühlt. Seine Welt waren die unendlichen Weiten des

Himmels, die er auf den Schwingen eines gewaltigen Kampfdrachen durcheilte.

Der Gedanke erfüllte ihn mit einer gewissen Bitterkeit. Seit jenem Tag vor sechs Monaten, an dem er zuerst seinen Drachen verloren hatte und anschließend gezwungen war, in dem unbekannten Land unter den Wolken Zuflucht zu suchen, schien ihm sein Leben unter den Händen zu zerrinnen. Es schien so unendlich lange her zu sein, daß er das letzte Mal dort oben am Himmel gewesen war, nur allein mit sich, seinem Drachen, der Kälte und dem Wind. Und der Mann, der er damals gewesen war, schien kaum noch viel mit dem Mercenario von heute gemein zu haben. Aus dem stolzen Drachenreiter war ein Bettler geworden, aus dem Söldner, der mit Recht von sich behauptet hatte, nur Herren zu dienen, mit deren Absichten und Zielen er übereinstimmte, ein gedungener Krieger, der einen Mordauftrag angenommen hatte – denn um nichts anderes handelte es sich bei dem, was der oberste Richter Harumals von ihm verlangte. Die Männer würden seine Fragen nicht freiwillig beantworten. Vermutlich wäre ihm so oder so nichts anderes übrig geblieben, als sich diesen fünf Kriegern zu stellen und sie zu töten, nun, da sie seine Spur einmal aufgenommen hatten.

Von seinen eigenen Gedanken überrascht, hielt er an und sah noch einmal zur Stadt zurück. Sie hatten sich noch nicht sehr weit von ihren Mauern entfernt, aber doch weit genug, daß er sie für einen Moment als das sah, was sie wohl auch war: ein schwarzer, drohender Koloß am Rande des Abgrunds, von dem etwas wie eine zweite, unsichtbare Finsternis ausging.

Auch Derrek zügelte sein Tier. »Was hast du?« fragte er.

Mercenario riß seinen Blick mühsam von Harumals Mauern und Türmen los und zwang sich zu einem Lächeln. »Nichts«, sagte er kopfschüttelnd. »Reiten wir weiter.«

Derrek sah ihn stirnrunzelnd an, zuckte aber dann wieder nur mit den Schultern. Sie setzten ihren Weg fort. Derreks Gestalt wurde zu einem schwarzen, tiefenlosen Schatten in der Dunkelheit vor ihm, den er manchmal gar nicht mehr sah, sondern nur das leise, metallene Klappern der Hufschläge hörte. Es war nicht Harumal, das begriff er plötzlich. Es lag nicht einmal an Karelian oder dem ungeheuerlichen Ansinnen des Richters. Mercenario spürte den Schatten eines Unheils, das sich dem Land näherte; lautlos, aber unaufhaltsam und sehr schnell.

Derrek zügelte sein Tier für ein paar Augenblicke, bis Mercenario zu ihm aufgeschlossen hatte, und sie ritten schweigend nebeneinander weiter.

Sie waren ungefähr eine Stunde unterwegs durch die Nacht, als das Gelände allmählich anzusteigen begann und unwegsamer wurde. Lichter zogen an ihnen vorüber; ein sehr großer Hof oder eine sehr kleine Stadt, in der die Menschen in dieser Nacht gleichfalls wenig Schlaf fanden, aber Derrek wich nicht von dem eingeschlagenen Weg ab, sondern führte sie weiter nach Osten. Vor ihnen erhoben sich die Schatten gewaltiger Berge gegen den Horizont. In seiner momentanen düsteren Stimmung kamen sie Mercenario vor wie die Umrisse schlafender Riesen, die nur darauf warteten, sich zu erheben und das Unheil in die Welt der Menschen zu tragen.

Sie waren eine weitere Stunde unterwegs gewesen, als Derrek plötzlich sein Tier anhielt und wortlos nach den Zügeln von Mercenarios Pferd griff. »Was ist los?« fragte Mercenario.

»Wir sind fast da.« Derreks Stimme war nur ein Flüstern. »Der Hof liegt hinter den Hügeln dort vorne – siehst du?« Er deutete mit der freien Hand in die Dunkelheit hinein. »Es ist besser, wenn wir die Pferde hierlassen und das letzte Stück zu Fuß gehen. Sie könnten eine Wache aufgestellt haben.«

Sie stiegen ab. Derrek befahl ihm mit einer Geste, hierzubleiben, führte die beiden Pferde an den Zügeln in ein Gebüsch, das sich wenige Schritte abseits des Weges erhob, und machte sich eine Zeitlang raschelnd dort zu schaffen. Als er zurückkam, hatte er sich verändert. Statt der protzigen Uniform der Stadtgarde trug er nun einen schmucklosen, schwarzen Mantel, darunter gleichfarbige Hosen und ein Kettenhemd, dessen Ringe und Ösen sorgsam geschwärzt worden waren, damit sie ihren Träger nicht durch das Schimmern von Licht verrieten. Anstelle des Helmes mit dem albernen Federbusch trug er nun eine einfache, schwarze Kappe.

Mercenario blickte fast betroffen an sich herab. Er trug noch immer die weiße Rüstung, die er in Marans Laden erstanden hatte, aber er mußte zugeben, daß Derrek für das, was vor ihnen lag, weit besser gekleidet war. Die Erkenntnis beunruhigte ihn weit mehr, als er zugeben wollte. Was war nur mit ihm los? Anscheinend begann er die grundlegendsten Regeln seines Handwerks zu vergessen.

Derrek musterte ihn einen Moment lang aus spöttisch glitzernden Augen, dann drehte er sich wortlos herum und ging noch einmal zu dem Gebüsch, hinter dem er die Pferde versteckt hatte. Als er zurückkam, trug er einen zweiten schwarzen Mantel über dem rechten Arm.

»Anscheinend denkst du wirklich an alles«, sagte

Mercenario, während er das Kleidungsstück entgegennahm und überstreifte.

»Jemand muß es ja tun, oder?« Derrek schnitt seine Antwort mit einer Handbewegung ab und deutete zu den Hügeln. »Wir reden jetzt besser nicht mehr. Ich gehe voraus.«

Er huschte davon, lautlos, aber so schnell, daß Mercenario alle Mühe hatte, hinter ihm zu bleiben. Der Weg erwies sich als weiter, als es in der Dunkelheit den Anschein gehabt hatte; vielleicht waren die Hügel auch einfach nur sehr viel höher als erwartet. Sie benötigten annähernd zehn Minuten, ehe sie sich der Kette gleichmäßig an- und absteigender Schatten näherten, und auf dem letzten Stück wurden sie immer langsamer, denn Derrek bewegte sich nicht mehr in gerader Linie, sondern im Zickzack, indem er jede noch so winzige Deckung ausnutzte.

Und seine Vorsicht war keineswegs übertrieben. Der Wachtposten hatte seinen Standort so geschickt gewählt, daß sie ihn erst sahen, als sie kaum noch zehn Meter von ihm entfernt waren, er selbst aber das Gelände in weitem Umkreis überblicken konnte. Wäre Derrek nicht so übertrieben vorsichtig gewesen, dachte Mercenario, und hätten sie nicht die schwarzen Mäntel getragen, dann wäre es wahrscheinlich jetzt schon um sie geschehen. Mercenario mahnte sich innerlich zur Vorsicht. Seine Aufmerksamkeit begann besorgniserregend nachzulassen. Er hatte wohl zu lange nicht mehr gekämpft.

Derrek deutete mit der linken Hand auf den Umriß des Postens und zog mit der anderen einen Dolch unter dem Mantel hervor. Er faßte die Waffe an der Klinge, nicht am Griff, und Mercenario wurde klar, daß er wohl vorhatte, sie zu werfen. Hastig schüttelte er den Kopf. Sie mußten den Posten ausschalten, aber sie brauchten einen Gefangenen, keine Leiche. Außerdem mochte die Distanz zwar für einen gezielten Wurf gering genug sein, der Mann konnte aber durchaus noch einen Schrei ausstoßen, ehe er starb.

So bedeutete er Derrek mit einer hastigen Geste zu bleiben, wo er war und sich nicht zu rühren; er ließ sich auf Hände und Knie herabsinken und kroch lautlos weiter. Der Posten über ihm rührte sich nicht. Er stand auf seinen Speer gestützt da und mußte wohl eingeschlafen sein. Oder seine Aufmerksamkeit war von irgend etwas anderem gefesselt ... Mercenario hielt für einen Augenblick inne und blickte in die gleiche Richtung, ohne irgend etwas Auffälliges erkennen zu können. Dann wurde ihm klar, daß es ein Fehler gewesen war.

Der Posten hatte seine Bewegung bemerkt und fuhr herum. Der Speer, auf den er sich gerade noch so schwer gestützt hatte, sprang förmlich in seine Hände, und Mercenario blieb gerade noch Zeit, zu reagieren. Mit einem Satz war er auf den Füßen, überwand das letzte Stück zwischen sich und dem Krieger und schlug seinen Speer zur Seite. Beinahe gleichzeitig landete seine rechte Faust im Magen des Burschen. Der Hieb war nicht besonders heftig, aber er machte aus dem Schrei, zu dem der Mann angesetzt hatte, ein ersticktes Keuchen, das allerhöchstens ein paar Schritte weit zu hören war.

Mercenario ließ ihm keine Zeit, wieder zu Atem zu kommen. Ein kraftvoller Handkantenschlag traf seinen Hals, ließ ihn halb benommen zurücktaumeln – direkt in Derreks Arme, der Mercenarios Befehl mißachtet hatte und ihm gefolgt war. Der Soldat fing den Mann auf, schlang ihm von hinten den Arm um den Hals und machte eine blitzschnelle Bewegung mit der anderen Hand. Mercenario konnte nicht genau erkennen, was er tat, denn auch er war in der Dunkelheit nicht mehr als ein Schatten. Aber im nächsten Augenblick bäumte sich der Krieger noch einmal auf, und ein gurgelnder Schrei kam für eine halbe Sekunde über seine Lippen, ehe Derrek ihn mit der Hand erstickte.

»Was zum Teufel...?« begann Mercenario und brach erschrocken ab, als ihm klar wurde, daß er entschieden zu laut sprach. Es war auch nicht nötig, weiter zu reden. Der Mann bäumte sich noch eine Sekunde lang in Derreks Griff auf und sackte dann zusammen. Als Derrek ihn zu Boden sinken ließ, sah Mercenario, daß er einen Dolch in der linken Hand hielt. Auf seiner Klinge glänzte Blut.

»Warum hast du das getan?« fragte Mercenario zornig.

Derrek sah ihn mit offenkundiger Verwirrung an. Im allerersten Moment lächelte er sogar; aber nur so lange, bis sein Blick in Mercenarios Gesicht fiel und er den Zorn darin las. »Aber ich... ich wollte dir nur helfen«, sagte er stockend. »Er hätte einen Schrei ausstoßen und die anderen warnen können.«

»Helfen?« Mercenario mußte sich beherrschen, um nicht schon wieder loszubrüllen. Oder Derrek kurzerhand niederzuschlagen, wozu er nicht übel Lust verspürte. »Bevor du mir das nächste Mal *hilfst* «, fuhr er mit mühsam im Zaum gehaltener, scharfer Stimme fort, »frage mich. Das war vollkommen überflüssig!«

»Aber...«

»Hast du das verstanden?« unterbrach ihn Mercenario scharf. »Wenn nicht, ist es vielleicht besser, wenn du auf dein Pferd steigst und zurückreitest.«

Derreks Gesicht wurde zu einer Miene steinerner

Ausdruckslosigkeit. Aber er sagte nichts mehr, sondern nickte nur abgehackt, während er den Dolch in seinen Gürtel zurückschob.

Mercenario beugte sich zu dem Toten hinab und untersuchte ihn flüchtig. Es war ein Mann von schwer zu bestimmendem, aber noch nicht sehr hohem Alter. Seine Taschen enthielten nichts, was Aufschluß über seine Herkunft oder den Zweck seines Hierseins gab; nur ein paar nutzlose Kleinigkeiten und eine Handvoll Münzen ohne besonderen Wert.

Mercenario ließ alles achtlos zu Boden fallen und stand auf, aber Derrek bückte sich wieder und sammelte die Münzen aus dem Gras. Mercenario betrachtete ihn mit eisigen Blicken, unter denen der Soldat immer nervöser wurde. Schließlich zählte er mit spitzen Fingern die Hälfte der Münzen ab und hielt sie ihm hin.

Mercenario schlug sie ihm aus der Hand, wandte sich mit einem Ruck um und begann geduckt den Hügel hinabzulaufen. Derrek folgte ihm – nachdem er sich abermals gebückt und die Münzen wieder aufgesammelt hatte. Mercenario versuchte seinen Ärger zu unterdrücken und sich ganz auf seine Umgebung zu konzentrieren. Der Hof lag jetzt nur noch wenige Dutzend Schritte vor ihnen, eine Ansammlung massiger Schatten in der Dunkelheit, in der zwei gelbe rechteckige Lichter glommen. Von einem weiteren Posten war nichts zu sehen, und Mercenario war auch ziemlich sicher, daß es keinen gab. Das war der Nachteil, wenn man Wachen aufstellte, dachte er. Waren sie einmal ausgeschaltet, dann rächte es sich schnell, sich zu sehr auf sie verlassen zu haben.

Trotzdem bewegte er sich mit äußerster Vorsicht

weiter. Sich zu sehr auf die eigene Überlegenheit zu verlassen konnte sich ebenso schnell und erbarmungslos rächen. In zehn Schritten Entfernung blieb er stehen, ließ sich in die Hocke sinken und spähte aufmerksam zum Haus hinüber. Er war sicher, von drinnen nicht gesehen werden zu können, aber trotzdem ... irgend etwas warnte ihn. Er hatte das immer intensivere Gefühl, in eine Falle zu laufen. Unendlich langsam bewegte er sich weiter und blieb fast sofort wieder stehen. Derrek war neben ihm aufgetaucht – aber das war es nicht.

Der Wind hatte sich gedreht und trug einen schwachen, aber charakteristischen Geruch mit sich heran, so daß Mercenario spätestens jetzt gewußt hätte, daß sie sich auf der richtigen Spur befanden. Was er roch, war der unverkennbare Reptiliengestank von Drachen. Zugleich drangen Laute an sein Ohr: ein tiefes Grollen und Knurren, ein Schaben und Kratzen; die Geräusche großer, schuppiger Leiber, die sich aneinander rieben.

Auch Derrek sog die Luft ein. Für ihn mußte der Geruch noch viel deutlicher sein, denn anders als Mercenario war er ihn nicht gewohnt. Fragend sah er ihn an.

»Drachen«, bestätigte Mercenario im Flüsterton. »Euer Verdacht war zutreffend. Es *sind* Karelians Männer.

»Hast du daran gezweifelt?« fragte Derrek.

»Ich bezweifle prinzipiell alles, von dem ich nicht genau weiß, daß es auch wirklich so ist, wie es zu sein scheint«, antwortete Mercenario. Nachdenklich musterte er das im Dunkeln daliegende Haus. Die Wände mußten sehr dick sein, denn er hörte nicht den mindesten Laut, aber hinter den Fenstern bewegten sich Schatten. Wenn die Informationen stimmten, die ihm der oberste Richter von Harumal gegeben hatte, waren es noch vier. Und es schien, als wären sie tatsächlich so nachlässig, wie er gehofft hatte.

Trotzdem ging er nicht direkt weiter, sondern wandte sich nach rechts, um das Gebäude in weitem Bogen zu umgehen. Sein Ziel war ein großer Pferch hinter dem Haus, in dem die Bauern für gewöhnlich ihre Pferde oder auch anderes Vieh hielten. Jetzt hatte er neue Bewohner bekommen. In der Dunkelheit nur als gewaltige Schatten mit bizarren Umrissen zu erkennen, drängte sich ein knappes Dutzend Drachen aneinander. Die angestammten Bewohner waren auch noch da: Mercenario entdeckte den aufgefressenen Kadaver eines Pferdes neben einem anderen, der ihm unbekannt war. Es war so groß wie ein Pferd, aber viel massiger und schwarz-weiß gescheckt. Ein intensiver Blutgeruch hing in der Luft.

»Was für Giganten«, murmelte Derrek, der ihm gefolgt war. Seiner Stimme war die Furcht anzuhören, mit der ihn die Nähe der Drachen erfüllte.

»Giganten?« Mercenario schüttelte den Kopf. »O nein. Sie sind sogar eigentlich klein.« Was durchaus die Wahrheit war. Karelians Männer bevorzugten die kleinen, schnellen Jagddrachen, die in der dicken, schweren Luft ihrer tiefergelegenen Heimat ganz hervorragende Reittiere abgaben. Aber Mercenario hatte schon Tiere geflogen, die doppelt so groß waren.

»Beeindruckend«, sagte Derrek in einem Ton, der das genaue Gegenteil behauptete. Sein Blick glitt über den halb ausgeweideten Kadaver des Pferdes, und ein angewiderter Ausdruck machte sich auf seinen Zügen breit. »Hast du mich hierher gebracht, um mir das zu zeigen?«

Mercenario starrte ihn ärgerlich an, beherrschte sich aber. »Nein«, sagte er. »Nicht nur, sondern auch ...« Er preßte die Augen zusammen und versuchte, die Dunkelheit mit Blicken zu durchdringen. »... deshalb. Siehst du?«

Er deutete auf einen Punkt auf der anderen Seite der Koppel. Derrek blickte eine geraume Weile sehr angestrengt in die gleiche Richtung, ehe er nickte. »Ein zweiter Posten?« flüsterte er.

»Nein. Du würdest ihn einen Stallburschen nennen«, erwiderte Mercenario. »Sie lassen die Drachen niemals ganz allein. Jagddrachen sind unberechenbar. Wenn sie sich vor etwas erschrecken oder über irgend etwas in Zorn geraten, muß man sie sofort beruhigen.«

Der Söldner behielt den flachen, langgestreckten Schatten auf der anderen Seite der Koppel aufmerksam im Auge. Er rührte sich nicht. Wahrscheinlich schlief er.

»Du wirst dich um ihn kümmern«, sagte Mercenario. Derrek sah ihn scharf von der Seite an, und Mercenario machte eine entsprechende Handbewegung, um seinen nächsten Worten den gehörigen Nachdruck zu verleihen, und fuhr leise fort: »Das heißt nicht, daß du ihn *umbringen* sollst, wenn es sich vermeiden läßt. Bleib hier und behalte den Burschen im Auge.«

»Du willst allein hineingehen?« fragte Derrek. Er klang fast erschrocken.

»Sie sind nur noch zu dritt«, erwiderte Mercenario. »Und ich habe den Vorteil der Überraschung auf meiner Seite. Du bleibst hier.«

Derreks Blick machte sehr deutlich, daß er andere Befehle hatte. Aber der, der sie ihm gegeben hatte, war weit weg, und er wagte es ganz offensichtlich nicht, sich Mercenario offen zu widersetzen. Mercenario gab ihm auch gar keine Gelegenheit dazu. Rasch wandte er sich um, huschte zum Haus zurück und begann, dessen rückwärtige Wand zu untersuchen. Ganz wie er erwartet hatte, gab es auch hier eine Tür. Sie war von innen verriegelt, aber sie bestand aus uralten, verzogenen Brettern, zwischen denen fast fingerbreite Spalten waren, so daß es Mercenario nicht schwerfiel, den Riegel mit der Klinge seines Dolches anzuheben und zur Seite zu schieben. Die Angeln quietschten ganz leise, als Mercenario die Tür aufschob, so daß er einen Moment mit klopfendem Herzen innehielt und lauschte. Aber die befürchtete Reaktion blieb aus. Nach einem Augenblick ging er weiter, schob die Tür hinter sich wieder zu und verharrte abermals sekundenlang, um mit geschlossenen Augen zu lauschen. Geräusche drangen an sein Ohr; Schritte, ein gedämpftes Poltern und die Stimmen von zwei, vielleicht drei Männern, die sich unterhielten. Aber da war auch noch etwas. Ein Laut, den er nicht identifizieren konnte und den er eher spürte als wirklich hörte. Es war ein hohles, an- und abschwellendes Brausen, fast wie das Geräusch von Wind, der sich in einer tiefen Schlucht brach. Mercenario dachte einen Moment lang vergeblich über dieses Geräusch nach und ging dann weiter.

Da es im Haus vollkommen dunkel war, kam er nur langsam voran. Er mußte sich, die rechte Hand an der Wand und den linken Arm mit weit gespreizten Fingern ausgestreckt, Schritt für Schritt vorantasten und rechnete jeden Moment damit, trotz aller Vorsicht irgend etwas umzuwerfen oder zu stolpern, so daß er unweigerlich entdeckt werden mußte. Tatsächlich stellte er schon nach wenigen Schritten und auf sehr schmerzhafte Weise fest, daß die Decken in diesem Haus tiefer als erwartet waren, denn sein Helm stieß mit einem Knall gegen einen Balken, und für eine Sekunde tanzten bunte Sterne vor seinen Augen. Aber niemand reagierte auf diesen Lärm. Die drei Räuber schienen sich sehr sicher zu fühlen oder waren zu sehr mit etwas anderem beschäftigt, um auf verdächtige Geräusche zu achten.

Noch vorsichtiger bewegte er sich weiter. Die Stimmen waren noch immer zu hören, und nach ein paar Augenblicken sah er einen schwachen Schimmer von Licht, der durch die Ritzen einer Tür auf der anderen Seite des Flures fiel. Lautlos bewegte er sich hin, suchte nach einem Spalt, der breit genug war, um hindurchsehen zu können, er fand aber keinen, so daß er schließlich das Ohr gegen das rauhe Holz preßte und mit angehaltenem Atem einige Sekunden lauschte. Das unheimliche Brausen und Rauschen war noch immer zu vernehmen, und er unterschied jetzt ganz deutlich die Stimmen von drei Männern. Zwar bestand die Gefahr, daß seine Informationen falsch waren und sich noch mehr in dem Raum hinter der Tür aufhielten, aber dieses Risiko mußte er eingehen. Mercenario tastete nach dem Türgriff, legte die andere Hand auf das Schwert in seinem Gürtel – und wäre beinahe der Länge nach in den Raum hinter der Tür gestürzt, denn sie wurde in diesem Moment von innen aufgerissen.

Was ihn rettete, war einzig der Umstand, daß der Mann auf der anderen Seite mindestens ebenso überrascht war, Mercenario zu erblicken. Und daß Mercenario seine Überraschung einen Moment schneller überwand.

Er versuchte nicht, seinen Sturz abzubremsen,

sondern warf sich im Gegenteil noch weiter vor und prallte mit der Schulter gegen den anderen. Der Mann wurde zurückgeschleudert und stolperte über einen Stuhl, und noch ehe er zusammen mit dem zerbrechenden Möbelstück zu Boden fiel, hatte sich Mercenario wieder aufgerichtet und sein Schwert aus dem Gürtel gezogen.

Doch dann erstarrte der Söldner. Der Anblick war so bizarr, daß er die beiden Krieger, die an einem Tisch unter dem Fenster gesessen hatten und erschrocken aufsprangen und zu ihren Waffen griffen, im allerersten Moment nicht einmal zur Kenntnis nahm. In der Mitte des großen Zimmers schwebte etwas scheinbar schwerelos in der Luft...

Etwas.

Mercenario konnte nicht sagen, was es war. Er hatte den flüchtigen Eindruck von etwas Dunklem, das nur aus Schwärze und Bewegung zu bestehen schien, ein Schatten ohne jede Form. Viel schlimmer als das, was er sah jedoch, war das, was er *fühlte.* Es war wie ein eisiger Windhauch, der aber nicht seinen Körper traf, sondern seine Seele streifte und etwas darin erstarren ließ. Erst, als einer der beiden Krieger mit hoch erhobenem Schwert auf ihn zusprang, erwachte Mercenario aus seiner Starre, fand aber nur noch Zeit, sich zur Seite zu drehen und schützend den Arm vor das Gesicht zu reißen.

Das Schwert des Angreifers prallte mit furchtbarer Wucht gegen seinen erhobenen Unterarm. Der Schlag war so heftig, daß Mercenario zurückgetrieben wurde und mit einem Schrei gegen die Wand. fiel. Ein betäubender Schmerz raste seinen Arm hinauf und lähmte ihn bis zur Schulter – aber die Rüstung hielt, was Maran versprochen hatte.

Obgleich mit großer Kraft geführt, hatte das Schwert den weißen Stahl nicht zerbrechen können.

Trotzdem bedeutete das nicht, daß die Gefahr vorüber war. Der Mann war zwar unter der Wucht seines eigenen Hiebes zurückgetaumelt und blickte verwirrt die Klinge in seiner Hand an, die eine deutliche Scharte abbekommen hatte, aber der andere drang dafür mit um so größerem Ungestüm auf Mercenario ein, und auch der dritte Räuber hatte sich bereits wieder erhoben und griff nach seiner Waffe.

Mercenario stieß sich von der Wand ab und sprang den beiden entgegen. Er fing einen Schwertstreich mit erhobener Waffe ab, duckte sich unter einem zweiten hindurch und trat dem Krieger, der sich gerade wieder mühsam in die Höhe gestemmt hatte, ein zweites Mal die Beine unter dem Leib weg, so daß er schon wieder unsanft auf dem Rücken landete. Er wurde abermals getroffen. Auf seiner Rüstung und auf der Klinge des Angreifers sprühten Funken, aber der Harnisch nahm auch diesem Hieb die tödliche Wucht. Trotzdem war er für eine ganze Weile nicht einmal sicher, daß er wirklich gewinnen würde. Die Männer überwanden ihre Überraschung schnell, und es waren keine dahergelaufenen Straßenräuber, wofür viele Karelians Drachenreiter hielten, sondern gut ausgebildete und geschickte Krieger, die mit ihren Waffen umzugehen verstanden und von denen mindestens einer Mercenario wenn nicht an Kraft, so doch an Geschicklichkeit, beinahe ebenbürtig war. Was ihn rettete, war einzig die Rüstung. Er war mindestens vier- oder fünfmal getroffen worden, ehe es ihm gelang, einen der Angreifer durch einen geraden Stich auszuschalten, der sich durch eine Lücke seiner Panzerung bohrte. Der Mann sank sterbend zu Boden, und Mercenario versetzte einem der beiden anderen einen wuchtigen Tritt vor das Knie, der ihn mit einem Schmerzensschrei zusammenbrechen ließ, und packte sein Schwert mit beiden Händen, um sich dem dritten Gegner zuzuwenden. Der Räuber wehrte sich tapfer und mit der verbissenen Wut eines Mannes, der begriffen hatte, daß er verloren war, seinem Gegner aber noch möglichst viel Schaden zufügen wollte. Mercenario brachte einen Schlag an, der das Schwert des anderen dicht oberhalb des Griffes traf, so daß ihn die gesamte Wucht des Hiebes vor Schmerz aufschreien ließ. Er taumelte haltlos ein paar Schritte zurück und hatte kaum mehr die Kraft, Mercenarios nächsten Angriff zu parieren.

»Gib auf«, sagte Mercenario. »Ich will dich nicht töten. Wirf deine Waffe weg, und ich lasse dich am Leben.«

Der Mann blickte ihn aus großen, ungläubig aufgerissenen Augen an, und für einen Moment glaubte Mercenario fast, daß er sich tatsächlich ergeben würde. Aber der Augenblick ging so schnell vorüber, wie er gekommen war. Mit einem zornigen Schrei hob der Räuber sein Schwert, schwang es hoch über dem Kopf, und Mercenario stieß ihm seine eigene Klinge in die Kehle. Der Krieger ließ sein Schwert fallen, taumelte rücklings gegen die Wand und schlug die Hände gegen den Hals. Ein dunkelroter, im Takt seines rasenden Herzschlages pulsierender Blutstrom quoll zwischen seinen Fingern hervor. Mercenario fluchte lautlos in sich hinein. Der zweite Tote. Ob er es wollte oder nicht, er war dabei, ganz genau das zu tun, was Derrek und sein Herr in Harumal von ihm zu erwarten schienen. Er mußte sehen, daß sie wenigstens den letzten von Karelians Männern lebend in die Hände bekamen.

Im nächsten Moment hatte er jedoch erst einmal genug damit zu tun, selbst am Leben zu bleiben. Der dritte Krieger griff ihn mit dem Mut der Verzweiflung an, so daß Mercenario für einige Augenblicke in die Defensive gedrängt wurde und sogar ein paar Schritte weit zurückwich. Der andere deckte ihn mit einem wahren Hagel von Hieben ein, die zwar kaum gezielt, aber mit der absoluten Kraft geführt wurden, daß ihn die Todesangst ergriff. Mercenario versuchte nicht, die Schläge abzufangen oder mit einem Gegenangriff zu kontern. Er wollte den Mann lebend; und er wußte, daß die Kraft der Verzweiflung, die ihn für einen Augenblick erfüllte, nur Sekunden anhielt, denn sie war wie ein Feuer, das sich in einem einzigen Moment heißer Glut selbst verzehrte. So wich er Schritt für Schritt vor dem Tobenden zurück und beschränkte sich darauf, seinen Hieben auszuweichen.

Als er die Falle bemerkte, war es zu spät.

Der Angriff des Räubers war nicht ganz so blindwütig gewesen, wie er geglaubt hatte. Mercenario war gezielt in eine ganz bestimmte Richtung getrieben worden, zur Mitte des Zimmers hin, auf den pulsierenden Schatten zu.

Es war, als streife ihn ein eisiger Nebel. Als sich Mercenario *in* der Erscheinung befand, vermochte er noch immer nicht zu sagen, was es eigentlich war. Ein Gefühl der Kälte umgab ihn. Der Schatten war überall um ihn herum, aber zugleich auch *in ihm*. Ein kaltes, angstmachendes Prickeln auf und irgendwie unter seiner Haut erfüllte ihn und zugleich das Gefühl, etwas unsagbar Böses zu berühren, das ihn verbrennen mußte, wenn er länger als einige Sekunden in seiner Nähe blieb. Mercenario versuchte sich zu bewegen; er versuchte es mit aller Macht, aber dieser brodelnde schwarze Schatten schien jede Kraft aus seinem Körper zu saugen. Das Schwert, das er in beiden Händen hielt, wog plötzlich einen Zentner, dann eine Tonne. Er hatte nicht mehr die Kraft, es zu halten. Er konnte auch nicht mehr richtig sehen. Obwohl der Krieger kaum zwei Schritte von ihm entfernt war, schien er wie hinter treibendem Nebel verborgen zu sein. Er war nach wie vor da und real, eine tödliche Bedrohung, aber es gelang Mercenario nicht, darauf zu reagieren. Er kam sich vor wie im Griff eines unsichtbaren Vampires, dessen Biß ihm die Willenskraft nahm. Der Räuber bewegte sich auf ihn zu und hob gleichzeitig das Schwert, ein finsteres Gespenst ohne Gesicht, das ihn töten würde.

Der Gedanke löste irgend etwas in ihm aus. Plötzlich schien der Söldner nicht mehr er selbst zu sein. Ein kalter, berechnender Zorn strich wie eine alles hinwegfegende Woge in ihm auf, spülte jeden anderen Gedanken, jede Furcht, aber auch jedes menschliche Gefühl davon. Er war völlig verändert, als er sich aufrichtete und dem Mann entgegentrat.

Der Krieger hatte keine Chance. Seine Bewegungen schienen plötzlich geradezu lächerlich langsam, fast absurd. Mercenario fegte seine Klinge mit einer beinahe spielerischen Bewegung zur Seite, packte ihn und warf ihn so heftig gegen die Wand, daß er hören konnte, wie dem Mann die Knochen brachen. Der Mann sank in sich zusammen; gekrümmt; in seinen Augen flackerte eine Angst, die größer war als die vor dem Tod, den Mercenario ihm brachte.

Langsam trat Mercenario auf ihn zu, hob das Schwert – und zögerte. Seine Hand schloß sich so fest um den Griff der Waffe, daß sie zu zittern begann. Er *wollte* diesen Mann töten. Er wollte ihn *vernichten.* Alles in ihm schrie danach, ihn zu packen und ihn zu zerfetzen, wie ein tobsüchtiges Raubtier seine Beute zerrissen hätte, und zugleich spürte er, daß dies nicht sein Zorn war, daß der Blutrausch, in den er sich hineinzusteigern begann, zu einer anderen finsteren Wesenheit gehörte, die von ihm Besitz ergriffen hatte.

Mercenario stöhnte leise. Jeder Muskel in seinem Körper war plötzlich zum Zerreißen angespannt. Der Wille zu töten und zu vernichten wurde übermächtig, aber er wehrte sich mit verzweifelter Kraft dagegen, denn er spürte auch, daß er diesen fremden Willen vielleicht nie wieder würde bezwingen können, wenn er ihm einmal nachgab. Mercenario hatte niemals an Geister geglaubt, aber nun tat er es, und vielleicht war es das, was ihm half, diesen entsetzlichen Kampf zu gewinnen.

Es dauerte in Wahrheit wohl nur Sekunden, die sich für ihn jedoch zu Ewigkeiten dehnten, aber endlich, zögernd und widerwillig zog sich die finstere Wesenheit zurück. Mercenario stand noch immer da, das Schwert reglos in der hoch erhobenen Hand und zitternd vor Anstrengung, und er regte sich nicht einmal, als der Mann vor ihm sich wieder zu bewegen begann.

Er war verletzt. Sein erster Versuch, aufzustehen, endete mit einem kläglichen Schrei, und sein Gesicht glänzte vor Schweiß und war verzerrt vor Qual. Mercenario war völlig wehrlos in diesen Momenten. Hätte der Krieger sein Schwert aufgehoben und ihn niedergestochen, so hätte er ihn vermutlich nicht einmal daran hindern können.

Aber der Mann versuchte es nicht. Beim dritten Anlauf kam er mühsam auf die Beine, wich vor Mercenario zurück und näherte sich der Tür. Sein Gesicht war noch immer zu einer Grimasse verzerrt, und in seinen Augen loderte Wahnsinn – aber diese abgrundtiefe Furcht galt nicht Mercenario. Sein Blick war starr auf einen Punkt hinter ihm gerichtet, und als Mercenario endlich aus seiner Starre erwachte und in die gleiche Richtung sah, erkannte er, daß sich im Inneren der Dunkelheit etwas bewegte. Es war kein Mensch, sondern reine, finstere Bewegung, als versuche etwas aus diesem Gefängnis aus Schwärze auszubrechen.

Der Krieger hatte die Tür erreicht, riß sie auf und stürzte ins Freie. Mercenario versuchte nicht einmal, ihm zu folgen. Erschöpft ließ er sein Schwert sinken und wich ebenfalls bis zur Wand zurück, ohne den Blick von der unheimlichen Erscheinung zu nehmen. Das Zucken und Wogen in ihrem Inneren hielt an und wurde für einen Moment sogar noch stärker, so daß Mercenario für Sekunden fast davon überzeugt war, daß, was immer darin eingeschlossen war, die Mauern seines Gefängnisses nun niederreißen und sich auf ihn stürzen würde. Mercenario war kaum fähig, einen klaren Gedanken zu fassen. Sein Inneres befand sich in einem Aufruhr wie nie zuvor. Er spürte einen Sturm absurder Gefühle, als hätte jene kurze Berührung des Schattens fast gereicht, alles menschliche in ihm abzutöten. Er versuchte erst gar nicht zu verstehen, was er gerade erlebt hatte. Es war Zauberei, finsterste, schwärzeste Magie, die nicht aus dieser Welt stammte. Und er spürte mit unerschütterlicher Gewißheit, daß ihn die Berührung dieses fremden *Dinges* beinahe vollends verbrannt hätte. Er wäre ausgebrannt, zu einer leeren, toten Hülle geworden, die sich vielleicht noch bewegte, vielleicht sogar noch reden konnte, die aber kein Mensch mehr war.

Er hörte ein Geräusch hinter sich, und der Krieger in ihm erwachte wieder und erinnerte ihn daran, daß ein Schwertstich ebenso tödlich sein konnte wie die Berührung dieser finsteren Kraft. Ganz automatisch drehte er sich wieder herum und hob sein Schwert.

Aber es war kein weiterer Räuber, es war Derrek.

Der Krieger stand in halb gebückter Haltung unter der Tür, den linken Arm angewinkelt und die Hand mit gespreizten Fingern vor dem Gesicht. In der anderen hielt er seinen Dolch. Auf der Klinge glänzte frisches Blut.

Mit einem raschen Blick sah er sich im Zimmer um, musterte Mercenario, dann den körperlosen Schatten hinter ihm und schließlich die beiden Toten.

»Saubere Arbeit«, sagte er. »Aber einer ist dir abhanden gekommen. Keine Sorge.« Er wedelte mit dem blutigen Messer. »Ich habe mich um ihn gekümmert. Was ist das?«

Die Frage galt dem Schatten hinter Mercenario, und obwohl ihm schon der bloße Gedanke, ihn noch einmal anzusehen, größtes Unbehagen bereitete, wandte Mercenario noch einmal den Blick. Der Schatten war noch immer da, so finster und unheimlich wie bisher – aber es kam ihm vor, als wäre er kleiner geworden, als hätte er ... an Realität eingebüßt.

»Ich weiß es nicht«, antwortete er schließlich. »Irgendein Zaubertrick Karelians, nehme ich an.«

In Derreks Augen war das gleiche Unbehagen zu lesen, das auch Mercenario verspürte. Aber er gab sich offensichtlich mit dieser Erklärung zufrieden und wandte sich abrupt wieder zu den Toten um. Vermutlich hätte er jede Erklärung akzeptiert, die es ihm erlaubt hätte, den Schatten nicht länger ansehen zu müssen.

»Ist das deine Art, Gefangene zu machen?« fragte er spöttisch. »Sehr viel werden die beiden uns nicht mehr erzählen.«

»Ich hatte keine andere Wahl«, antwortete Mercenario. Er war zornig; zum einen, weil Derrek ihn zwang, sich zu verteidigen. Und zum anderen, weil er recht hatte.

»Der Bursche, der mir in die Arme gelaufen ist, wird auch nicht mehr viel erzählen«, sagte Derrek. Er zuckte mit den Schultern. »Aber das macht auch nichts. Sie sind tot und werden keinen Schaden mehr anrichten. Der Lordoberrichter wird sehr zufrieden mit dir sein.«

Mercenario fühlte schon wieder Zorn in sich aufsteigen. Verdammt noch mal, er hatte *gewußt*, was die Herren Harumals von ihm erwarteten: nämlich nichts anderes als fünf bezahlte Morde. Aber sein Zorn galt sehr viel weniger ihnen, als vielmehr sich selbst, daß es ihm nicht gelungen war, es *nicht* zu tun. Und es fiel ihm erstaunlich schwer, diesen Zorn im Zaum zu halten. Was geschah mit ihm? Er war nie unbeherrscht gewesen oder gar jähzornig, aber plötzlich mußte er sich mit aller Macht beherrschen, um Derrek nicht beim Kragen zu packen und ins Gesicht zu schlagen.

»Was ist mit dem letzten?« fragte er. »Dem Kerl, der draußen bei den Drachen geschlafen hat?«

»Er schläft weiter«, antwortete Derrek. »Und ich glaube, er wird auch nicht mehr aufwachen.« Er drehte sich zu Mercenario um, sah ihm herausfordernd ins Gesicht und fuhr im Tonfall aggressiver Verteidigung fort: »Schließlich konnte ich nicht ahnen, daß du hier drinnen ein Schlachtfest veranstaltest.«

Diesmal war Mercenario nahe daran, ihn niederzuschlagen. Etwas von seinen Gefühlen mußte sich jedoch sehr deutlich auf seinem Gesicht widerspiegeln, denn Derrek wich einen halben Schritt zurück, sah ihn einen Herzschlag lang erschrocken an und beeilte sich dann, mit veränderter Stimme fortzufahren:

»Verschwinden wir von hier. Unsere Aufgabe ist beendet.«

»Was ist mit den Leuten?« fragte Mercenario und machte eine ausholende Geste. »Denen, die hier gelebt haben?«

»Glaubst du wirklich, daß sie noch am Leben sind?« fragte Derrek.

Nein, Mercenario glaubte es nicht, aber sie mußten sich wenigstens davon überzeugen.

Derrek und er teilten sich auf. Während der Krieger das Untergeschoß des Hauses durchsuchte, ging Mercenario die Treppe hinauf ins Obergeschoß und untersuchte rasch, aber sehr gründlich sämtliche Zimmer.

Sie fanden nichts. Wenn die Räuber die rechtmäßigen Besitzer dieses Hofes getötet hatten, so hatten sie die Leichen fortgeschafft. Nach weniger als zehn Minuten trafen sie sich am Fuße der Treppe wieder.

Derrek hatte eine Fackel entzündet, deren flackerndes Licht die Schatten in die Ecken und Winkel zurücktrieb, trotzdem aber eine Art von trostloser Helligkeit verbreitete, die Mercenario fast unangenehmer erschien als die Dunkelheit zuvor. Und es hatte die Schatten auch nicht wirklich vertrieben, sondern nur in Verstecke unter den Fenstern und Treppenstufen, hinter Möbeln und Türen zurückgescheucht, wo sie sich zu einem neuerlichen Ansturm sammelten. Es war ein bizarre Atmosphäre. Das Haus schien sich in eine finstere Gruft verwandelt zu haben, von einem unsichtbaren Spinnennetz erfüllt, dessen Fäden aus reiner Furcht gewoben waren.

Derrek erschien es ähnlich zu ergehen wie ihm, denn er fragte Mercenario nicht einmal, ob er etwas gefunden hatte, sondern drehte sich wortlos herum und ging auf die Hintertür zu, als Mercenario gerade die Hälfte der Treppe hinter sich gebracht hatte. Er verließ als erster das Haus und löschte dabei seine Fackel, ließ die Tür aber weit offen stehen, so daß die Dunkelheit das verlorene Terrain nicht zur Gänze wieder zurückerobern konnte. Trotzdem schritt Mercenario instinktiv schneller aus, um die Tür zu erreichen. Er spürte immer deutlicher, daß er nicht allein in diesem Haus war.

Draußen vor der Tür bewegte sich etwas. Mercenario konnte nicht sagen, was es war, aber irgend etwas an dieser Bewegung warnte ihn und veranlaßte ihn, auf den letzten Schritten langsamer zu gehen.

Und wahrscheinlich rettete ihm seine Vorsicht das Leben.

Der Drache hockte unmittelbar vor der Tür, ein Berg aus Fleisch und Horn, der den Himmel verdunkelte und aus dem ein Paar kalter Reptilienaugen starrten.

»Mercenario! Paß auf!«

Derreks Stimme überschlug sich fast vor Entsetzen, aber seine Warnung wäre dennoch zu spät gekommen, wäre Mercenario auch nur um eine Winzigkeit eher aus dem Haus getreten. Der Drache griff blitzartig an. Seine gewaltigen Kiefer schnappten nach Mercenario und verfehlten ihn buchstäblich um Haaresbreite, und sein gewaltiger Schädel krachte gegen die Tür und zertrümmerte sie, während Mercenario entsetzt ins Haus zurückstolperte.

Der Drache stieß ein zorniges Brüllen aus. Sein gewaltiger Schädel schlug ein zweites Mal gegen die Tür, und diesmal erzitterte das gesamte Haus. Mercenario stolperte weiter zurück, wobei er schützend die Arme über den Kopf hielt, um nicht von einem herabfallenden Trümmerstück getroffen zu werden. Das Haus erzitterte immer heftiger, und das Toben des Drachen ließ nicht nach, sondern nahm im Gegenteil immer mehr zu. Irgendwo im oberen Geschoß des Hauses zerbarst ein Balken und brach krachend durch die Decke.

Mercenario sah sich gehetzt um. Der Drache war wie alle Jagddrachen recht klein, aber auch ein kleiner Drache war ein Gigant, genau wie Derrek gesagt hatte. Mercenario traute dem Tier durchaus zu, das Haus bis auf die Grundmauern zu zerstören. Er verstand nur nicht, warum. Drachen griffen *niemals* von sich aus Menschen an oder gar deren Häuser.

Das Gebäude erbebte unter immer heftigeren Schlägen des tobenden Giganten. Mercenario hatte es fast durchquert, als die gesamte rückwärtige Wand zusammenbrach. Das Haus wankte. Mercenario konnte hören, wie sich das gesamte Dach in einem Stück zur Seite neigte, ohne auseinanderzubrechen, dann warf sich der Drache erneut mit seinem gesamten Gewicht gegen das Haus – und diesmal *begann* es zusammenzustürzen. Mercenario floh in letzter Sekunde aus dem zusammenstürzenden Haus. Hinter ihm brach das gesamte Gebäude in sich zusammen, und für einen Moment nahmen ihm Staub und Trümmer die Sicht.

Aber seine Hoffnung, daß sich das Ungeheuer damit zufriedengeben würde, das Haus zerstört zu haben, erfüllte sich nicht. Mercenario erinnerte sich plötzlich wieder an den Grund, aus dem man diese

Tiere Jagddrachen nannte. Sie gaben die Spur eines Opfers, die sie einmal aufgenommen hatten, nie wieder auf.

Mercenario entfernte sich ein paar Schritte von dem Haus und fluchte ungehemmt. Der Staub hatte sich noch nicht einmal völlig gelegt, und über die Trümmer des Hauses kroch der Drache heran. Das Reptil hielt vergeblich nach der Beute Ausschau, aber seine Nüstern blähten sich; es nahm Witterung auf wie ein schnüffelnder Hund. Seine Bewegungen wirkten plump und ungelenk; es gab wenige Geschöpfe auf Zomar, die plumper waren als ein Flugdrache am Boden. Aber er war unvorstellbar stark – und über kurz oder lang würde er sich in die Luft erheben und von einer tolpatschigen, viel zu groß geratenen Ente zu einem pfeilschnellen Jäger werden.

Mercenario sah sich ebenso verzweifelt wie vergeblich nach einem Versteck um. Es gab weit und breit nichts, was Schutz vor einem ausgewachsenen Drachen geboten hätte. Eine Sekunde lang spielte er ernsthaft mit dem Gedanken, zum Pferch hinüber zu laufen und sich ebenfalls eines Drachens zu bemächtigen, verwarf ihn aber sofort wieder. Drachen waren keine Pferde, auf die man sich setzte und die man nur irgendwie zu halten brauchte. Er würde vielleicht nur Minuten brauchen, um das Vertrauen eines der Tiere zu erlangen, aber diese Zeit hatte er nicht. Der Drache kam näher, und Mercenario erkannte die Gestalt, die in seinem Nacken hockte. Wenigstens wußte er jetzt, warum der Drache ihn angriff.

In den nächsten Sekunden erwog Mercenario alle nur möglichen Pläne, dem Mann im Nacken des Drachen beizukommen, aber einer war so aussichtslos wie der andere. Der Drache kroch über die Trümmer des zusammengebrochenen Hauses heran, das Maul halb geöffnet, so daß Mercenario die handlangen Fänge sehen konnte.

»Mercenario! Lauf weg!«

Eine winzige Gestalt erschien plötzlich neben dem Drachen: Derrek, der mit weit ausgebreiteten Armen und grotesk aussehenden Sprüngen über die Trümmer balancierte und sich dem Drachen näherte. War er verrückt geworden? Der Drache würde ihn zermalmen!

Tatsächlich hatte zumindest sein Reiter den neuen Gegner bereits entdeckt. Er versuchte den Drachen herumzuzwingen, was ihm in der Luft auch zweifellos gelungen wäre. Auf dem Boden jedoch war der Drache beinahe hilflos. Er drehte sich langsam und schwerfällig, breitete dabei die Schwingen aus und spannte sie. Sein Reiter versuchte das Tier in die Luft zu bekommen, um seine wirklichen Vorteile auszuspielen und seine beiden Opfer zu schlagen.

»*Mercenario*! Paß auf! Bring dich in Sicherheit!« brüllte Derrek. Gleichzeitig hob er den Arm und machte eine blitzschnelle, ausholende Bewegung. Ein silberner Schatten flog durch die Luft, und eine Sekunde später schrie der Mann im Nacken des Drachen gellend auf, griff sich an die Schulter und sank nach vorne.

Auch der Drache brüllte, als fühle er den Schmerz seines Reiters wie seinen eigenen. Er bäumte sich auf und schwang sich mit einer einzigen, kraftvollen Bewegung in die Luft. Mercenario duckte sich instinktiv, und Derrek, der den Drachen viel näher war, wurde von den Füßen gerissen und zurückgeschleudert. Der Drache gewann mit mühsamen, schweren Flügelschlägen an Höhe, zog einen schwerfälligen Kreis über dem Hof und wandte sich dann nach Westen. Die Gestalt in seinem Nacken war nach vorne gesunken, aber Mercenario erkannte auch, daß die Wunde nicht tödlich war.

Mercenario sah ihm nach, bis er in der Dunkelheit verschwunden war. Erst dann drehte er sich herum und ging zum Haus zurück, um nach Derrek zu suchen.

Er fand ihn inmitten eines Gewirrs von Balken und zerborstenen Dachziegeln, reichlich zerschrammt und mit Kalk und Staub bedeckt, die seinen dunklen Mantel weiß überpudert hatten. Er konnte nicht schwer verletzt sein, denn er erhob sich aus eigener Kraft, als Mercenario auf ihn zutrat. Als er ihn sah, erschien ein Lächeln auf seinem Gesicht.

»Mercenario!« sagte er. »Du bist unverletzt. Ist er weg?«

»Ja«, antwortete Mercenario. »Und er wird auch nicht wiederkommen. Du hast ihn schwer genug verwundet, um ihn zu vertreiben.«

Derrek war verwirrt. »Ich verstehe nicht genau, was du meinst«, sagte er schleppend. »Es tut mir leid. Ich dachte, er wäre tot, aber er hat wohl einen härteren Schädel, als ich angenommen habe. Ich hätte mich überzeugen sollen.«

»Nun, dafür hast du meinen Namen oft genug geschrien, damit er ihn auch ganz bestimmt verstanden hat«, sagte Mercenario böse. »Du kannst zufrieden sein. Falls er nicht den Halt verliert und von seinem Drachen fällt, wird er Karelian zuverlässig ausrichten, daß El Mercenario seine Kameraden getötet hat, nicht die Soldaten Harumals.«

Derrek starrte ihn an. In seinem staubigen Gesicht bewegte sich kein Muskel, aber Mercenario konnte sehen, wie es in ihm arbeitete.

»Kein schlechter Plan«, fuhr Mercenario fort. Er lächelte betont ungezwungen, dabei war er aber vollkommen konzentriert und achtete auf jede noch so winzige Regung Derreks. Er hatte gesehen, wie schnell dieser Mann sein konnte. »Wie sollte es weitergehen? Sollst du mich umbringen, oder habt ihr eine kleine Überraschung für mich vorbereitet – für den Fall, daß ich tatsächlich so dumm wäre, nach Harumal zurückzugehen?«

Derrek schwieg noch immer, aber er wirkte seltsamerweise viel freundlicher.

»Weißt du«, fuhr Mercenario mit einer Geste auf den Pferch fort, in dem sich noch immer fast ein halbes Dutzend Drachen befand, »ich hätte nicht übel Lust, tatsächlich zurückzugehen. Und sei es nur, um das Gesicht eures obersten Richters zu sehen, wenn ich *sie* mitbringe.«

Derreks Blick folgte seiner Geste – und dann lachte er plötzlich laut. Er schüttelte den Kopf. »Der Spaß wäre das Risiko fast wert«, sagte er. »Aber sie würden dich trotzdem töten. Hundert unserer besten Bogenschützen stehen bereit und warten auf deine Rückkehr. Du würdest Harumal nicht einmal erreichen.«

»Hundert?« Mercenario wiegte anerkennend den Kopf. »Wenn das kein Kompliment ist. Deine Leute müssen einen gewaltigen Respekt vor mir haben.«

»Sie haben eine höllische Angst vor Karelians Heer«, antwortete Derrek. »Und vor diesem *Ding* da.« Er machte eine Kopfbewegung auf das zusammengebrochene Haus. »Was um alles in der Welt *war* das?«

»Der Schatten?« Mercenario zuckte mit den Schultern, aber die Bewegung fiel nicht ganz so unbeteiligt aus, wie sie sollte. Allein bei der Erinnerung an das, was er gesehen und *gespürt* hatte, lief ihm schon wieder ein eisiger Schauer über den Rücken. »Vielleicht das, was wir alle spüren«, sagte er leise.

Er machte eine entschiedene Geste. »Also? Wie soll es weitergehen?« Er legte die Hand auf das Schwert. »Versuchen wir uns gegenseitig umzubringen, oder hast du einen anderen Vorschlag?«

Derrek musterte ihn eine Sekunde lang aus spöttisch glitzernden Augen. Dann lachte er wieder, griff ebenfalls unter seinen Mantel und zog einen Dolch mit langer, sehr schmaler Klinge hervor. Er tat es sehr langsam, wohl, um Mercenario nicht zu einer falschen Reaktion zu provozieren.

»Hier. Nimm ihn.«

Mercenario streckte die Hand nach dem Dolch aus, führte die Bewegung aber nicht zu Ende. »Was soll ich damit?«

»Er ist für dich bestimmt«, antwortete Derrek. Er seufzte. »Keine Sorge. Ich lasse mir eine passende Geschichte einfallen. Du bist plötzlich auf einen Drachen gesprungen und warst weg, ehe ich reagieren konnte. Wenn sie das Chaos hier sehen, werden sie mir glauben. Außerdem ... wenn man es genau nimmt, hast du deinen Teil der Abmachung erfüllt.«

Er musterte Mercenarios Gestalt und fügte dann hinzu: »Maran wird enttäuscht sein, seine Rüstung nicht zurückzubekommen.«

»Er lebt?«

»Selbstverständlich. Warum sonst hätten wir diesen gewaltigen Umweg machen sollen? Es wäre doch zu peinlich gewesen, wenn wir durch das Händlerviertel geritten wären und plötzlich einem angeblich toten Waffenschmied gegenüberstünden, oder?«

Er lachte erneut, aber Mercenarios Miene verdüsterte sich noch weiter. »Dann gehört Klostos auch zu eurer kleinen Intrige?«

»Von Klostos weiß ich nichts«, antwortete Derrek. »Niemand hat ihn gesehen, außer dir und Maran. Er war nicht im Goldenen Greifen, soweit ich weiß. Das sollte im Moment deine kleinste Sorge sein.« Er schürzte einen Moment nachdenklich die Lippen, dann sah er wieder zu den Drachen hin.

»Kannst du eines dieser Tiere reiten?«

»Kannst du ein Pferd reiten?«

»Dann suche dir das beste und schnellste aus und gehe deiner Wege«, sagte Derrek. »Ich bin nicht verrückt genug, dich aufhalten zu wollen. Und ich bin auch kein Mörder. Aber wenn du einen Rat von mir willst: Komme nicht zurück nach Harumal.«

»Ganz bestimmt nicht«, antwortete Mercenario. Er zögerte noch einmal, lachte plötzlich und nahm nun doch den Dolch, den Derrek ihm noch immer hinhielt. Wenn schon nichts anderes, dann würde er vielleicht eine Erinnerung daran sein, in Zukunft besser auf seine innere Stimme zu hören. Ohne ein weiteres Wort wandte er sich um und ging zu den Drachen hinüber, um zu tun, was Derrek ihm geraten hatte.

5

Eine Woche später und mehr als tausend Meilen weiter südlich war Mercenario nicht mehr so sicher, ob er wirklich gut beraten gewesen war, zu tun, was Derrek vorgeschlagen hatte.

Er hatte sich aus zwei Gründen nach Süden gewandt: zum einen, weil in der entgegengesetzten Richtung Harumal und dahinter die Städte und Länder lagen, die Mercenario in den sechs Monaten zuvor schon besucht hatte. Es gab keinen Grund anzunehmen, daß sich die Situation dort nun verändert haben sollte.

Der zweite Grund war, daß sich die Große Tiefe im Süden befand, wohin der Alchimist reisen wollte. Mercenario fühlte sich nicht mehr an seinen Vertrag mit Klostos gebunden, sondern verspürte im Gegenteil einen gewissen Zorn, wenn er an den Alchimisten dachte, außerdem hätte er dem Alten gerne ein paar unangenehme Fragen gestellt.

Mercenario war im übrigen noch immer ohne Auftrag, und sah er davon ab, daß er nun endlich wieder einen Drachen und eine zuverlässige Ausrüstung besaß, hatte sich an seiner Lage nicht sehr viel geändert. Seine Taschen waren noch immer leer, sein Magen knurrte noch immer, und wohin er auch kam, begegnete ihm die gleiche, angsterfüllte Stimmung, die wie eine dräuende Gewitterfront über ganz Zomar zu liegen schien. Er hatte das größte und stärkste der Tiere herausgesucht, die noch in der

Koppel hinter dem Haus gewesen waren, und es war ihm sogar erstaunlich schnell gelungen, sein Vertrauen zu erringen, so daß er es satteln und schließlich besteigen konnte. Aber das beste aus einem halben Dutzend schlechter Tiere blieb noch immer ein *schlechtes* Tier, und der Drache hatte sich rasch als genau das herausgestellt, was Mercenario von einem Jagddrachen erwartete: als boshaft, heimtückisch und alles andere als ausdauernd. Die Luft hier oben war zu dünn für seine Schwingen. In einem Kampf gegen einen anderen Drachen hätte er mit *diesem* Tier wahrscheinlich keine Chancen. Vermutlich würde er der Großen Tiefe mit diesem Tier nicht einmal nahe kommen. Mercenario hatte sich vorgenommen, noch zwei, allerhöchstens drei Tage nach Süden zu fliegen und seine Suche nach Klostos dann aufzugeben. Vermutlich rechnete der Alchimist sowieso nicht mehr damit, Mercenario wiederzusehen. Und wenn auch nur die Hälfte von dem stimmte, was Mercenario über Klostos gehört hatte, so würde er den Verlust der Summe, die er für die Rüstung bezahlt hatte, leicht verschmerzen.

Vielleicht würde er seine Suche sogar noch eher abbrechen müssen. Seit dem frühen Morgen war das Gelände unter ihm immer unwegsamer und steiler geworden. Der Boden stieg langsam, aber beständig an, und eine oder vielleicht auch nur noch eine halbe Tagesreise vor ihm türmten sich gewaltige Berge vor dem Horizont. Er war nicht sicher, daß die Kraft des Drachen reichte, sie zu überfliegen. Sie waren jetzt seit etwas mehr als zwei Stunden unterwegs, und die Flügelschläge des Drachen begannen bereits wieder an Kraft zu verlieren. Mercenario hielt nach einem geeigneten Landeplatz Ausschau, als ihm eine Bewegung *über* ihm auffiel. Er hob die Hand, um die Augen zu beschatten.

Zwei winzige Punkte hoben sich gegen das makellose Azur des Himmels ab; das mußten Drachen sein.

Mercenario überlegte angestrengt. Drachen bedeuteten zumeist Menschen, aber es *konnten* auch wilde Drachen sein, die in dieser Gegend allerdings recht selten vorkamen. Der Söldner beschloß die Richtung zu wechseln, bemerkte aber in diesem Moment ein Funkeln auf der Flanke des Berges über sich.

Das Blitzen wiederholte sich; als bräche sich das Licht der Sonne auf Metall oder Glas. Mercenario blickte noch einmal zu den beiden Drachen hinauf, verlängerte ihren Kurs in Gedanken zu einer Linie und stellte fest, daß ihr Ziel genau dort lag, wo er den Lichtreflex bemerkt hatte. Damit stand die Entscheidung fest.

Eine Stunde später hatte er sich seinem Ziel weit genug genähert, um es erkennen zu können. Mercenario hatte keine klare Vorstellung von dem gehabt, was ihn erwarten mochte, aber der Anblick versetzte ihn trotzdem in Erstaunen.

Es war keine Festung oder Stadt, sondern nur ein einzelnes Gebäude, das aber wahrhaft gigantische Ausmaße haben mußte. In der polierten Metallkuppel, die sich über dem gemauerten Rundturm erhob, befanden sich eine Anzahl großer, gleichmäßig verteilter Öffnungen, bei denen es sich um nichts anderes als Einflugtore handelte. Mercenario umkreiste den riesigen Turm zweimal, ehe er eines der großen Tore ansteuerte, aber er hielt vergeblich nach einem Pfad oder irgendeiner anderen Möglichkeit Ausschau, das Gebäude zu Fuß oder zu Pferde zu erreichen. Er erreichte das Gebäude auf dem einzig möglichen Weg.

Als er sich der Kuppel näherte, erschien eine Gestalt in der Öffnung und begann mit beiden Armen zu gestikulieren. Mercenario verstand den Sinn der Gesten nicht, und es wäre wohl auch zu spät gewesen, darauf zu reagieren. Der Drache war in eine Art Sturzflug übergegangen und hatte offensichtlich gar nicht mehr die Kraft, seinen Kurs zu ändern. Dicht über den Kopf des Mannes hinweg, der sich mit einem entsetzten Sprung in Sicherheit brachte, schoß Mercenario durch das Tor und fand sich jäh im Inneren einer gewaltigen, von grüngefärbtem Dämmerlicht erfüllten Kuppel wieder. Der Drache versuchte seinen Sturz abzubremsen, aber es gelang ihm nicht mehr ganz. Seine Landung war mehr ein schlitternder Aufprall, der Mercenario nur durch pures Glück nicht aus dem Sattel schleuderte.

Benommen richtete der Söldner sich auf und überzeugte sich davon, daß noch all seine Knochen an ihrem Platz waren. Dann sah er aus den Augenwinkeln eine Gestalt auf sich zulaufen.

Es war der Mann, den er beinahe über den Haufen geflogen hätte. Seine Kleider waren schmutzig; er hatte sich beide Hände aufgeschürft. Und er sah nicht besonders erfreut aus.

»Bist du wahnsinnig?« herrschte er Mercenario an, noch ehe er Gelegenheit fand, vollends aus dem Sattel zu steigen. »Wolltest du mich umbringen, oder nur dich selbst? Was um ...«

Er stockte, trat einen Schritt zurück und betrachtete Mercenario auf eine neue, veränderte Weise. »Bist du ... El Mercenario«, fragte er, »der Söldner?«

Mercenario sah ihn überrascht an. »Du kennst mich?«

»Man hat mir gesagt, daß du kommst«, antwortete der Mann. »Allerdings habe ich einen großen Krieger und einen meisterhaften Drachenflieger erwartet.«

Mercenario ging nicht darauf ein, sondern fragte statt dessen: »Woher weißt du, wer ich bin, und wer hat dir gesagt, daß ich komme?«

Der Mann betrachtete stirnrunzelnd seine aufgeschürften Handflächen, dann schüttelte er den Kopf und wischte das Blut an seinem schmuddeligen Wams ab. »Klostos hat uns gesagt, daß du kommst.«

»Klostos?« Mercenario richtete sich überrascht auf. »Klostos, der Alchimist? Er ist hier?«

»Natürlich ist er hier«, antwortete der andere spöttisch. »Warum sollte er nicht hier sein? Diese Burg gehört Klostos.«

Mercenario schwieg verblüfft. Klostos' Burg? Er hatte bisher nicht einmal gewußt, daß Klostos eine Burg besaß, geschweige denn, wo sie sich befand. Und jetzt war er durch einen puren Zufall ausgerechnet *hierher* gekommen? Das war wirklich erstaunlich.

Mit neu erwachender Neugier sah er sich in der Kuppel um. Von innen betrachtet wirkte sie noch gigantischer, eine riesige Halbkugel, unter der bequem ein kleines Dorf Platz gefunden hätte. Sie bestand auch nicht aus Metall, wie er bisher geglaubt hatte, sondern aus einer sonderbaren Art von Glas, die das Licht hindurchließ, ohne wirklich durchsichtig zu sein. Angelehnt an die Innenseite dieser riesigen Kuppel erhoben sich eine Anzahl aus dem gleichen Material erbauter Gebäude, bei denen es sich zum Teil um Drachenställe handeln mußte. Das Ganze erinnerte ein wenig an Carvas gläserne Kuppelfestung, war aber ungleich größer.

»Ich habe Befehl, dich sofort zu Klostos zu bringen«, fuhr der Mann fort, nachdem er Mercenario eine Weile Gelegenheit gegeben hatte, sich umzusehen. Er deutete auf sein Reittier. »Was soll mit deinem Drachen geschehen?«

Mercenario Blick folgte seiner Geste. Der Drache lag völlig erschöpft hinter ihnen; er schien sich bei der mißglückten Landung verletzt zu haben. Sein Atem ging schnell und unregelmäßig und wurde von einem tiefen Grollen begleitet. Mercenario wußte sehr wohl, daß die starren Reptilienaugen gar nicht in der Lage waren, irgendein Gefühl auszudrücken, und doch war er für einen Moment fast sicher, einen deutlichen Vorwurf darin zu lesen. Er hatte in den letzten Tagen eine Menge übler Dinge über diesen Drachen gedacht, aber Tatsache war, daß das Tier ihn gehorsam und zuverlässig bis hierher gebracht hatte.

»Was soll schon mit ihm geschehen?« fragte er achselzuckend. »Kümmere dich um ihn. Er braucht Ruhe und gutes Futter. Habt ihr einen Tierheiler hier? Er ist verletzt.«

Der Mann nickte. »Das wird geschehen ... solche Tiere sieht man nicht oft hier. Bevorzugst du Jagddrachen?«

»Das kommt ganz auf die Umstände an«, sagte Mercenario ausweichend. »Aber jetzt bring mich zu deinem Herrn. Ich habe eine Menge mit ihm zu besprechen.«

Der Alchimist war keineswegs überrascht, Mercenario zu sehen. Ganz im Gegenteil, er erwartete ihn in einem kleinen, behaglich eingerichteten Zimmer, dessen Wände fast zur Gänze von Regalen voller Bücher und Schriftrollen bedeckt waren. Auf einem kleinen Tisch mit zwei Stühlen war eine appetitliche Mahlzeit für zwei Personen angerichtet.

Mercenario blieb unter der Tür stehen, maß die Szene mit einem kurzen, aber sehr aufmerksamen Blick und wandte sich dann an Klostos. Der Alchimist hatte sich nicht verändert. Er trug noch immer das gleiche, schmucklose Gewand, in dem Mercenario ihn in Harumal gesehen hatte, und jene sonderbare, dreieckige Kappe, die seinem Gesicht viel schärfere Züge verlieh. Er lächelte übrigens auch auf die gleiche Weise, auf die er es in Marans Laden getan hatte.

Mercenario lächelte nicht, sondern gab sich alle Mühe, Klostos finster anzublicken – ein Effekt, der ihm allerdings gründlich dadurch verdorben wurde, daß sein Blick immer wieder zu dem Essen auf dem Tisch wanderte. Es war nicht leicht, den Zornigen herauszukehren, wenn einem der Magen knurrte und das Wasser im Munde zusammenlief.

»Greif ruhig zu, Mercenario«, sagte Klostos mit einer entsprechenden Geste. »Soweit ich weiß, ist es eine Weile her, daß Ihr eine vernünftige Mahlzeit bekommen habt.«

Einen Moment lang rangen Mercenarios Stolz und sein Hunger noch miteinander. Aber der Kampf endete so, wie er fast immer endete: Der Stolz verlor. Wortlos nahm der Söldner am Tisch Platz und begann zu essen, zuerst schnell und gierig. Das Essen war nicht nur reichlich, sondern schmeckte auch hervorragend.

Klostos nahm auf der anderen Seite des Tisches Platz und sah mit einem undeutbaren Lächeln, aber schweigend zu, wie Mercenario seinen Hunger stillte.

»Ich sehe, dein kleines Abenteuer hat deinem

Appetit nicht geschadet«, begann er schließlich. »Soll ich noch etwas bringen lassen?« Mercenario lehnte ab. Wenn er seinen an karge Kost gewöhnten Magen weiter so mißhandelte, würde ihm nur übel werden. »Was meint Ihr damit?« fragte er. »Mein *kleines* Abenteuer?«

»Ich weiß, was passiert ist«, antwortete Klostos. »Sie haben Euch hereingelegt. Falls es Euch tröstet: Ihr seid nicht der erste. Harumals Herrscher sind die schlimmsten Halsabschneider, die es gibt. Ihr seid nicht der erste, den sie in eine Falle gelockt haben. Aber Ihr könnt beruhigt sein: Auch Karelian weiß, wer wirklich für den Angriff auf seine Männer verantwortlich ist.«

»Karelian?« Mercenario wurde hellhörig. »Was habt Ihr mit Karelian zu schaffen?«

»Nichts, was Euch beunruhigen müßte«, antwortete Klostos und hob besänftigend die Hand. »Sagen wir: Ich habe Sorge dafür getragen, daß er die *ganze* Geschichte erfährt, nicht nur die Version, die den Herren Harumals genehm ist. Nicht, daß er deshalb etwa weniger zornig auf Euch ist. Wißt Ihr, daß er einen Preis auf Euren Kopf ausgesetzt hat?« Mercenario nickte unfreundlich. Er war nicht hier, um über Karelian zu sprechen.

»Wieso wart Ihr nicht am vereinbarten Treffpunkt?« fragte er offen heraus. »Ihr hättet mir eine Menge Ärger erspart, hättet Ihr Wort gehalten.«

Klostos wurde nicht zornig, wie Mercenario es erwartet hatte. Er sah ihn nur fragend an.

»Ich hätte Euch gebraucht, um meine Unschuld zu bezeugen«, fuhr Mercenario fort. »Nachdem Ihr nicht im Goldenen Greifen wart, hatten sie natürlich freie Bahn.«

»Sie hätten so oder so einen Weg gefunden, Euch

zu erpressen«, antwortete Klostos. »Außerdem habe ich nicht behauptet, im Goldenen Greifen zu wohnen. Das ist eine heruntergekommene, schmutzige Kaschemme. Kein Platz, an dem ich leben möchte. Aber er liegt zentral, ein idealer Treffpunkt. Ich war bei Sonnenaufgang dort; Ihr nicht.«

Mercenario sah ihn verärgert und überrascht zugleich an. Klostos' Antwort klang einleuchtend, aber ein wenig *zu* glatt. Vielleicht war sein neu erwachendes Mißtrauen auch auf seinen Zügen zu lesen, denn Klostos machte eine wegwerfende Geste und beeilte sich, hinzuzufügen: »Es hätte nichts genutzt, glaubt mir. Sie hätten einen anderen Weg gefunden. Im Zweifelsfalle wäre ich vielleicht in Harumals Verliesen verschwunden.« Er zuckte mit den Schultern. »Nun, Ihr habt es überlebt, und Ihr seid hier. Ich bin froh, daß ich mich nicht in Euch geirrt habe.«

Mercenario ignorierte die beiden letzten Sätze ganz bewußt. Er griff nach dem Becher vor sich, nippte daran und stellte fest, daß der Wein entschieden zu süß und zu schwer war, um mehr als einen Becher davon zu trinken. »Wieso habt Ihr gewußt, daß ich komme?« fragte er mißtrauisch.

Klostos schwieg lange. Schließlich maß er Mercenarios Rüstung mit einem langen, bezeichnenden Blick, ehe er sprach. »Ihr genießt einen gewissen Ruf, El Mercenario. Und es ist nicht der, einen Lohn anzunehmen, ohne die Arbeit dafür zu tun. Die Reise zur Großen Tiefe steht noch immer an.«

»Ich habe Euch nicht gesucht«, antwortete Mercenario verwirrt. »Ich wußte nicht einmal, daß diese Burg Euch gehört. Daß ich herfand, ist reiner Zufall.«

»Zufall?« Klostos lächelte. »Wenn Ihr erst einmal so alt seid wie ich, Mercenario, werdet Ihr begreifen, daß es so etwas wie Zufall im Grunde nicht gibt.

Irgendwie ist alles vorherbestimmt. Selbst das scheinbar Sinnlose hat seinen Platz im Gewebe des Schicksals.«

»Wenn das so ist, brauchen wir uns ja um nichts mehr zu kümmern«, antwortete Mercenario. »Es ist ja ohnehin alles vorbestimmt.«

»Falsch«, sagte Klostos lächelnd. »Das Schicksal stellt das Garn bereit. Welchen Stoff wir daraus weben, liegt allein in unserer Hand.«

Ein paar Sekunden lang blickte Mercenario den Alchimisten verstört an. Er war gewiß nicht hierher gekommen, um mit Klostos über den Sinn des Lebens und die Mächte des Schicksals zu philosophieren.

»Das beantwortet nicht meine Frage«, sagte er. »Woher wußtet Ihr, daß ich komme?«

»Ich weiß vieles«, antwortete Klostos ausweichend. »Wenn man so alt geworden ist wie ich und einen gewissen Ruf und einen gewissen Besitz sein eigen nennt, dann kann man es sich nicht leisten, nicht zu wissen, was in seinem Land vorgeht.«

»*Eurem* Land?«

»Meinem Land, Eurem Land ...« Klostos machte eine wegwerfende Geste. »Niemand hat je Anspruch darauf erhoben und so lange es keiner tut, kann ich es ebensogut als meines bezeichnen, nicht wahr? Meine Kundschafter berichten schon seit zwei Tagen von einem Krieger in einer silberweißen Rüstung, der einen Jagddrachen reitet. Viele Männer, auf die diese Beschreibung zuträfe, gibt es nicht. Also war ich ziemlich sicher, daß Ihr es seid.«

Auch diese Erklärung klang in Mercenarios Ohren fast schon ein wenig zu überzeugend; wie etwas, das er sich sorgsam und schon vor geraumer Zeit zurechtgelegt hatte. Aber vielleicht war er auch einfach zu mißtrauisch. Klostos war ein sonderbarer Alter. Aber letztendlich hatte er ihn nicht engagiert, damit Mercenario ihn *sympathisch* fand.

»Ihr wollt diese verrückte Reise also nach wie vor unternehmen?« fragte Mercenario. Er stand auf, ging um den Tisch herum und trat an das einzige schmale Fenster, das die mit Borden und Regalen vollgestellten Wände durchbrach. Durch das gefärbte Glas fiel sein Blick auf die scheinbar endlosen Weiten eines Wolkenozeanes, aus dem sich die Festung erhob wie der Mast eines untergegangenen Riesenschiffes aus einem wirklichen Meer.

»Selbstverständlich«, sagte Klostos.

Mercenario konnte hören, wie er sich ebenfalls erhob und neben ihn trat, wandte aber nicht den Kopf.

»Warum sollte ich meinen Entschluß ändern? Ich plane diese Reise seit einem halben Jahr, und ich war fast ebenso lange auf der Suche nach einem Mann, der mich dabei begleitet.«

»Ich habe das Gefühl, daß Ihr Männer genug habt«, sagte Mercenario und drehte sich nun doch zu dem Alchimisten um. »Wieso ich?«

Klostos lachte, aber diesmal klang es eher bitter. »Ich habe eine ganze Armee von Männern«, bestätigte er. »Ganze Heerscharen von Dienern, Köchen, Stallburschen und Bibliothekaren. Ich fürchte nur, es ist keiner dabei, der sich als Begleitung für eine solche Reise eignet. Würdet Ihr mit einem Mann in die Große Tiefe fliegen, dessen härtester Kampf bisher der mit einer Übersetzung aus dem Makrebelischen war?«

Er lachte, und diesmal stimmte Mercenario pflichtschuldig in dieses Lachen ein. Aber er dachte auch an die beiden Drachen, die er auf dem Weg hierher gesehen hatte, und an die Ställe oben unter der Kuppel. Klostos' Gesinde bestand nicht nur aus Bibliothekaren und Köchen, wie er ihn Glauben machen wollte.

Mercenario wandte sich wieder zum Fenster und blickte abermals auf die graue Unendlichkeit unter sich herab. »Die Große Tiefe«, murmelte er, fast mehr an sich selbst als an Klostos gewandt. »Es ist ein weiter Weg dorthin.«

»Nicht mehr *so* weit, von hier aus«, widersprach Klostos. »Es gibt einen Weg über die Berge, den nur wenige kennen. Mit einem schnellen Drachen erreichen wir die Tiefe in einer Woche; vielleicht in fünf Tagen, wenn das Wetter günstig ist.«

»Trotzdem bleibt es eine gefährliche Reise«, antwortete Mercenario. »Vor allem für einen Mann Eures Alters. Welchen Schatz hofft Ihr dort zu finden, der diese Mühen wert ist, Klostos?«

»Welchen Schatz?« Klostos lächelte auf eine Weise, als hätte Mercenario ganz unbemerkt eine tiefe Wahrheit ausgesprochen, die ihm selbst gar nicht bewußt war. »Eine kluge Frage. Ich will sie dir gerne beantworten. Wissen, Mercenario. Es ist Wissen, das ich suche. Das Wertvollste, das es überhaupt gibt.«

Mercenario wandte sich vom Fenster ab und sah einen Moment lang Klostos an, dann löste er seinen Blick vom Gesicht des Alten und ließ ihn über die vollgestopften Regale und Borde schweifen. »Habt Ihr noch nicht genug Wissen gesammelt?«

»Und dies ist nur einer von vielen Räumen voller Bücher und Aufzeichnungen«, bestätigte Klostos. »Aber Ihr irrt Euch, wenn Ihr glaubt, daß diese Bücher *Antworten* enthalten, Mercenario.«

»Was sonst?«

»Fragen«, antwortete Klostos. Er machte eine weit

ausholende Geste. »All diese Bücher stecken voller Fragen. Und beantwortest du eine, so zieht diese Antwort zehn neue Fragen nach sich. Vielleicht ist Neugier das einzige, was nie gestillt werden kann, und Lernen das einzige, was nie endet.«

Mercenario schwieg einige Atemzüge lang. Ja, er verstand, was Klostos meinte. Vielleicht teilte er seine Auffassung nicht völlig, aber er verstand ihn. »Ihr müßt ein sehr kluger Mann sein«, sagte er schließlich.

»Ich kenne eine Menge Fragen«, bestätigte Klostos. »Und auf einige sogar die Antwort.«

»Glaubt Ihr an Zauberei?« fragte Mercenario plötzlich.

»Zauberei?« Klostos blinzelte.

»Schwarze Magie«, erklärte Mercenario. »Geister. Flüche. Dämonen.«

»Nein«, antwortete Klostos. »Vielleicht ist dies eine der wenigen Antworten, die ich wirklich kenne. In all den Jahren meiner Forschung ist mir nie auch nur ein einziger Beweis für die Existenz von Zauberei oder Magie untergekommen. Was allerdings nicht heißt, daß es sie nicht gäbe.«

»Aha«, sagte Mercenario.

Klostos lachte. »Es gibt keine Zauberei«, sagte er noch einmal. »Wohl aber Dinge, die uns so vorkommen. Der Unterschied ist nicht groß, wie Ihr vielleicht meint, Mercenario. Ob etwas einem Naturgesetz entspricht, dessen Gesetzmäßigkeit wir nicht verstehen, oder wirkliche Zauberei ist, spielt im Endeffekt keine Rolle... Warum fragt Ihr?«

»Ich habe... etwas erlebt«, sagte Mercenario zögernd. Er dachte wieder an den Schatten und an die körperlose Kälte, die seine Seele berührt und etwas darin in Brand gesetzt hatte, und obwohl es bereits eine Woche her war, verspürte er wieder die gleiche Furcht. Es gab Dinge, die vergaß man nie, egal, wie lange sie zurücklagen. »Etwas, das mir ... wie Zauberei vorkam.«

»Erzählt«, verlangte Klostos. »Das interessiert mich.«

Mercenario zögerte. Er begann sich schon jetzt unwohl zu fühlen, und irgend etwas sagte ihm, daß es keine Erleichterung bringen würde, den Schrecken jener Nacht noch einmal heraufzubeschwören. Trotzdem tat er es.

Klostos hörte schweigend und mit großer Aufmerksamkeit zu, und Mercenario begriff schon nach den ersten Worten, daß er recht gehabt hatte: Es half nicht, über den Schatten zu sprechen, sondern machte es eher schlimmer. Die Wunden, die er davongetragen hatte, waren noch lange nicht vernarbt.

»Das ist in der Tat erstaunlich«, sagte Klostos, als Mercenario geendet hatte. »Hätte ich sie aus dem Mund irgendeines anderen gehört, hätte ich darüber gelacht.«

»Sehr komisch war es nicht«, erwiderte Mercenario. »Aber um euch noch eine Frage zu stellen: Wenn es keine Zauberei war, wie Ihr behauptet, was war es dann?«

»Das weiß ich nicht«, antwortete Klostos. »Ich werde darüber nachdenken. Und wir haben Zeit genug, darüber zu reden. Wir brechen morgen bei Sonnenaufgang auf. Ich würde Euch raten, die Zeit zu nutzen und Euch noch einmal gründlich auszuschlafen. Wer weiß, wann Ihr wieder dazu kommt, wenn wir erst einmal unterwegs sind.«

Der jähe Themenwechsel verwirrte Mercenario, aber Klostos ließ ihm keine Gelegenheit, ihn noch einmal auf sein unheimliches Erlebnis anzusprechen, sondern trat vom Fenster zurück und klatschte in die Hände. Die Tür wurde geöffnet, und ein Diener in einem schmucklosen weißen Gewand trat ein.

»Zeigt unserem Gast sein Zimmer«, befahl Klostos. »Bring ihm zu Essen und bequeme Kleider für den Abend. Und bereite ein heißes Bad vor.«

»Seid Ihr der Meinung, ich bräuchte es?« fragte Mercenario lächelnd.

Klostos lächelte. »Wer bräuchte es nicht, nach einer Woche im Sattel?« fragte er. »Meine Kundschafter haben mir übrigens gemeldet, daß Ihr einen Jagddrachen reitet? Ich nehme an, Ihr habt ihn bei Karelians Männern erbeutet?«

Mercenario nickte. Ihm fiel ein, daß er Klostos fragen konnte, was die Räuber überhaupt in Harumal gesucht hatten, fast eine halbe Jahreswanderung von ihrer Heimat entfernt. Offensichtlich hatte Klostos ja einen guten Kontakt zu Karelian. Aber er kam nicht dazu, denn der Alchemist fuhr bereits fort:

»Ihr werdet Euch von dem Tier trennen müssen, fürchte ich. Es ist dem Weg über die Berge nicht gewachsen. Und es wäre eine leichte Beute für manche der Geschöpfe, denen wir auf dem Weg in die Große Tiefe begegnen mögen. Soll ich das Tier freilassen? Es wird seinen Weg in die Heimat finden.«

»Tut das«, sagte Mercenario. »Aber laßt es sich vorher ausruhen und gründlich fressen. Es hat mich immerhin treu hierher gebracht. Und ich finde, jeder sollte den Lohn bekommen, der ihm zusteht.«

Klostos lächelte. »Genau dieser Meinung bin ich auch«, sagte er.

6

Sie verließen Klostos' Burg am nächsten Morgen zwei Stunden nach Sonnenaufgang. Ihre Abreise hatte sich aus verschiedenen Gründen immer wieder hinausgezögert.

Einer dieser Gründe war riesig, schwarz und häßlich, und wenn man Klostos glauben konnte, dann war es eines der letzten Exemplare einer fast ausgestorbenen Drachengattung, die sich durch ganz besondere Kraft, Ausdauer und Leistungsfähigkeit auszeichnete. Das einzig Besondere, das Mercenario an ihm auffiel, war allerdings seine Häßlichkeit. Allerdings handelte es sich tatsächlich um ein außergewöhnlich großes Tier, und das mußte es auch sein, denn neben Sattel, Zaumzeug und den Vorräten, die sie für eine Reise von immerhin einer Woche benötigten, mußte es einen gewaltigen, sänftenähnlichen Aufbau mit sich schleppen, der mittels einer überaus komplizierten Konstruktion aus Seilen und ledernen Riemen auf seinem Rücken befestigt wurde.

Mercenario hatte sich im ersten Moment glatt geweigert, dieses Tier zu besteigen, und beinahe wäre es zwischen Klostos und ihm zum Streit gekommen. Schließlich hatte er klein beigegeben, sich aber mit dem Gedanken getröstet, daß Klostos über kurz oder lang schon sehen würde, was er von seiner Starrköpfigkeit hatte. Wenn das Gelände, das sie erwartete, auch nur halb so schwierig war, wie Mercenario glaubte, dann würden sie sich früher oder später von der Sänfte trennen müssen, ob es dem Alchimisten gefiel oder nicht.

Mercenario sollte sich täuschen: Das Gelände wurde *noch* schwieriger, als er erwartet hatte, und Klostos erwies sich als noch halsstarriger, als er befürchtete. Er dachte gar nicht daran, seine bequeme Sänfte aufzugeben und sich Wind und Kälte auszusetzen. Einmal wäre es fast zu einer Katastrophe gekommen, als der Drache in einen Fallwind geriet und das Gewicht der Sänfte ihn vollends in die Tiefe zu zerren drohte, aber die einzige Konsequenz daraus war, daß Klostos Mercenario wüst beschimpfte und an seinen Qualitäten als Drachenreiter zu zweifeln begann. Die Stimmung blieb für den Rest des Tages gereizt, und auch, als sie sich am Abend eine geschützte Stelle zwischen den Felsen suchten, um zu übernachten, sprachen sie nur wenig miteinander.

Die Berge, an deren Fuß Klostos' Wolkenburg lag, türmten sich immer höher vor ihnen. Die zerschundenen, eisbedeckten Flanken schienen kein Ende zu nehmen, sondern geradewegs bis zu den Sternen emporzusteigen. Mercenario mußte spätestens am Abend des zweiten Tages zugeben, daß Klostos im Recht gewesen war, was die Wahl des Drachen anging. Mercenario konnte sich kein anderes Tier vorstellen, dessen Kraft ausgereicht hätte, gleich zwei Reiter und all ihr Gepäck bis in diese Höhen zu tragen.

An diesem Abend rollten sie sich nicht sofort schweigend in ihre Decken ein, sondern saßen noch lange nebeneinander beim Feuer und redeten. Klostos wußte eine Menge erstaunliche Geschichten aus seinem Leben zu erzählen, und umgekehrt hing er wie gebannt an Mercenarios Lippen und stellte eine Unzahl von Fragen, als Mercenario von seiner Reise ins Land unter den Wolken berichtete.

Am nächsten Morgen überwanden sie den Paß, von dem Klostos erzählt hatte. Die Berge türmten sich weiter vor ihnen auf, und der Paß war nichts anderes als ein Riß, an dem der Berg tatsächlich geborsten war und eine halbe Meile weit auseinanderklaffte. In der lotrechten Schlucht fing sich der Wind und wurde zu einem heulenden Orkan, der ihnen Schnee und Eis wie Geschosse in die Gesichter peitschte; er war so stark, daß Mercenario sich mit aller Kraft an den Sattelgurt klammern mußte. Das Sänftengestell ächzte wie der Rumpf eines Bootes auf hoher See, und Mercenario konnte spüren, welch ungeheure Kraft den Drachen jeder einzelne Flügelschlag kostete. Sie brauchten eine Stunde, um die Schlucht zu überwinden, und Mensch und Tier waren hinterher so erschöpft, daß sie fast bis zur Mittagsstunde auf dem jenseitigen Berghang rasteten.

Es vergingen noch einmal zwei Tage, bis sie sich dem eigentlichen Ziel ihrer Reise näherten, aber sie hatten tatsächlich gut eine Woche gespart. Seit sie die Berge hinter sich gebracht hatten, war es immer kälter geworden, obwohl sie sowohl dem Sommer als im Grunde auch wärmeren Gefilden entgegenflogen. Sie waren während der letzten beiden Tage keinem Menschen mehr begegnet, wohl aber deren Spuren: Die erste Nacht hatten sie im Schutze einer seit Generationen verlassenen Ruine verbracht, am Nachmittag des zweiten Tages erschien eine gepflasterte Straße in den Bergen unter ihnen, gewunden wie eine endlose graue Schlange. Klostos bedeutete ihm mit Gesten, dieser Straße zu folgen, und Mercenario gehorchte.

Tiefer und tiefer führte sie die Straße in die Berge hinein. Sie flogen sehr hoch, so daß die Straße manchmal unter treibenden Wolkenfetzen verschwand, aber sie geriet nie völlig außer Sicht. Die Straße mußte sehr breit sein; sie war über weite Strecken hinweg direkt aus dem Fels der Berge herausgemeißelt worden. Mercenario fragte sich, welches Volk auf Zomar in der Lage war, so etwas wie diese Straße zu bauen. Er fand keine Antwort auf diese Frage, und als er sie laut stellte, zuckte Klostos nur mit den Schultern.

»Diese Berge waren einst bewohnt«, schrie er über das Heulen des Sturmes hinweg. »Niemand weiß, wer die Menschen waren oder wohin sie gingen. Eines Tages waren sie einfach verschwunden. Aber sie müssen ein großes Volk gewesen sein. Auf dem Rückweg zeige ich dir eine ihrer alten Städte, wenn du willst.«

Mercenario antwortete nicht. Man mußte schreien, um sich in dem heulenden Sturm überhaupt verständlich zu machen. Er fragte sich vergeblich, warum ein Volk, das solche Wunder hinterlassen hatte, in einer solchen Umgebung gelebt hatte. Der eisige Sturm, der den Drachen und seine beiden Reiter hin und her warf, kam hier niemals ganz zum Erliegen, und die Temperaturen stiegen selbst im Sommer selten über den Punkt, an dem das Eis wieder zu Wasser wurde. Die vorherrschenden Farben unter ihnen waren Weiß und Grau. Schon einem solchen Boden genügend Nahrung abzuringen mußte einem nicht endenden, verzweifelten Kampf ums nackte Überleben gleichkommen. Aber vielleicht war dieses Land nicht immer so gewesen, überlegte Mercenario. Oder seine Menschen hatten sich zu einer solchen Blüte entwickelt, gerade *weil* das

Leben hier so hart war und so viel von ihnen verlangte.

»Wie weit ist es noch?« fragte er. »Ich fürchte, der Drache hält nicht mehr sehr lange durch. Es ist zu kalt, und die Luft wird immer dünner!«

»Macht Euch keine Sorgen um das Tier«, antwortete Klostos. »Es hat diesen Weg schon mehrmals geschafft. Und was Euch angeht ... Ihr werdet dafür bezahlt, durchzuhalten. Und das nicht schlecht.« Er lachte lauthals auf. »Wart Ihr nicht selbst der Meinung, daß ich viel zu großzügig bin, Euch diese Rüstung zu geben, nur damit Ihr mich begleitet?«

»Plus den üblichen Tageslohn«, erinnerte Mercenario.

»Davon habe ich nichts ...«, begann Klostos und brach mit einem erschrockenen Keuchen wieder ab, als Mercenario den Drachen jäh ein Stück durchsacken ließ und das Tier dann in eine enge Linkskurve zwang.

»Gerade ist es mir wieder eingefallen«, sagte er hastig. »Natürlich haben wir davon gesprochen. Und ich glaube, sogar von einer Prämie, wenn wir unbeschadet zurückkehren.«

Mercenario ließ den Drachen wieder in die Höhe steigen, wandte sich zu Klostos und grinste. Der Alchimist musterte ihn eine Sekunde lang finster, aber dann mußte er gegen seinen Willen lachen. »So ist das, wenn man alt wird«, sagte er. »Das Gedächtnis läßt nach.«

Schweigend flogen sie weiter. Nach drei Stunden hob Klostos den Arm und deutete nach vorne. »Es ist jetzt nicht mehr weit«, rief er. »Seht Ihr die Brücke?«

Mercenario nickte. Die Straße wand sich den Berg hinauf und schwang sich über eine gewaltige

Schlucht, auf deren Grund graue und weiße Wolken brodelten.

»Der Paß der Eiswinde!« fuhr Klostos schreiend fort. »Dahinter beginnt die Große Tiefe. Es ist das letzte und schwerste Stück.« Er zögerte einen kurzen Moment, dann: »Vielleicht sollten wir noch eine Rast einlegen, damit der Drache Kraft sammeln kann.«

Mercenario dachte einen Moment ernsthaft über diesen Vorschlag nach, schüttelte aber schließlich den Kopf. Der Drache *war* erschöpft, aber es gab weit und breit nichts, was sich als Rastplatz geeignet hätte. Sie hätten einen Ort gebraucht, der Schutz vor der Kälte und vor allem vor dem schneidenden Wind bot. Solange sie in Bewegung blieben, verschaffte sich das Tier wenigstens selbst noch ein wenig Wärme.

»Also gut!« schrie Klostos. »Dann über die Brücke, und dann gute fünf Meilen geradeaus. Danach folgt eine Abzweigung, die wir nicht verpassen dürfen. Ich gebe rechtzeitig Bescheid.«

Mercenario fragte sich, wie Klostos das bewerkstelligen wollte – sie konnten schon jetzt kaum noch miteinander reden. Drinnen in der Enge der Schlucht mußte das Heulen des Sturmes zu einem wahrhaft ohrenbetäubenden Gebrüll werden. Trotzdem änderte er den Kurs des Drachen gehorsam, so daß sie nun direkt auf die Schlucht zuhielten.

Mercenario begann schon nach kurzer Zeit zu begreifen, warum man diese Schlucht den Paß der Eiswinde nannte. Der Sturm, der in der Enge des Bergtales keinen anderen Ausweg fand, schien von dem schmalen Canyon geradezu angezogen zu werden, so daß die Luft zwischen den Felswänden in die Tiefe stürzte wie die Fluten eines Wasserfalles. Mercenario spürte schon bald, daß es einen Punkt gab,

jenseits dessen sie gar nicht mehr zurück konnten. Der Drache bewegte seine Schwingen kaum noch, aber sie wurden trotzdem immer schneller, denn der tobende Sturm riß das Tier einfach mit sich. Der Eingang der Schlucht kam rasend schnell näher. Gleichzeitig begannen die Temperaturen ins Bodenlose zu stürzen. Mercenario hatte plötzlich das Gefühl, gemahlenes Glas zu atmen. Seine Rüstung überzog sich mit einer milchigen Schicht aus Rauhreif, und das Metall war plötzlich so kalt, daß es weh tat, dort, wo es seine nackte Haut berührte. Fünf Meilen? dachte er beinahe hysterisch. Klostos mußte verrückt sein, wenn er das im Ernst gesagt hatte. Mercenario wäre schon froh, wenn er den Drachen fünfhundert *Meter* durch diesen Eissturm manövriert hätte! Der Sturm nahm immer mehr und mehr zu. Manchmal hatte er Mühe zu atmen, weil ihm die Luft schneller von den Lippen weggesogen wurde, als er sie in die Lungen saugen konnte.

Dazu kam noch eine weitere Gefahr. Der Drache bewegte jetzt kaum mehr die Flügel, wurde aber trotzdem immer schneller – und Mercenario bemerkte voller Entsetzen, daß sich seine geschuppte Haut ebenfalls mit einer dünnen, glitzernden Eisschicht zu überziehen begann! Selbst wenn das Tier die Kälte aushielte, würde sie das Gewicht des Eises zum Absturz bringen. Drachen waren keine sehr leistungsfähigen Lasttiere. Immerhin mußten sie ihr eigenes Körpergewicht tragen, das in Tonnen gerechnet wurde. Und mit ihrer beider Gewicht, seiner Rüstung und vor allem Klostos' Sänfte hatte dieses Tier ohnehin schwer zu tragen.

Mercenario blickte in die Tiefe. Er konnte den Boden der Schlucht nicht erkennen, aber er sah, daß der Eispanzer, mit dem sich die Felswände überzogen hatten, dort unten nicht ganz so dick war wie hier. Kurz entschlossen gab er dem Tier mit einem Zug am Geschirr zu verstehen, daß es tiefer sinken sollte.

»Mercenario! Seid Ihr von Sinnen?« kreischte Klostos hinter ihm. »Was tut Ihr? Wollt Ihr uns umbringen?«

»Der Drache hält die Kälte nicht mehr aus!« schrie Mercenario zurück. »Schaut Euch seine Flügel an! Er wird einfach zu einem Eisklotz gefrieren und abstürzen!«

Der Drache reagierte schwerfällig auf seine Befehle, und für die nächsten Minuten brachte Mercenario jedes bißchen Konzentration und Kraft, um dem Tier zu helfen. Seine Schwingen hatten sich mittlerweile mit einem dicken Eispanzer überzogen, der mit einem Geräusch wie zerbrechendes Glas auseinanderbarst, als er sie wieder bewegte. Gewaltige Splitter und Schollen lösten sich und stürzten lautlos in die Tiefe, und der Drache schrie vor Schmerz, als sich das Eis in die empfindliche Haut seiner Flügel grub. Aber er fuhr trotzdem gehorsam fort, mit den Flügeln zu schlagen, und seine Bewegungen wurden zusehends geschmeidiger.

Es wurde tatsächlich wärmer, je tiefer sie kamen, und auch die Geschwindigkeit des Windes nahm merklich ab. Dafür wurde die Schlucht jedoch immer enger, so daß es ihnen nun immer schwerer fiel zu manövrieren. Mercenario hätte lauthals vor sich hingeflucht, hätte er den notwendigen Atem dazu gehabt. Der Moment war vielleicht so falsch, wie er nur sein konnte, aber er mußte plötzlich wieder an das Gespräch in Marans Laden denken. Er hatte sich damals nicht getäuscht, Klostos *hatte* ein besonders gutes Geschäft gemacht, als er ihn überredete, sich um den Preis einer Rüstung auf diesen Irrsinn einzulassen.

»Dort! Siehst du die Schlucht?«

Klostos' Stimme drang wie aus Meilen Entfernung an sein Ohr, aber Mercenario hatte den gewaltigen Riß in der Felswand bereits entdeckt. Er versuchte, den Drachen wieder ein wenig mehr nach oben zu dirigieren, um ausreichend Platz für den Einflug zu haben, aber das Tier konnte oder wollte nicht mehr auf seine Befehle reagieren. Es erstaunte ihn ohnehin immer mehr, woher das Tier noch die Kraft nahm, sich noch immer in der Luft zu halten. Jeder andere Drache wäre schon von den Sturmböen am Eingang des Passes gepackt und gegen die Felsen geschleudert worden. Er versuchte, den günstigsten Einflugwinkel abzuschätzen, korrigierte den Kurs des Tieres mit kleinen, vorsichtigen Bewegungen und schickte ein Stoßgebet zum Himmel, daß seine Schätzung richtig war und die Kraft des Drachen noch einmal ausreichte, auch das letzte Stück zu überwinden.

Sie schafften es. Mercenario wußte hinterher nicht, wie, aber irgendwann waren sie plötzlich aus dem Sturm heraus und der Drache glitt mit trägen, aber gleichmäßigen Flügelschlägen über einen brodelnden Strom aus grauen und schmutzigweißen Wolken dahin.

Erschöpft und erleichtert zugleich drehte er sich im Sattel herum und sah zu Klostos zurück. Der Alchimist hockte nach vorn gebeugt und zitternd in seiner Sänfte. Seine Kleidung klebte naß und in schweren Falten an seinem Körper, und in seinem Bart und dem schütteren Haar hatten sich Eiskristalle eingenistet. Unter der glitzernden Schicht war sein Gesicht grau geworden. Er wirkte ebenso erschöpft und ausgelaugt wie Mercenario, aber nicht annähernd so erleichtert.

»Wir haben es geschafft, Klostos«, sagte Mercenario. »Wie geht es weiter?«

Die Frage war nicht völlig unberechtigt. Die Schlucht zog sich vor ihnen noch ein Stück dahin, aber Mercenario konnte sehen, daß sie sich an ihrem Ende schon wieder gabelte. Was von außen wie ein ungeheuerliches Felsmassiv aussah, schien in Wahrheit in Labyrinth gewaltiger Schluchten und Canyons zu sein.

»Rechts«, antwortete Klostos nach einigen Sekunden. »Haltet Euch immer rechts, bis ich etwas anderes sage.« Er atmete hörbar ein. »Wir müssen versuchen, Höhe zu gewinnen«, sagte er.

Mercenario lachte humorlos. »Ich bin froh, wenn wir unsere Höhe *halten*, sagte er. »Das Tier ist am Ende. Es ist ein Wunder, daß wir noch nicht abgestürzt sind.«

Klostos durchbohrte ihn regelrecht mit Blicken. Aber er sagte nichts mehr, sondern schüttelte nur stumm den Kopf und preßte die Lippen aufeinander, und nach einer weiteren Sekunde wandte sich Mercenario wieder um und konzentrierte sich ganz auf den Weg, der vor ihnen lag.

Der Sturm war hinter ihnen zurückgeblieben, aber nachdem die erste Erleichterung einmal nachließ, begann Mercenario schmerzhaft zu spüren, *wie* kalt es auch in diesem Teil des Felslabyrinths noch war. Die Wolkendecke unter ihnen begann allmählich dünner zu werden; hier und da gähnten große, ungleichmäßig geformte Löcher darin, und Mercenario konnte sehen, daß er sich getäuscht hatte, was die Tiefe der Schlucht anging. Unter ihnen war Wasser, in dem schimmernde Eisschollen schwammen. Sie waren allerhöchstens noch hundert Meter hoch. Und der Drache verlor langsam, aber beständig weiter an Höhe.

»Wie kommen wir zurück?« wandte er sich wieder an Klostos. »Selbst völlig erholt schafft es der Drache nicht, gegen den Sturm anzufliegen.«

»Das muß er auch nicht«, antwortete Klostos. »Wir nehmen einen anderen Weg zurück.« Er wedelte unwillig mit der Hand. »Achtet auf den Weg. Hinter dem großen Felsen dort vorne müssen wir nach links. Die Schlucht wird dort ziemlich eng, also paßt auf!«

Mercenario schluckte die ärgerliche Antwort herunter, die ihm auf der Zunge lag. Aber er nahm sich vor, sie ebensowenig zu vergessen wie die Frage, warum zum Teufel sie diesen lebensgefährlichen Weg genommen hatten, wenn es einen anderen gab. Gehorsam lenkte er den Drachen um die Biegung, die Klostos ihm bedeutet hatte, und fand sich jäh in einem wahren Labyrinth von Felsspalten und Schluchten wieder.

»Fliegt in die erste Felsspalte zur Rechten«, befahl Klostos. »Dort, wo der Gletscher beginnt.« Mercenario hoffte, daß sich der Alte wirklich so gut hier auskannte, wie es schien. Für ihn sah eine Schlucht hier aus wie die andere.

Aber offensichtlich wußte Klostos genau, was er tat. Er dirigierte Mercenario mit ziemlich unfreundlichen, aber präzisen Befehlen weiter, bis sie eine etwas breitere Schlucht mit steil ansteigenden Wänden erreichten, auf deren Grund sich ein sprudelnder Wasserstrom ergoß. Sie hatten weiter an Höhe verloren und flogen nur noch knappe zehn Meter über dem Strom dahin, aber Mercenario versuchte nicht mehr, den Drachen zum Aufsteigen zu bewegen.

»Gut so«, rief Klostos aus seiner Sänfte. »Der Fluß führt uns jetzt weiter nach Norden. Das Schlimmste liegt...«

Die Schlucht war blockiert. Keine hundert Meter vor ihnen erhob sich eine gewaltige Schutt- und Geröllhalde, an deren Fuß sich das Wasser zu schäumender Gischt aufstaute!

»Zum Teufel!« brüllte Klostos erschrocken. »Das muß ein Erdrutsch gewesen sein!« Seine Stimme wurde schrill. *»Hoch!«* kreischte er. »Bringt den Drachen nach oben!«

Mercenario versuchte es, aber er spürte gleich, daß die Kraft des Tieres nicht mehr ausreichte. In einer fast verzweifelten Anstrengung spreizte es die Flügel und warf sich herum, aber weder seine Kraft noch der verbliebene Platz reichten aus. Und die Schlucht war zu eng, um zu wenden oder dem Hindernis irgendwie auszuweichen. Mercenario blieb gerade noch Zeit, Klostos ein gellendes *»Festhalten!«* zuzuschreien, ehe die Echse mit furchtbarer Wucht gegen den Fels prallte.

Der Ruck warf Mercenario nach vorne und beinahe auch aus dem Sattel. Hinter ihm erscholl ein keuchender Schrei und dann ein helles Splittern und Krachen, als Klostos' Sänfte auseinanderbrach. Zugleich hörte er ein furchtbares, durchdringendes Kreischen, ein Laut, als kratzten stählerne Fingernägel über eine Schiefertafel von der Größe eines Berges, als der Drache sich mit verzweifelter Kraft an den Felsen festzuklammern versuchte und daran abzurutschen begann.

Mercenario sah aus entsetzt aufgerissenen Augen in die Tiefe. Der Drache rutschte scheinbar unaufhaltsam ab. Das Wasser kam mit harten, langen Rucken näher. Wenn sie in den Fluß stürzten, waren sie verloren. Wenn die Kälte sie nicht auf der Stelle umbrachte, würde er in der schweren Rüstung untergehen wie ein Stein. Aber das Schicksal hatte noch einmal ein Einsehen mit ihnen. Im buchstäblich allerletzten Moment fanden die Klauen des Drachen Halt auf dem Fels.

Mit einem erleichterten Seufzer richtete sich Mercenario im Sattel auf und sah sich nach Klostos um. Der Alchimist hockte in den zerborstenen Resten seiner Sänfte und hätte einen fast komischen Anblick geboten, hätte er Mercenario nicht aus beinahe haßerfüllten Augen angefunkelt.

»Du verdammter Narr!« keuchte er. »Ich habe dir gesagt, daß wir nach oben müssen!«

»Ihr habt mir nicht gesagt, daß es hier einen Erdrutsch gibt«, antwortete Mercenario gereizt. »Sagtet Ihr nicht, das Schlimmste läge hinter uns?«

»Als ich das letzte Mal hier war, gab es dieses Hindernis noch nicht«, verteidigte sich Klostos. »Ich kann schließlich nicht hellsehen.«

»Als Ihr das letzte Mal hier wart«, wiederholte Mercenario nachdenklich. »Wann war das?«

Klostos druckste einen Moment herum. »Vor fünf Jahren«, gestand er schließlich. »Annähernd sechs.«

»Fünf Jahre?« Mercenario mußte sich bemühen, sich seinen Zorn nicht zu deutlich anmerken zu lassen. »Wer zum Teufel sagt Euch, daß ...« Er sprach nicht weiter, sondern zwang sich gewaltsam zur Ruhe, schloß die Augen und zählte in Gedanken bis zehn. Als er die Lider wieder hob, war er zwar noch genauso zornig wie zuvor, hatte sich aber besser in der Gewalt. Bei allem Ärger galt es jetzt erst einmal, mit dieser gefährlichen Situation fertig zu werden.

Aufmerksam blickte er sich um. Der Drache war im buchstäblich allerletzten Moment zum Halten gekommen. Er hockte einen Meter über dem Wasser, aber der Felsen war breit genug, selbst diesem riesigen Tier ausreichend Platz zu bieten. Mercenario überlegte einen Moment, ob er das Risiko eines Startversuches eingehen sollte, entschied sich aber dagegen. Drachen brauchten einen ausreichenden Anlauf oder eine entsprechend hohe Klippe, von der sie sich abstoßen konnten.

Aber vielleicht gab es eine andere Möglichkeit...

»Könnt Ihr klettern, Klostos?« fragte Mercenario.

»Nein«, antwortete Klostos. Er klang fast empört. »Was soll diese Frage?«

»Dann habt Ihr jetzt die Gelegenheit, es zu lernen«, fuhr Mercenario fort. »Steigt ab.«

»Seid Ihr von Sinnen?« fragte Klostos. Er rührte sich nicht. »Wir haben keine Chance zu Fuß aus den Bergen herauszukommen. Es sind hundert Meilen bis zur nächsten Stadt!«

»Genau deshalb sollt Ihr ja absteigen«, erwiderte Mercenario gereizt. »Der Hang ist nicht so steil, wie es scheint. Wenn ich den Drachen bis auf halbe Höhe hinaufbekomme, kann er vielleicht starten.«

Klostos' Blick machte deutlich, was er von dieser Idee hielt. Aber augenscheinlich wußte er auch nicht, was zu tun war, denn nach einem letzten Zögern begann er umständlich vom Rücken des Drachen herunterzuklettern.

Mercenario wartete, bis er auf dem Felsen einen halbwegs sicheren Platz erreicht hatte, dann stieg auch er aus dem Sattel, griff nach den Zügeln des Drachen und kletterte ein Stück weit an der Geröllhalde empor. Behutsam begann er am Zaumzeug des Drachen zu ziehen. Das riesige Tier konnte die Bewegung kaum spüren, aber es schien zu begreifen, was Mercenario von ihm wollte – ganz im

Gegensatz zu Klostos, der erschrocken einen halben Schritt zurückwich und auf dem Geröll fast das Gleichgewicht verloren hätte, als sich der Drache in Bewegung setzte.

»Seid Ihr jetzt völlig übergeschnappt?« keifte er. »Wollt Ihr das Vieh vielleicht über die Felsen tragen?«

Mercenario antwortete nicht. Er hatte keine große Lust, mit Klostos zu streiten – und außerdem brauchte er all seine Konzentration, um den Drachen durch einen behutsamen Zug am Zaumzeug zu dirigieren. Das Tier war klug und hatte begriffen, was er von ihm wollte, vielleicht hatte es auch ganz instinktiv gespürt, daß seine einzige Chance darin bestand, das Hindernis zu überklettern.

»Das ist alles Eure Schuld!« Klostos fuhr fort, mit einer fistelnden hohen Altmännerstimme zu lamentieren. »Ich habe Euch gesagt, geht höher! Aber Ihr habt ja nicht auf mich gehört!«

Mercenario ließ das Zaumzeug los und funkelte ihn an. »Wollt Ihr weitermachen?« fragte er. »Wenn nicht, dann hört endlich auf zu nörgeln – oder klettert voraus und seht zu, wie weit Ihr alleine kommt!«

Klostos' Augen schossen kleine, feurige Blitze in Mercenarios Richtung, aber er schien auch zu spüren, daß er jetzt besser wirklich die Klappe hielt, denn er hörte tatsächlich auf zu lamentieren – und trat nach ein paar Sekunden sogar neben ihn um ihm zu helfen. Nach ein paar Sekunden rang sich Mercenario sogar zu einem Lächeln durch. Klostos erwiderte es, und damit war der Bann gebrochen.

»Wir sollten uns beeilen«, sagte er. »Diese Berge sind nicht ganz so verlassen, wie es scheint. Es gibt Ungeheuer hier, für die wir eine willkommene Beute wären.«

Verbissen arbeiteten sie weiter. Der Drache schob

sich, behutsam von Mercenario und Klostos dirigiert, die einen Weg über das Geröll zu finden suchten, Stück für Stück weiter in die Höhe, und Mercenario begann allmählich wieder Mut zu fassen. Wenn es ihnen gelang, den Gipfel der Geröllhalde zu erreichen, hatte der Drache Platz genug, sich abzustoßen und weiterzufliegen.

»Warum haben wir diesen Weg genommen, wenn es einen leichteren gibt?« fragte er.

»Aus bestimmten Gründen, über die ich im Moment nicht reden will«, antwortete Klostos. »Es gibt jemanden auf diesem anderen Weg, dem ich nicht begegnen will. Außerdem ist der Unterschied nicht so groß. Wir müssen auf jeden Fall durch diese Schlucht. Nur den Paß der Eiswinde können wir umgehen. Aber das ist im Moment wohl...«

Es dauerte eine Zeit, bis Mercenario überhaupt registrierte, daß Klostos nicht weitersprach und aufsah. Der Alte blickte mit konzentriertem Gesichtsausdruck auf den Fluß hinab. Er sah erschrocken aus. Alarmiert blickte Mercenario in dieselbe Richtung. Er konnte nichts Auffälliges entdecken, bis ihm die Wellen auffielen, die die Wasseroberfläche kräuselten.

»Was ist das?« fragte er.

Klostos zuckte mit den Schultern. »Ich weiß es nicht«, sagte er nervös. Mercenario spürte, daß er log. »Beeilen wir uns lieber.«

Während sie versuchten, den Drachen irgendwie zu größerer Schnelligkeit anzuspornen, ließ Klostos den Fluß nicht aus den Augen. Das Wellenmuster wuchs beständig auf sie zu, und er glaubte, einen kolossalen Schatten im klaren Wasser darunter zu erkennen.

Er warf einen hastigen Blick zum Gipfel des Gröllberges hinauf und versuchte, die Zeit abzuschätzen, die der Drache noch brauchen würde, um ihn zu erreichen. Das Ergebnis war nicht sehr ermutigend. Sie würden es nicht schaffen. Das *Ding* im Wasser war einfach zu schnell.

»Steigt auf den Drachen«, sagte er.

Klostos sah ihn stirnrunzelnd an, aber Mercenario wiederholte seinen Befehl in schärferem Ton, und nach einem letzten Blick auf den Wellenpfeil im Wasser schien er zu dem Schluß zu kommen, daß Mercenario recht hatte. Mit erstaunlicher Behendigkeit kletterte er wieder auf den Rücken des Drachen hinauf und wartete, daß Mercenario ihm folgte.

Mercenario ließ jedoch im Gegenteil die Zügel des Tieres los, trat zwei Schritte zur Seite und nahm den Bogen von der Schulter. Mit einer raschen Bewegung spannte er ihn, hakte die Sehne ein und zog einen Pfeil aus dem Köcher.

»Seid Ihr verrückt geworden?« keuchte Klostos. »Was wollt Ihr mit diesem Spielzeug? Seht Ihr nicht, was da kommt?«

Nein, Mercenario sah es nicht; aber er wußte, daß es ein gewaltiges Ungeheuer sein mußte. Er spannte den Bogen, suchte nach einem möglichst sicheren Halt auf dem lockeren Geröll und wartete, während sich der Drache Stück für Stück weiter in die Höhe schob. Der Wellenkamm näherte sich schnell, und darunter erkannte Mercenario immer deutlicher einen ungeheuren Schatten, der schnell und sprudelnd durch das Wasser pflügte. Noch eine Pfeilschußweite, eine halbe ...

Das Wasser am Fuß der Geröllhalde flog in einer gewaltigen, schäumenden Explosion auseinander. Mercenario spürte, wie der Fels unter seinen Füßen unter einem ungeheuren Anprall erzitterte, und inmitten der spritzenden Gischt erschien ein riesiges, geschupptes Wesen, das nur aus Zähnen und Panzerplatten und großen glotzenden Augen zu bestehen schien. Mercenario duckte sich, als ein Schwall eiskaltes Wasser auf ihn niederging, und kämpfte verbissen um sein Gleichgewicht. Nur ein paar Meter neben ihm rutschte ein ganzes Teil der Geröllhalde ab und verwandelte sich in eine Lawine, und er sah aus den Augenwinkeln, wie auch der Drache erschrocken die Flügel spreizte und mit wilden Bewegungen um seinen Halt rang.

Trotzdem ließ er das Ungeheuer unter sich keine Sekunde aus den Augen. Es war wahrhaftig ein Gigant; ein Koloß von der mindestens dreifachen Größe des Drachen. Der Kopf des Ungeheuers schien einem Raubfisch zu gehören, aber es hatte einen gewaltigen Rückenkamm und riesige, krallenbewehrte Pfoten, mit denen er sich jetzt aus dem Wasser heraus und zu ihnen in die Höhe zu ziehen versuchte. Jeder einzelne seiner Zähne war so lang wie Mercenarios Unterarm, und das gewaltige Maul klaffte weit genug auf, um selbst den Drachen mit einem einzigen Zuschnappen zu töten. Der Bogen in seinen Händen kam Mercenario mit einem Male lächerlich vor.

Aber er widerstand der Versuchung, ihn wegzuwerfen und davonzulaufen, sondern kämpfte seine Panik nieder und wartete reglos auf einen günstigen Moment. Wahrscheinlich befand er sich nicht einmal in unmittelbarer Gefahr. Das Ungeheuer hatte den Drachen erspäht und konzentrierte sich ganz auf diese größere, fette Beute. Mercenario ließ seinen Pfeil fliegen.

Das Geschoß traf das empfindliche Auge des Ungeheuers und bohrte sich fast bis zum gefiederten Ende hinein.

Die Echse brüllte vor Schmerz und Wut, bäumte sich auf und begann zu toben. Der Berg schien zu erzittern, als der Koloß in sinnloser Raserei gegen die Wände der Schlucht zu schlagen begann. Die gesamte Felsbarriere wankte. Eine gewaltige Steinlawine polterte ins Wasser herab, und Mercenario mußte plötzlich mit ebenso verzweifelten wie grotesken Sprüngen den Felsbrocken ausweichen, die auf ihn herunterprasselten. Über ihm kämpfte der Drache mit wild schlagenden Flügeln, aber auch unter seinen Klauen lockerte sich das Gestein immer gefährlicher.

Mercenario sah nach unten. Das Ungeheuer hatte endlich aufgehört zu toben und versuchte erneut, die Barriere zu erklimmen. Sein verletztes Auge hatte sich geschlossen; Blut sickerte unter dem gepanzerten Lid hervor.

Einen Moment lang erwog Mercenario den Gedanken, einen zweiten Schuß zu versuchen, um das Untier vollends zu blenden, verwarf ihn aber fast ebenso schnell wieder. Der Boden hörte nicht auf zu zittern. Der ganze Geröllberg schien ins Rutschen gekommen zu sein, so daß er einfach keinen ruhigen Stand finden würde, um einen gezielten Schuß anzubringen. Außerdem würde das Ungeheuer wohl eher noch gefährlicher werden, wenn er es vollkommen blendete. Er ließ den Bogen fallen, wich mit einer instinktiven Bewegung einem Stein aus, der wie ein Gummiball in seine Richtung hüpfte, und versuchte sich dem Drachen zu nähern.

Die riesige Flugechse schlug immer verzweifelter mit den Schwingen, aber sie vollbrachte auch das Wunder, auf das Mercenario kaum zu hoffen gewagt hatte: Langsam und schwerfällig begann sich der Drache vom Boden zu lösen. Die gewaltigen Schwingen schlugen immer schneller und schneller, entfesselten einen Sturmwind, der Mercenario auf die Knie zwang, und hievte das Tier immer weiter und weiter in die Höhe. Für einen Moment bewegte sich die gewaltige Flugechse sogar *rückwärts* – und begann zu kippen.

»Halte ihn!« schrie Mercenario. *»Bring ihn hoch, Klostos!«*

Der Drache gewann mit wild peitschenden Flügeln noch ein kleines Stück Höhe und stand für einen Moment fast senkrecht in der Luft. Er kippte weiter, beugte sich nach hinten, und für einen Moment war Mercenario sicher, daß er nun abstürzen und ihn unter sich begraben mußte.

Aber der Söldner stürzte nicht. Das riesige Tier kippte weiter, drehte sich dabei aber auch zugleich um seine eigene Achse, so daß er weniger fiel, als daß er sich in einer komplizierten Spiralbewegung in die Tiefe schraubte – direkt auf den Fluß und das Ungeheuer zu, das ihn mit weit aufgerissenem Maul erwartete. Die Kiefer des Ungeheuers schnappten zu und verfehlten den Drachen um eine Winzigkeit. Dafür zerfetzten dessen Krallen das Maul des Echsenwesens und hinterließen tiefe, blutige Schrammen in seiner Haut. Mit einem erleichterten Schrei schwang sich der Drache weiter in die Höhe. Einen Moment lang taumelte er noch, aber dann fanden seine Schwingen in einen kraftvollen, schnellen Rhythmus, der ihn regelrecht in die Höhe katapultierte. Binnen weniger Augenblicke hatte er das Ende der Schlucht erreicht und verschwand um die Biegung.

Ein neuer Schlag erschütterte den Berg. Mercenario breitete hastig die Arme aus, um das Gleichgewicht zu halten, und sah erschrocken nach unten.

Die Echse hatte den Hang schon zu einem guten Stück erklommen. Der Drache war fort, aber die Bestie hatte offenbar auch gegen eine kleine Zwischenmahlzeit in Gestalt eines Söldners nichts einzuwenden. Mit bedächtigen, aber trotz enormer Größe, erschreckend schnellen Bewegungen kletterte sie weiter auf ihn zu. Mercenario wich im gleichen Tempo vor ihr zurück und näherte sich dem Gipfel des Hanges.

In diesem Moment gewahrte er Klostos, der den Drachen im breiteren Teil der Schlucht jenseits der Biegung gewendet hatte und zurückkehrte.

Er flog entschieden *zu hoch* und *zu schnell*, um den Drachen auf dem schmalen Grad der Felsbarriere landen zu lassen. Und das hatte er auch gar nicht vor, begriff Mercenario. Klostos hockte weit nach vorne über den Hals des Tieres gebeugt im Sattel, als müsse er sich mit aller Macht festklammern, um nicht abzustürzen, und blickte geradewegs auf ihn herab. Er mußte *ihn einfach sehen*! Trotzdem machte er nicht einmal einen Versuch, den Kurs des Drachen zu ändern. Noch während Mercenario fassungslos nach oben blickte, flog die gewaltige Echse über die Felsbarriere hinweg und verschwand auf der anderen Seite.

Dafür kroch das Ungeheuer unter ihm beständig näher. Es war jetzt fast völlig aus dem Wasser heraus, so daß Mercenario erkennen konnte, daß es tatsächlich einer ins Absurde vergrößerten Eidechse ähnelte. Das Ungeheuer blickte ihn aus seinem einen verbliebenen Auge so haßerfüllt an, daß er plötzlich nicht mehr ganz sicher war, es wirklich nur mit einem dummen Tier zu tun zu haben. Wenn es ihn erreichte, dann würde es ihn mit Sicherheit töten.

Mercenario drehte sich wieder herum und begann den Hang hinaufzuklettern. Der Anprall des Ungeheuers schien den Geröllhügel in seinen Grundfesten erschüttert zu haben. Unter seinen Füßen lösten sich immer wieder einzelne Steine, die polternd in die Tiefe stürzten. Das letzte Stück des Weges legte er auf Händen und Knien kriechend zurück.

Der Grat oben war kaum einen Meter breit, und dahinter fiel die jenseitige Böschung steil ab. Mercenario erreichte die Höhe rechtzeitig genug, um Klostos' Drachen in mehr als einer Meile Entfernung verschwinden zu sehen. Der Anblick erweckte einen kalten Zorn in ihm. Wie es aussah, hatte Klostos ihn wohl aus dem einzigen Grund mitgenommen, ihn bei passender Gelegenheit irgendeinem Ungeheuer zum Fraß vorzuwerfen, um sich damit selbst die Freiheit zu erkaufen. Es schien, als hätte er *wirklich* ein besonders gutes Geschäft gemacht.

Hastig sah er sich nach seinem geschuppten Verfolger um und stellte fest, daß der Abstand zwischen ihnen weiter zusammengeschrumpft war. Der Söldner setzte seine Flucht fort, aber was er sah, das erfüllte ihn nicht gerade mit übergroßer Hoffnung. Den Hang hinabzusteigen würde noch schwerer sein, als ihn emporzuklettern, wollte er nicht Gefahr laufen, eine Steinlawine loszutreten und von ihr in die Tiefe gerissen und entweder sofort erschlagen oder unter einer Tonne Felsgestein in dem eiskalten Wasser ertränkt zu werden.

All diese düsteren Überlegungen hinderten ihn allerdings nicht daran, seinen Weg nach unten fortzusetzen. Als er die Hälfte der Böschung hinter sich hatte, polterte ein riesiger Stein an ihm vorüber, zu dem sich rasch ein zweiter und dritter gesellte, bis sich Mercenario inmitten eines regelrechten Erdrutsches wiederfand, von dem er nur wie durch ein Wunder nicht mitgerissen wurde. Erst, als das Bombardement aus Steinen und Felstrümmern allmählich wieder nachließ, wagte er es, stehenzubleiben und den Kopf zu drehen.

Das Reptil hatte den Kamm der Barriere erreicht und angehalten. Sein unversehrtes Auge starrte weiter mit der gleichen, kalten Wut auf Mercenario herab, doch aus irgendeinem Grund zögerte es, ihm zu folgen. Vielleicht spürte es ja instinktiv die Gefahr, die von dem lockeren Geröll ausging. Aber vielleicht gab es auch auf der anderen Seite des Flusses etwas, das es fürchtete. Mercenario ging weiter, behielt aber die mit kleinen Eisschollen durchsetzte Wasseroberfläche aufmerksam im Auge.

Als er den Fuß der Halde beinahe erreicht hatte, sah er den Pfad. Es war ein schmaler Spalt im Felsen, der ihm keinen Halt geben konnte, aber er hatte keine andere Wahl. Mercenario balancierte vorsichtig zum Rand der Böschung und setzte den Fuß auf den schmalen Sims, um den Felsgrat zu betreten.

Es ging leichter, als er gefürchtet hatte, denn die Felsbarriere schützte ihn vor dem Wind. Doch seine Hände begannen schon nach wenigen Augenblicken von dem rauhen Fels zu schmerzen, gegen den er sich mit aller Gewalt preßte, und wenn er erst einmal aus dem Windschatten der Halde heraus war, würde er auch noch gegen den Sturm ankämpfen müssen.

Dieser verdammte Feigling Klostos! dachte er. Er hätte diesem alten Hexenmeister keine Sekunde trauen dürfen! Wahrscheinlich hatte er nur auf eine Gelegenheit gewartet, sich seiner zu entledigen, jetzt, da sie ihr Ziel fast erreicht hatten. Wenn er es schaffte, irgendwie hier herauszukommen, dann würde er diesen verlogenen alten Tattergreis suchen und eigenhändig umbringen, und wenn er Zomar dazu auf den Kopf stellen mußte!

Mercenario war gerade dabei, sich die achte oder neunte originelle Todesart für Klostos auszudenken, als er den Drachen sah. Er kam mit weit gespannten Flügeln um die Biegung am Ende der Schlucht und bewegte sich sehr schnell. Klostos hockte noch immer in der gleichen, beinahe lächerlichen Haltung im Nacken des Tieres, und Mercenario konnte gerade noch den Impuls unterdrücken, den Arm zu heben und ihm zuzuwinken, wodurch er zweifellos den Halt auf dem schmalen Sims verloren hätte und in die Tiefe gestürzt wäre.

Aber Klostos hatte ihn gesehen. Er winkte ihm zu und begann zu gestikulieren, ohne daß Mercenario der Sinn dieser Gesten allerdings klar wurde, dann war er vorbei, und der Drache schwang sich mit einem kräftigen Flügelschlag in die Höhe, um die Felsbarriere in sicherem Abstand zu überfliegen. Einen Augenblick später war er auf der anderen Seite der Schutthalde verschwunden.

Mercenario starrte ihm aus brennenden Augen nach. Seine Gedanken rasten. Klostos war zurückgekommen – aber warum? Um sich davon zu überzeugen, daß er auch wirklich tot war? Oder um ihm zu helfen? Und wenn ja – wie? Es gab hier weit und breit nichts, wo der Drache landen konnte, mit Ausnahme der Felshalde – und auf der hockte noch immer diese größenwahnsinnige Eidechse, die keine Anstalten machte, sich zurückzuziehen.

Vielleicht *gab* es noch eine Möglichkeit – aber die war so verrückt, daß Mercenario schon der bloße Gedanke einen eisigen Schauer über den Rücken laufen ließ.

Und doch schien es genau das zu sein, was der Alchimist vorhatte.

Der Drache kam zurück, um das jenseitige Ende der Schlucht zu erreichen und zu wenden. Diesmal flog er gefährlich tief über die Halde und ihren gefräßigen Bewohner hinweg. Er war kaum aus der Reichweite der schnappenden Kiefer, als Klostos das Tier in einen gewagten Sturzflug zwang, den er erst unmittelbar über dem Wasser wieder abfing. Gleichzeitig wurde er so langsam, daß sich der Drache kaum noch in der Luft halten konnte. Mercenario spürte, wie sich ihm jedes einzelne Haar auf dem Kopf sträubte. Klostos hatte tatsächlich ganz genau das vor, was er befürchtet hatte. Wenn er den Alten nicht wegen seines Verrates umbringen würde, dachte Mercenario grimmig, dann *dafür.*

Aber welche Wahl hatte er schon?

Mercenario wartete, bis der Drache heran war, versuchte ein letztes Mal, seine Geschwindigkeit und Entfernung abzuschätzen – und sprang.

Während er durch die Luft flog, war er felsenfest davon überzeugt, es nicht zu schaffen. Der Drache kam viel zu schnell heran, und er war viel zu weit von der Felswand entfernt. Außerdem hatte er das Gewicht der Rüstung unterschätzt. Sie zerrte ihn wie ein Stein in die Tiefe. Er *mußte* ihn einfach verfehlen.

Der Aufprall auf dem schuppigen Rücken der Riesenechse trieb ihm die Luft aus den Lungen. Er hatte seinen Sprung so gut berechnet, wie es ging, aber trotzdem nicht verhindern können, daß er genau in den Resten von Klostos' Sänfte landete. Irgend etwas zerkratzte sein Gesicht, und trotz der Rüstung spürte er einen fürchterlichen Schlag in den Leib, der ihn vor Schmerz aufschreien ließ. Ohne den Brustpanzer wäre er vermutlich aufgespießt worden wie ein zu groß geratener häßlicher Schmetterling auf der Nadel eines Sammlers.

Auch so hätte er beinahe das Bewußtsein verloren. Trotzdem klammerte er sich blindlings fest, während der Drache rasch wieder von der Felswand zurückwich und gleichzeitig in die Höhe stieß. Mercenario kam erst wieder richtig zu sich, als sie die Schlucht schon längst hinter sich gebracht hatten. Unter ihnen erstreckte sich ein weites, fast perfekt gerundetes Felsental, in dem sich das Wasser zu schäumender Gischt staute, ehe es brüllend durch einen schmalen Abfluß auf der gegenüberliegenden Seite verschwand. Gegen seine Erwartung lenkte Klostos den Drachen jedoch nicht in diese Richtung, sondern zwang das Tier in eine enge, in eine aufwärts führende Spirale übergehende Kurve, die sie rasch in größere Höhe brachte.

Am Ende dieser Spirale lag ein gewaltiger Höhleneingang. Klostos dirigierte den Drachen geschickt darauf zu und ließ ihn wenige Meter jenseits der Öffnung landen. Das Tier sank mit einem erschöpften Keuchen zu Boden und faltete die Schwingen an den Leib, und Mercenario rutschte ungeschickt von seinem Rücken herunter. Er hatte kaum mehr die Kraft, sich auf den Beinen zu halten. Jeder Knochen im Leib tat ihm weh, und er fühlte sich zu Tode erschöpft. Stöhnend taumelte er gegen die Flanke des Drachen, drehte sich halb herum – und fuhr mit einem entsetzten Keuchen wieder in die Höhe.

Die Höhle war nicht leer. Hinter ihm, drei oder vier Dutzend Schritte vom Eingang entfernt, erhob sich ein gigantisches Netz. Ein riesiger, fetter Schatten hockte im Zentrum dieses Netzes. Mercenario zählte insgesamt zehn Beine, die länger als sein ganzer Körper waren. Ein halbes Dutzend faustgroßer, in allen Farben des Regenbogens schimmernder Augen starrte auf ihn herab.

»Keine Sorge«, sagte Klostos hastig. »Sie wird uns nichts tun. Sie hat viel zu viel Angst vor dem Drachen.«

Mercenario rührte sich nicht. Aber er ließ die Spinne auch keine Sekunde aus den Augen. Der Anblick schnürte ihm die Kehle zu. Sein Herz schlug sonderbar langsam und schwer, und ihm war heiß und kalt zugleich. Klebriger Schweiß brach ihm in Strömen am ganzen Leib aus. Er versuchte, seinen Blick von der Fangspinne zu lösen, um irgendwie auf Klostos' Worte zu reagieren, aber er konnte es nicht. Er stand da wie gelähmt, und er *war* gelähmt.

Es war nicht die Angst vor dem Raubtier, die ihn paralysierte. Die Fangspinne war eine gewaltige Bestie, die einen Menschen ohne große Anstrengung töten konnte und zudem über ein tödliches Gift verfügte. Aber er wußte, daß Klostos die Wahrheit sagte. Die Stimme des Alten war zu frei von jeglicher Furcht, als daß er nicht völlig von seinen eigenen Worten überzeugt sein konnte. So lange sie sich in der Nähe des Drachen hielten, drohte ihnen keine Gefahr. Reptilien und Insekten waren natürliche Feinde, und obgleich die Spinne selbst für ihre Art ein wahrer Riese war, war sie doch ein Zwerg gegen Klostos' Drachen.

Aber all dieses Wissen nutzte ihm nichts.

Es gab nicht viele Tiere, die Mercenario fürchtete – aber vor Spinnen empfand er eine geradezu panische Angst. Der Anblick dieser bizarren Tiere erfüllte ihn mit einem Ekel und einem Entsetzen, gegen das er hilflos war. Er hatte oft versucht, sich über den Grund dieser an sich absurden Furcht klar zu werden, aber es war ihm nie gelungen.

Klostos kam mit gemessenen Schritten auf ihn zu. »Sie wird uns nichts tun«, sagte er noch einmal. »Vorausgesetzt, wir kommen dem Netz nicht zu nahe. Die Fäden sind mit einer giftigen Substanz überzogen, die wie Säure brennt und üble Wunden ...«

Er stockte, blickte einen Moment lang verwirrt in Mercenarios Gesicht und folgte dann seinem starren Blick. Einige Sekunden lang sah er die Spinne an, dann wieder ihn.

»Was habt Ihr, Mercenario?« fragte er stirnrunzelnd.

»Die ... Spinne«, antwortete Mercenario stockend. »Jagt ... sie fort.« Es fiel ihm schwer zu reden. Die Worte schienen sich in kleine, pelzige Dinge zu verwandeln, die sich weigerten, über seine Lippen zu kommen.

Klostos sah ihn völlig verwirrt an. Aber nur für einen Augenblick; dann trat er einen Schritt zurück und klatschte zweimal rasch hintereinander in die Hände. Der Drache hob den Kopf und stieß ein markerschütterndes Gebrüll aus, das in der Höhle noch lauter klang und als verzerrtes Echo zu ihnen zurückkehrte. Die Spinne erwachte jäh aus ihrer Starre und verwandelte sich in einen rasenden Schatten, der auf wirbelnden Beinen davonraste, bis er zu einem formlosen schwarzen Klumpen unter der Höhlendecke wurde.

»Besser?« fragte Klostos.

Mercenario nickte verkrampft. Er konnte die Spinne jetzt nicht mehr sehen, aber er wußte, daß sie noch da war und sie beobachtete, und schon dieses Wissen war fast mehr, als er ertragen konnte. Dennoch fühlte er sich ein wenig besser.

»Ja«, sagte er. »Ich danke Euch.«

»Was war los?« fragte Klostos.

»Die Spinne«, antwortete Mercenario mühsam. Er mußte gegen den immer stärker werdenden Drang ankämpfen, den Kopf zu heben und sie in ihrem Versteck unter der Höhlendecke zu suchen.

»Ich verstehe«, sagte Klostos. »Ihr könnt den Anblick nicht ertragen. Er macht Euch Angst. Eine Art von Furcht, gegen die Ihr nicht ankommt, egal, wie sehr Ihr es auch versucht.« Das Mitgefühl in seiner Stimme klang echt. Mercenario suchte vergeblich nach einer verräterrischen Spur von Spott oder Häme in seinen Worten.

»Woher wißt Ihr das?« fragte Mercenario.

»Es muß Euch nicht peinlich sein«, sagte Klostos. »Ihr seid nicht der einzige, dem es so ergeht. Viele Menschen kennen diese unwiderstehliche Furcht. Ich denke, fast jeder hat etwas, das ihn mit dieser Art von Entsetzen erfüllt, nur haben die meisten wohl das Glück, ihren schlimmsten Ängsten niemals zu begegnen. Man nennt es eine Phobie, wißt Ihr?«

Mercenario antwortete nicht. Klostos meinte es nur gut, das spürte er, aber es war ihm unangenehm, so durchschaut zu werden.

»Nein«, sagte der Söldner gereizt. »Das weiß ich nicht. Und es interessiert mich auch nicht. Warum laßt Ihr Euren Drachen dieses Untier nicht töten? Es ist gefährlich, ob Phobie oder nicht.«

»Damit sich ein vielleicht noch gefährlicheres Ungeheuer hier einnistet, das mich bei meinem nächsten Besuch überfällt?« Klostos schüttelte heftig den Kopf. »Warum sollte ich sie töten? Sie ist nicht gefährlich, solange ich ihr nicht zu nahe komme. Warum ein Leben grundlos auslöschen?«

»Bei mir habt Ihr nicht solche Skrupel gehabt«, sagte Mercenario böse. »Oder habt Ihr Angst um die Echse im Fluß gehabt, die zu verhungern drohte?«

»Ich bin zurückgekommen, nicht wahr?« sagte Klostos. Er versuchte nicht einmal, sich irgendeine Ausrede einfallen zu lassen oder zu leugnen.

»Ja, weil Ihr mich braucht«, antwortete Mercenario. Die unerwartete Offenheit reizte ihn nur noch mehr. »Wozu? Um den Drachen durch einen Eissturm zu fliegen, oder als Futter für irgendeine Bestie, die Euch sonst nicht passieren läßt?«

Klostos setzte zu einer zornigen Antwort an – aber dann verzog er nur abfällig das Gesicht. Er seufzte, warf Mercenario einen beinahe traurigen Blick zu und ging wortlos davon. Mercenario starrte ihm böse hinterher. Er brodelte noch immer vor Zorn, aber er hatte mehr und mehr das Gefühl, daß ein guter Teil dieses Zorns ihm selbst galt.

»Wie lange bleiben wir hier?« fragte er. Es war warm in der Höhle, sie waren aus dem Wind heraus. Der Drache würde sich rasch erholen.

»Bis morgen«, antwortete Klostos. »Bei Sonnenaufgang geht es weiter.«

»Bis *morgen*?« Mercenario unterdrückte einen neuerlichen, erschrockenen Blick zur Höhlendecke. »Aber es ist noch früh. Wir haben noch sechs oder sieben Stunden Tageslicht. Genug, um ...«

»Unser Ziel liegt einen vollen Tagesritt entfernt«, unterbrach ihn Klostos. »Und es gibt keine Möglichkeit, irgendwo zu landen. Der Drache braucht die Ruhe, die er bekommen kann. Die vergangene Woche war sehr anstrengend. Ich bin müde und sehne mich danach, einmal länger als fünf Stunden Schlaf zu bekommen.«

Mercenario erging es nicht besser. Auch er konnte sich kaum noch erinnern, wann er das letzte Mal wirklich *ausgeschlafen* hatte. Aber schon der bloße Gedanke, in dieser Höhle zu übernachten, entsetzte ihn.

»Keine Angst«, fuhr Klostos fort. »Euch passiert nichts. Schlimmstenfalls könnt Ihr ja unter dem Drachen schlafen. Dann kommt Euch die Spinne ganz bestimmt nicht zu nahe.«

»Es könnte schließlich noch andere Ungeheuer hier geben«, sagte Mercenario, ohne auf den Spott in Klostos' Stimme einzugehen. »Die, von denen die Spinne lebt, zum Beispiel.«

»Sie sind sehr genügsam«, erwiderte Klostos. »Es reicht völlig, wenn sie einmal im Jahr zu fressen bekommen. Außerdem wird uns der Drache zuverlässig vor jeder Gefahr warnen.« Er zwang sich zu einem Lächeln. »Zerbrecht Euch nicht den Kopf, Mercenario«, fuhr er in verändertem Ton fort. »Ich komme seit dreißig Jahren regelmäßig hierher, und noch nie ist mir irgend etwas passiert.«

»Wie viele Begleiter habt Ihr in dieser Zeit verbraucht?« fragte Mercenario.

»Dreißig«, antwortete Klostos ungerührt. »Bei jedem Flug einen. Alle, die die Reise überlebten, haben sich strikt geweigert, mich noch einmal zu begleiten. Aber die meisten habe ich an die Ungeheuer hier verfüttert. Oder an die Spinne.«

Mercenario riß die Augen auf. »Das ist nicht wahr«, keuchte er.

»Nein«, sagte Klostos. »Aber das war es doch, was Ihr hören wolltet, oder?«

Mercenario starrte ihn ein paar Sekunden lang verblüfft an – und dann lachten sie beide, und Mercenario spürte, wie sich die Anspannung in diesem Lachen löste.

Klostos drehte sich herum, schlenderte zum Ausgang und blieb stehen, die Hände in zwei der zahllosen Taschen seines Gewandes vergraben. Die Kälte war hier wieder deutlicher zu spüren, und der Wind peitschte ihre Gesichter. Mercenario glaubte zu spüren, wie sich die Berge unter ihren Füßen bewegten, wie große, schlafende Riesen, die schlechte Träume hatten.

»Ich komme nicht jedes Jahr hierher«, sagte Klostos, ohne ihn anzusehen. Sein Blick war starr auf die Schlucht vor ihnen gerichtet. Mercenario versuchte zu erkennen, was dahinter lag, sah aber nur graue Wolkenfetzen. »Und meistens war ich allein. Ihr werdet es mir vielleicht nicht glauben, aber ich war einmal ein fast ebenso guter Drachenreiter wie Ihr es seid. Vielleicht nicht ganz so berühmt, aber ich genoß doch einen gewissen Ruf, und auch mein Drache war jünger und kräftiger.«

Mercenario sagte nichts dazu, aber er glaubte Klostos. Das Manöver, mit dem Klostos den Drachen von der Felsbarriere gestartet hatte, hätte niemand *einfach so* zustande gebracht. Klostos mußte ein meisterlicher Drachenreiter sein.

»Aber jetzt bin ich alt geworden«, fuhr Klostos fort. »Zu alt, um diesen Weg allein zu bewältigen. Das schlimmste Stück liegt noch vor uns. So habe ich nach einem Begleiter Ausschau gehalten.« Er lachte leise. »Um offen zu sein: Ihr wart der erste, der ja gesagt hat. Allen anderen war die Reise zu gefährlich.«

»Wohin führt sie uns?« fragte Mercenario.

Klostos deutete auf die Schlucht. »Dahinter beginnt die Große Tiefe«, sagte er. »Wart Ihr schon einmal dort?«

Mercenario verneinte, und Klostos sagte mit einem Kopfschütteln. »Ich glaube doch. Die Wolken stürzen dort in die Tiefe, wie Wasser in einen Sog. Der Abgrund ist Meilen tief.«

»Ihr glaubt, es wäre das Land unter den Wolken?«

»Das Meer«, verbesserte ihn Klostos. »Es ist nur Wasser, so weit das Auge reicht. Aber Ihr habt recht, ich glaube, es ist das Meer dieses unteren Landes.«

»Dann ist es unmöglich, dort zu landen«, sagte Mercenario. »Ohne die Droge, von der ich euch erzählt habe, würden wir ersticken. Die Luft dort unten ist viel zu dick und zu schwer für unsere Lungen.«

»Ich weiß.« Klostos seufzte. Sein Blick streifte über das brodelnde Wasser, das den Boden des Talkessels bedeckte. »Zomar ist eine sonderbare Welt, findet Ihr nicht? Ich meine: Es gibt ein Volk, das unter den Wolken lebt, und eines, das darüber lebt. Beide sehen gleich aus, und doch kann das eine Volk nicht die Luft des anderen atmen, und die Wolken dazwischen sind tödlich für beide.«

Ja, und es gibt Berge, die hohl sind und diese Wolken hervorbringen, dachte Mercenario. *Was würdest du erst sagen, wenn du das wüßtest, alter Mann?* Er hatte Klostos nicht alles erzählt, was er in der Welt unter den Wolken erlebt hatte.

»Und all diese Tiere«, fuhr Klostos fort. »Drachen, so groß wie Schiffe. Spinnen wie Droschken und Fische, die ein Boot samt seiner Besatzung verschlingen können. Manchmal fragte ich mich, ob es wirklich die Natur war, die das alles so erschaffen hat.«

»Wer sonst?« wunderte sich Mercenario.

Klostos zuckte mit den Schultern. »Es kommt mir alles so ... falsch vor«, sagte er. »Wie zwei Hälften von verschiedenen Ganzen, die jemand zusammengefügt hat. Als hätte man die Welt der Ungeheuer genommen und die Menschen hineingesetzt, oder umgekehrt.« Er drehte sich zu Mercenario herum, und plötzlich lächelte er. »Verzeiht, wenn ich Euch langweile«, sagte er. »Sicher interessieren Euch die Träume eines alten Mannes nicht sehr.«

»Träume? Was für Träume?«

»Daß Zomar eines Tages wieder so werden könnte, wie es vielleicht einmal war«, antwortete Klostos. »Es gibt manche, die glauben, daß diese Welt nicht immer so wild und primitiv gewesen ist. Manche glauben, daß es einst ein mächtiges, reiches Land gewesen ist, mit Menschen, die die Macht von Zauberern besaßen und den Reichtum und die Weisheit von Königen.«

»So«, sagte Mercenario nachdenklich. »Manche glauben das? Und manche wissen, daß es so war, oder?«

Klostos lächelte.

7

Mercenario schlief ausgezeichnet in dieser Nacht, was wahrscheinlich an dem Feuer lag, das Klostos entzündet hatte. Es gab in der Höhle kein Holz, wohl aber ganze Berge säuberlich abgenagter Knochen, und Klostos vollbrachte ein kleines Wunder, indem er ein farbloses Pulver über die Knochen streute, die Mercenario auf seinen Befehl hin eingesammelt hatte, um so ein Feuer zu machen. Zum ersten Mal seit langem erwachte Mercenario ausgeruht. Er hatte eine vage Erinnerung an einen Alptraum, in dem ein riesiges Wesen mit zu vielen Beinen und starrenden Augen eine Rolle spielte, aber er hütete sich, sich zu intensiv mit dieser Erinnerung zu beschäftigen.

Mit dem ersten Licht des neuen Tages brachen sie auf. Mercenario hatte die kläglichen Reste von Klostos' Sänfte entfernt, und der Alchimist hockte in einen Mantel und zwei Decken gehüllt hinter ihm. Mercenario lenkte den Drachen in die Schlucht, die Klostos ihm am vergangenen Abend gezeigt hatte. Der Wind hob wieder zu einem heulenden Sturm an, als wolle sie die Natur zum Abschied noch einmal nachhaltig daran erinnern, warum man dieses Teil des Gebirges das Labyrinth der Eiswinde nannte. Aber der Canyon war nicht mehr sehr lang, und als sie sein Ende erreichten, hatten sie damit auch das gefürchtete Labyrinth hinter sich gebracht, und vor ihnen lag die Große Tiefe.

Obwohl Klostos ihm gesagt hatte, was sie erwartete, verschlug der Anblick Mercenario die Sprache. Das Ende der Schlucht wurde von einem gemauerten Pfeiler markiert, auf dem sich ein mehr als mannshoher, kunstvoll aus dem Felsen herausgemeißelter Totenkopf erhob; eine Warnung, die an Deutlichkeit nichts zu wünschen übrig ließ. Dahinter ...

Es war, als hätte jemand ein Loch in die Welt gemacht. Mercenarios allererster Eindruck war, sich einer ungeheuren Klippe zu nähern, über die sich die Fluten eines wahrhaft ungeheuerlichen Wasserfalles ergoß und in einen Schlund hinabstürzten, der geradewegs bis ins Herz der Erde reichte. Mercenario hörte ein ungeheures Tosen und Donnern, ein Laut, der mehr zu spüren als zu hören war und seinen Körper bis in die letzte Zelle vibrieren ließ. Aber es war kein Wasser, und vor ihnen lag auch keine Klippe. Was sich vor ihnen in einem brodelnden, tosenden Mahlstrom in die Tiefe ergoß, das waren Wolken, ein unvorstellbarer, niemals abreißender Strom, der sich seit einer Million Jahren im Kreis drehte.

»Was um alles in der Welt ist das?« schrie Mercenario. Das Dröhnen und Brausen wurde immer lauter.

»Die Große Tiefe!« schrie Klostos zurück. »Unsere letzte Möglichkeit, umzukehren! Wenn wir erst über die Klippe sind, gibt es kein Zurück mehr! Hast du noch Mut?«

»Habe ich denn eine Wahl?«

Klostos lachte, aber Mercenario hörte es schon nicht mehr, sondern sah nur, wie sich sein Gesicht zu einer Grimasse verzerrte, während der Laut selbst vom Dröhnen des Wolkenfalles verschluckt wurde.

»Du mußt den Drachen rechtzeitig abfangen!« schrie Klostos. »Das Tier kennt den Weg, aber du mußt ihm helfen. Wir müssen nach Osten! Gib acht, daß wir nicht zu tief nach unten kommen! Du weißt, was dann passiert!«

Mercenario konnte nicht mehr antworten. Das Dröhnen des gewaltigen Luftwirbels wurde immer lauter, und zugleich nahm der Sog beinahe schlagartig zu. Der Drache schrie vor Furcht, doch der Laut ging ebenso in dem gewaltigen Getöse unter wie alle anderen. Das Tier breitete die Schwingen aus, es bewegte sich nicht mehr, sondern wurde einfach mitgerissen. Der Sturz in die Tiefe begann.

Es war, als tauchten sie in den Schlund der Hölle selbst hinab. Der Sog griff wie eine unsichtbare Riesenfaust nach dem Drachen und seinen beiden Reitern und zerrte sie schneller und schneller in die Tiefe. Der Drache wurde in eine rasende, immer steiler und immer enger werdende Spirale gerissen. Mercenario wußte, daß die tobenden Luftmassen sie in Stücke reißen würden, wenn sie in die Mitte des Soges gerieten.

Hinter ihm begann Klostos wild zu gestikulieren. Er schrie irgend etwas, das Mercenario nicht verstand, aber er wußte auch so, daß sie nur eine einzige Chance hatten. Sie mußten aus diesem Mahlstrom heraus, ehe die Sturmböen sie zermalmten – oder sie zu weit in die Tiefe schleuderten, so daß sie in das Land unter den Wolken gerieten, wo Menschen wie Mercenario und Klostos die Luft nicht vertrugen.

Mercenario versuchte, den Drachen zum Rand des Strudels hin zu lenken, aber selbst die Kräfte dieses gewaltigen Tieres reichten nicht aus. Verzweifelt sah er nach oben. Das Loch in den Wolken schien bereits unendlich weit über ihnen zu sein, und er begriff, daß ihnen nicht mehr viel Zeit blieb; vielleicht nur noch Sekunden.

Mercenario setzte alles auf eine Karte. Statt den

Drachen gegen den tobenden Sturm anrennen zu lassen, lenkte er ihn direkt in die Mitte des brüllenden Wirbels hinein – und zwang ihn mit angelegten Flügeln zu einem fast senkrechten Sturzflug. Klostos kreischte vor Entsetzen so laut, daß seine Stimme für einen Moment sogar das Tosen des Sturmes übertönte. Mercenario ignorierte ihn, konzentrierte sich ganz auf seine Aufgabe – und riß den Drachen im allerletzten Moment zur Seite. Das Tier schoß mit einem unvorstellbaren Tempo durch das Herz des Soges, tauchte darunter hinweg und kam schließlich frei, wie ein Schwimmer die Kraft eines Strudels ausnutzte, um sich daraus zu befreien.

Sie waren frei. Der Drache taumelte hilflos davon wie ein welkes Blatt im Sturm, aber das Schlimmste lag hinter ihnen. Der Wirbel ragte als graue, brodelnde Säule hinter ihnen auf.

»Wohin führt dieser Wirbel?« fragte Mercenario. »All diese Luft... wohin wird sie gesogen?«

»Niemand weiß das«, antwortete Klostos. Sie waren mehr als eine Meile vom Strudel entfernt und vergrößerten den Abstand rasch weiter, aber das Brüllen der kochenden Luftmassen war noch immer so laut, daß sie schreien mußten. »Keiner, der je versucht hat, es herauszufinden, ist zurückgekommen!« Er deutete nach vorne. »Nach Osten! Und keine Umwege mehr jetzt! Der Weg ist noch sehr weit!«

Mercenario brachte den Drachen gehorsam auf östlichen Kurs. Sie schienen in einem graublauen Nichts zu schweben. Die Wolken lagen über ihnen, zu nahe, um für den Himmel gehalten zu werden, aber zu weit, um eine Struktur darin zu erkennen. Und auch der Boden, der noch immer Meilen unter ihnen lag, war nicht klar zu bestimmen; es war einfach eine ungeheure, silber-graue Fläche, die sich in jede Richtung bis ans Ende der Welt zu erstrecken schien.

»Was ist das?« fragte Mercenario.

»Ein Meer«, antwortete Klostos.

»Ein Meer?« wiederhole Mercenario zweifelnd – und zugleich erschrocken. Er hatte schon Meere gesehen – im Westen gab es die See der Traumjuwelen. Selbst der schnellste Drache brauchte zwei Stunden, um es von einem Ende zum anderen zu überfliegen.

»Und es ist noch nicht einmal das größte Meer, das es gibt«, bestätigte Klostos. »Mehr als die Hälfte Zomars ist von Wasser bedeckt. Achte auf den Kurs. Wenn wir auch nur ein wenig vom richtigen Weg abkommen, sind wir verloren.«

Mercenario sah gehorsam wieder nach vorne. Das Meer erstreckte sich endlos unter ihnen, und obwohl er Klostos' Worte nicht anzweifelte, fiel es ihm zugleich auch sehr schwer, ihm zu glauben. Diese gigantische Ebene dort unten sollte aus nichts anderem als *Wasser* bestehen? Unvorstellbar! Nur Wolken kamen in solchen Massen vor.

»Wo kommt all dieses Wasser her?« fragte er. »Nicht einmal tausend Jahre Regen können ausreichen, einen solchen See zu füllen!«

Klostos lachte. »Ich fürchte, nicht einmal tausend mal tausend Jahre wären dafür genug«, antwortete er. »Ich erkläre es Euch später einmal. Jetzt sollten wir uns ganz auf den Weg konzentrieren. Er ist noch sehr weit, und wir werden alle unsere Energie, die wir jetzt verschwenden, noch bitter nötig haben.«

Nichts änderte sich, nichts bewegte sich in der blaugrauen Unendlichkeit, über die sie dahinglitten. Die Flügel des Drachen teilten in regelmäßigem Takt die Luft, und sie mußten schon weiter nach Osten vorgedrungen sein als jemals ein Mensch vor ihnen.

Trotzdem nahm der Ozean kein Ende. Sie flogen eine Stunde, zwei, drei ... Kein anderer Drache, den Mercenario je gesehen hatte, hätte auch nur die Hälfte dieses Weges geschafft, aber die Kraftreserven selbst dieses schwarzen Kolosses mußten irgendwann einmal aufgezehrt sein.

»Ist es noch weit?« fragte der Söldner. »Der Drache wird allmählich müde.«

»Ja«, antwortete Klostos. »Aber keine Sorge. Wir schaffen es. Wenn Ihr darauf achtet, daß wir nicht vom richtigen Kurs abkommen, kann gar nichts passiere. Seine Kraft reicht aus. Sie hat noch jedes Mal ausgereicht.«

»Ja, aber da wart Ihr auch beide noch jünger«, antwortete Mercenario.

»Wir schaffen es«, beharrte Klostos. »Es ist jetzt nicht mehr sehr weit bis zur Weißen Klippe. Mit nur ein wenig Glück erreichen wir unser Zielt noch vor Einbruch der Dunkelheit.«

»Ihr habt mir immer noch nicht gesagt, wohin wir überhaupt fliegen«, sagte Mercenario.

»Ihr erkennt es, wenn Ihr es seht«, antwortete Klostos.

Es verging noch eine gute weitere Stunde, ehe sich in der eintönigen Landschaft unter ihnen etwas änderte: auf dem Horizont im Osten erschien eine dünne, weiße Linie, die ganz allmählich zu einer gewaltigen Klippe heranwuchs, die eher von schmutziggrauer Farbe war und sich mehr als eine Meile aus dem Meer erhob.

»Endlich kein Wasser mehr«, sagte Mercenario erleichtert.

»Da muß ich Euch enttäuschen«, lachte Klostos. »Genaugenommen ist es immer noch Wasser – es ist nur gefroren.«

»Aber wir können darauf landen«, erwiderte Mercenario. »Der Drache braucht eine Pause.«

»Unmöglich«, antwortete Klostos. »Die Winde sind dort unten tückisch. Und es ist viel kälter, als Ihr Euch vorstellen könnt. Wir würden binnen weniger Augenblicke erfrieren.«

Mercenario widersprach nicht mehr. Er hatte keine Möglichkeit, Klostos' Worte zu überprüfen. Aber zumindest begriff er, daß sie die Große Tiefe endgültig hinter sich gebracht hatten. Was unter ihnen lag, das war keine kleine Insel, sondern ein neues, unbekanntes Land, das sich weit aus dem Meer erhob und von einer gewaltigen Eiskruste bedeckt war. Vielleicht herrschte hier gerade Winter, vielleicht war dies auch das Land des ewigen Eises, von dem die Legenden berichteten. Aber wie sollten hier Menschen leben, wenn es dort unten wirklich so kalt war, wie Klostos behauptete?

Vielleicht überhaupt nicht, dachte er. Der einzige, der bisher davon ausgegangen war, daß ihr Ziel ein von Menschen bewohnter Ort sei, war er selbst. Klostos hatte das mit keinem Wort behauptet.

Allmählich begannen die Flügelschläge des Drachen an Kraft und Geschmeidigkeit zu verlieren, und die Eisebene unter ihnen kam ganz langsam näher. Zwar lag dieses weiße Land hoch genug, daß sie dort unten atmen konnten, aber sie würden die Kälte nicht aushalten.

»Dort hinten! Seht Ihr den Rauch?« Klostos begann mit beiden Händen zu gestikulieren. »Dort liegt unser Ziel. Wir haben es bald geschafft!«

Mercenario sah rein gar nichts, aber er dirigierte den Drachen in die ungefähre Richtung, in die Klostos deutete. Erst nach einer geraumen Weile entdeckte auch er eine dünne, graue Linie aus Rauch, die sich trotz der Winde fast senkrecht in die Luft erhob. Später bemerkte Mercenario, woher dieser Rauch stammte: Das makellose Weiß der Eisebene wurde an dieser Stelle von einem steil abfallenden Krater unterbrochen, in dessen Tiefe es rot und unheimlich pulsierte.

Klostos deutete nach links. »Von hier aus geht es nach Norden«, sagte er. »Es ist nicht mehr weit. Vielleicht noch eine halbe Stunde.«

Sehr viel länger hätte der Drache wohl auch nicht mehr durchgehalten. Seine Bewegungen wurden auf dem letzten Stück des Weges immer ungelenker; schließlich schleppte er sich nur noch mühsam dahin.

Ihr Ziel war ein weiterer Krater inmitten der Eislandschaft, aus dem allerdings kein Rauch quoll. Er war sehr groß, und sein Inneres war auf bizarre Weise unterteilt: Unter der Eisdecke, die gute zwanzig oder dreißig Meter dick sein mußte, war der Boden von zahllosen unterschiedlich großen Höhlen durchzogen, so daß die Kraterwände eine Art gewaltiger Galerie bildeten. Das Innere des Kraters mußte sehr viel wärmer sein als der Boden der Ebene; dessen Eis und Schnee waren geschmolzen, so daß sich ein Wasserfall über eine zweite Klippe weiter in eine bodenlose Tiefe ergoß. Mercenario sah sich vergeblich nach irgendwelchen Anzeichen menschlichen Lebens um.

»Laßt einfach die Zügel los!« rief Klostos. »Der Drache kennt den Weg besser als Ihr! Er findet ihn allein. Und haltet Euch gut fest. Es geht direkt durch den Wasserfall!«

Mercenario blieb kaum Zeit zu tun, was Klostos gesagt hatte. Der Drache schien die Nähe ihres Zieles zu spüren, so wie ein Pferd die Nähe des Stalles

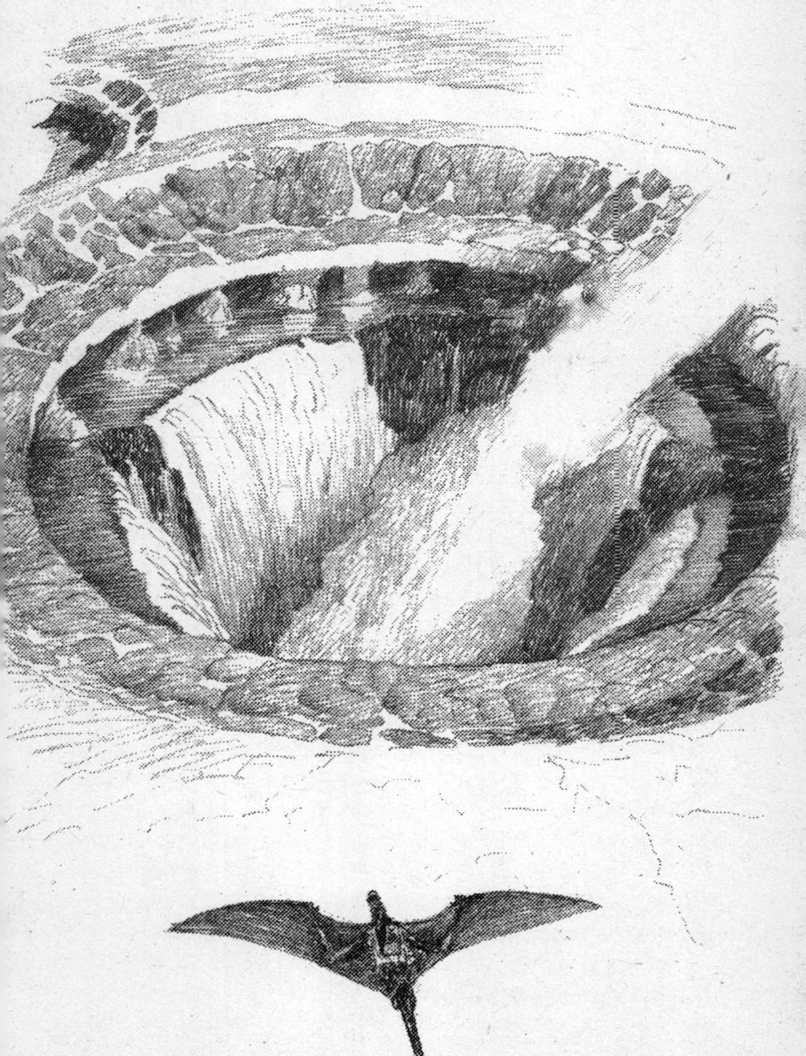

wittern mochte. Warnungslos legte er sich auf die Seite und schoß in einer engen Kurve in den Krater hinab; wie ein zu groß geratener Raubvogel, der auf seine Beute hinunterstößt. Mercenario konnte sich noch am Sattel festklammern und den Kopf einziehen, dann raste der Drache in den tosenden Wasserfall hinein – und hindurch.

Dahinter kam eine gewaltige, von mildem grauem Licht erfüllte Halle zum Vorschein, eine säulengestützte Galerie, die sich rings um den gesamten Krater zu ziehen schien. Die Höhle war so groß, daß selbst der gewaltige Drache bequem darin fliegen konnte. Es war sehr kalt, und das Tosen des Wasserfalles übertönte jeden anderen Laut.

Der Drache entfernte sich weiter von der glitzernden Wand aus Wasser und setzte zur Landung an. Das Tier fand seinen Weg wirklich von selbst, ohne daß Mercenario ihm helfen mußte. Er hätte es auch gar nicht mehr gekonnt. Kälte und Anstrengung hatten ihm weit mehr zugesetzt, als er es bisher wahrhaben wollte, und der Vorhang aus eiskaltem Wasser, durch den sie geflogen waren, hatte ihm den Rest gegeben. Seine Finger fühlten sich so steif und nutzlos wie Holz an; das einzige *wirkliche* Gefühl darin war Schmerz. Die Rüstung hatte ihn nicht geschützt, sondern machte es eher schlimmer, denn das Wasser war durch sämtliche Spalten und Ritzen gedrungen und hatte auch seine Unterkleider durchnäßt. Er zitterte vor Kälte am ganzen Leib.

Mühsam kletterte er vom Rücken der Flugechse und wandte sich um, da er Klostos beim Absteigen behilflich sein wollte, denn der alte Mann mußte noch viel mehr unter Erschöpfung und Kälte leiden als er. Aber Klostos überraschte ihn nicht zum ersten Mal. Er war bereits aus dem Sattel gestiegen und näherte sich mit mühsamen, aber trotzdem schnellen Schritten einem gewaltigen Tor, das in die Felswand vor ihnen eingelassen war. Mercenario schätzte seine Größe auf mindestens zwölf Meter. Jeder der beiden gewaltigen Flügel mußte Tonnen wiegen. Das Holz war mit kunstvollen, aber sonderbar fremdartig anmutenden Schnitzereien bedeckt. Nichts rührte sich. Ihre Ankunft schien nicht bemerkt worden zu sein.

Klostos näherte sich einem gewaltigen Gong, der neben der Tür hing. Mercenario war fast ein wenig erstaunt, wie schnell und kraftvoll der Alchimist den Klöppel schwang. Der Ton, der entstand, war weit leiser als erwartet, aber sehr machtvoll; er mußte weithin zu hören sein.

Die Reaktion ließ auch nicht lange auf sich warten. Mercenario war kaum neben den Alten getreten, als sich innerhalb des großen Torflügels eine kleinere Tür öffnete. Eine kahlköpfige Gestalt in einer schmucklosen, orangefarbenen Toga öffnete ihnen. Mercenario las keine Überraschung im Gesicht des Mannes, als er Klostos erkannte; allenfalls ein gelindes Interesse, als sich sein Blick vom Gesicht des Alchimisten löste und über das Mercenarios glitt.

»Ich bin Klostos, der Alchimist«, begann Klostos. »Ich bin . . .«

»Euer Kommen wurde uns angekündigt«, unterbrach ihn der Kahlköpfige. »Unser Meister erwartet Euch bereits. Tretet ein.« Er wich einen Schritt zurück und machte eine einladende Handbewegung. Klostos trat an ihm vorbei, aber Mercenario zögerte noch eine Sekunde. Er blickte zu Klostos' Drachen zurück.

»Sorgt Euch nicht um das Tier«, sagte der Kahlköpfige. »Wir werden uns darum kümmern.«

Mercenario zögerte noch immer. »Kennt Ihr Euch mit Drachen aus?« fragte er zweifelnd. »Diese Tiere sind ...«

»Es ist nicht das erste Mal, daß wir Besuch aus der Welt unter den Himmeln erhalten«, unterbrach ihn der andere. Sein Gesicht blieb vollkommen unbewegt. »Wir wissen mit diesen Tieren umzugehen.«

Er wiederholte seine auffordernde Geste, und diesmal gehorchte Mercenario. Rasch trat er an ihm vorbei durch die Tür. Auf der anderen Seite lag eine große, unregelmäßig geformte Halle, die nur zum Teil künstlich geschaffen worden war. Flackerndes rotes Licht, das von sicherlich vier oder fünf Dutzend hell lodernden Fackeln stammte, verbreitete eine sonderbar düster wirkende Helligkeit, aber auch eine angenehme Wärme.

Mercenario sah sich nach Klostos um. Der Alchimist war schon einige Schritte vorausgeeilt. Mercenario trat rasch auf ihn zu, aber Klostos sah ihn nur flüchtig, fast schon verwirrt an, und im gleichen Augenblick wurde Mercenario klar, daß sie mit dem Durchschreiten des Tores auch wieder zu dem geworden waren, als was sie aufgebrochen waren: zu Herr und Diener, Söldner und Befehlshaber. Mercenario hatte nicht einmal das Recht, enttäuscht zu sein, daß Klostos ihn plötzlich wieder als einen bezahlten Leibwächter behandelte.

Er ersparte Klostos und sich selbst die Peinlichkeit, ihn darin erinnern zu müssen, und wandte sich an ihren Begleiter: »Wäre es möglich, mich irgendwo abzutrocknen, oder ein paar Kleider zu leihen, bis meine eigenen getrocknet sind?«

»Es ist alles vorbereitet«, antwortete der Kahlköpfige. »Eure Zimmer sind gerichtet. Trockene Kleider liegen bereit, ebenso wie eine Mahlzeit und ein heißes Bad. Auch für Euch, geehrter Klostos«, fügte er, an den Alchimisten gewandt, hinzu.

Klostos sah wenig begeistert aus, obgleich er sich in einem kaum besseren Zustand befand als Mercenario. Die Kleider klebten an seiner Haut, und das Haar hing ihm in weißen Strähnen ins Gesicht. Er zitterte am ganzen Leib, trotzdem sagte er: »Es wäre mir lieber, wenn ich gleich zu deinem Herrn könnte. Gewisse Umstände lassen es nicht ratsam erscheinen, noch mehr Zeit zu verlieren.«

Der andere lächelte geduldig. »Manchmal ist es gerade die übertriebene Hast, die uns die meiste Zeit verlieren läßt«, antwortete er. »Ihr seid so erschöpft wie Euer Begleiter, edler Klostos. Wechselt die Kleider und ruht Euch eine Stunde aus, dann wird unser Herr Euch gerne empfangen.«

Klostos funkelte ihn an, aber er schien wohl einzusehen, daß die Worte des anderen zwar freundlich *klangen*, trotzdem aber nichts anderes als ein Befehl waren.

»Ganz wie du meinst«, sagte er. Mit hörbarem Widerwillen fügte er hinzu: »Vermutlich hast du recht. In meinem Alter muß man ein wenig auf seine Gesundheit achten.«

Sie gingen weiter. Ihr Führer geleitete sie durch mehrere, fensterlose Gänge und Korridore, die allesamt von dem gleichen, unheimlichen roten Licht erfüllt waren. Sie trafen weitere Männer, die in ihren orangefarbenen Kutten beinahe nicht zu sehen waren. Allesamt waren sie kahlköpfig, und soweit sie überhaupt Notiz von den beiden Fremden nahmen, wirkten sie sehr freundlich.

Klostos und er bekamen zwei nebeneinanderliegende Zimmer zugewiesen, die nicht besonders groß, aber mit allem Notwendigen ausgestattet waren. Die versprochene Mahlzeit stand ebenso bereit wie ein hölzerner Bottich mit heißem Wasser, frische Kleider und ein einfaches, aber frisch bezogenes Bett.

Mercenario entstieg seiner Rüstung, schenkte dem Essen auf dem Tisch ebensowenig Beachtung wie der Wanne mit heißem Wasser und ließ sich auf das Bett fallen. Er schlief ein, noch ehe sein Gesicht das strohgefüllte Kissen berührte.

8

Lautes Stimmengewirr weckte ihn. Er hatte Mühe, wach zu werden. Nach den Entbehrungen der Reise hierher verlangte sein Körper nach mehr Ruhe. Die Stimmen machten ihn auch nicht neugierig oder warnten ihn. Er empfand sie einfach nur als störend.

Trotzdem gelang es ihm nicht, sie zu ignorieren und weiterzuschlafen, und nach ein paar Augenblicken resignierte er endgültig und setzte sich auf. Im ersten Moment schwindelte ihm. Alles drehte sich um ihn, und in seinem Mund war ein schlechter Geschmack.

Mercenario fuhr sich mit beiden Händen durch das Gesicht, gähnte ausgiebig, sah an sich herab – und stutzte. Er erinnerte sich nicht genau, ob er außer der Rüstung auch das wollene Unterzeug abgelegt hatte – aber er erinnerte sich *ganz genau,* nicht eine orangerote Toga angelegt zu haben, wie sie die Bewohner dieser sonderbaren Stadt unter dem Eis trugen.

Alarmiert sah sich Mercenario in seinem Quartier um. Daß jemand hier gewesen war, während er schlief, war zu erwarten gewesen: Seine Rüstung war nicht mehr unordentlich über das ganze Zimmer verteilt, sondern ordentlich auf einem Stuhl neben der Tür arrangiert, und das Tablett mit der Mahlzeit, die er nicht angerührt hatte, war verschwunden. An seiner Stelle stand jetzt ein einfacher Tonkrug mit Wasser auf dem Tisch.

Mercenario sah abermals an sich herab – und runzelte die Stirn. Er war vollkommen sauber. Der Schmutz der mehr als eine Woche dauernden Reise war verschwunden. Jemand hatte ihn nicht nur aus- und wieder angezogen, sondern gründlich gewaschen. Und das alles, ohne daß er es auch nur *gemerkt* haben sollte?

Mercenarios Müdigkeit verschwand wie weggezaubert. Er schätzte es nicht, wenn man Dinge mit ihm tat, ohne zu fragen. Und er schätzte es schon gar nicht, wenn man sie so tat, daß er es nicht einmal *merkte*. Zornig stand er auf und ging zur Tür.

Sie wurde geöffnet, als er die Hand danach ausstrecken wollte, und ein dunkelhaariges, schlankes Mädchen trat ein. Sie trug die gleiche Art von schmuckloser, orangefarbener Robe, in die auch Mercenario gekleidet war. Sie war sehr jung, fast noch ein Kind. Als sie die Tür öffnete, wurden die Stimmen für einen Moment lauter. Mercenario war sicher, Zeuge eines *Streites* zu werden, und zugleich bemerkte er, daß eine der beiden Stimmen zweifelsfrei Klostos gehörte. Dann wurde die Tür wieder geschlossen.

Mercenario betrachtete das Gesicht des Mädchens. Es war sehr hübsch, aber irgendwie ... fremdartig. Die Augen waren eine Spur zu groß und sehr dunkel, und ihr Mund sehr voll und sehr rot; so dunkel, das Mercenario ihre Lippen im ersten Augenblick für geschminkt hielt.

Schließlich wurde er sich des Umstandes bewußt, sie anzustarren. Verlegen senkte er für eine Sekunde den Blick und sah dann fast trotzig wieder auf. »Wer bist du?« fragte er. Seine Stimme klang unfreundlicher, als er beabsichtigt hatte.

Trotzdem lächelte das Mädchen. »Ich wurde

geschickt, um dir zu Diensten zu sein«, sagte es. »Als ich hörte, daß du wach bist, bin ich hereingekommen. Bitte verzeih, wenn es dir unangenehm ist. Ich hätte anklopfen sollen. Aber wir sind es nicht gewohnt, Türen zu verschließen.«

»Es gibt ein paar Angewohnheiten, die ihr vielleicht von euren Gästen übernehmen solltet«, antwortete Mercenario. »Ihr könntet eure Besucher in eine peinliche Situation bringen.«

»Nichts Menschliches ist uns fremd, und nichts Körperliches ist uns peinlich«, antwortete das Mädchen.

»Nun ja, euch vielleicht«, antwortete er seltsam verlegen. »Auf jeden Fall fragt mich das nächstes Mal, bevor Ihr mich auszieht und wie ein Kind badet und trockenlegt.« Nach einem kurzen Zögern fügte er hinzu: »Hast du es getan?«

»Ich habe geholfen«, antwortete das Mädchen. »Es tut mir leid, wenn ich dich in eine peinliche Lage gebracht habe. Das wollte ich nicht. Und ich verstehe es auch nicht, wenn ich offen sein soll. Warum schämst du dich deines Körpers? Er ist sehr schön.«

»Nun«, erwiderte Mercenario. »Auf jeden Fall möchte ich nicht ...« Er verlor den Faden, suchte ein paar Augenblicke vergeblich nach Worten und deutete schließlich auf die Tür, durch die noch immer aufgeregte Stimmen drangen.

»Was ist da los?« fragte er.

»Dein Herr ist ein sehr ungeduldiger Mann«, antwortete das Mädchen. »Er verlangt unseren Meister zu sprechen, doch er stellte Forderungen, wo eine Bitte angebracht wäre.«

»Klostos ist nicht mein Herr«, antwortete Mercenario.

Das Mädchen legte den Kopf auf die Seite und sah

ihn fragend an. »Nicht dein Herr? Aber du kamst in seiner Begleitung.«

»Er bezahlt mich dafür«, antwortete Mercenario.

»Er *bezahlt* dich? Wofür?«

»Ihn zu begleiten. Den Drachen zu fliegen. Ihn zu beschützen, wenn es sein muß.«

»Du bist ein Krieger, der für ... *Geld* kämpft?«

Etwas an der Art, in der das Mädchen die Frage stellte, reizte Mercenario fast zur Weißglut. »Was ist schlimm daran?« fragte er. »Ich bin Söldner. Na und?«

»Kein Mann und keine Frau sollte die Hand gegen seinen Bruder oder seine Schwester erheben«, antwortete des Mädchen.

»Eine hübsche Idee«, sagte Mercenario böse. »Wahrscheinlich kann man sie sich sogar leisten, wenn man in einer uneinnehmbaren Festung am Ende der Welt sitzt.«

Ein Schatten huschte über das Gesicht des Mädchens. »Wir sind vielleicht friedlich, fremder Krieger, aber wir sind nicht naiv. Es mag Zeiten geben, zu denen man nach dem Schwert greifen muß. Aber niemand sollte es für *Geld* tun.« Dieses Mal hörte er den verächtlichen Ton in ihrer Stimme ganz deutlich.

»Vielleicht hast du damit sogar recht«, sagte er. Er gab sich Mühe, sich seinen Ärger nicht zu deutlich anmerken zu lassen. »Aber wie ich schon sagte: Das gilt vielleicht für das Leben, das ihr hier draußen führt. Doch in dem Land, aus dem ich stamme, herrschen andere Regeln. Wir müssen uns danach richten, ob wir wollen oder nicht.«

»Und diese Regeln zwingen euch, für Geld zu kämpfen?«

»Sie zwingen uns zu *kämpfen*«, verbesserte sie Mercenario. »Ich weiß nicht, nach welchen Regeln euer Leben hier verläuft, aber Zomar ist eine harte Welt.

Eine Welt, in der das Schwert regiert und erst dann das Wort. Ein Mann kann dort dienen, herrschen oder kämpfen. Für das Dienen bin ich nicht geboren, und für das Herrschen auch nicht.«

»Also hast du dich für das Kämpfen entschieden.«

»Ja«, antwortete Mercenario. Er wurde allmählich wirklich zornig. Außerdem verstand er selbst nicht so ganz, warum er sich eigentlich vor einem Kind für das rechtfertigte, was er tat und war. Trotzdem fuhr er fort: »Ich suche mir meinen Herrn aus. Und ich bin dabei einzig meinem eigenen Gewissen verantwortlich. Was also ist schlimm daran, für Geld zu kämpfen? Man muß leben. Aber ich ziehe mein Schwert nur zu meinen Bedingungen. Nicht, weil es mir irgend jemand *befiehlt*.«

Das Mädchen sah ihn eine ganze Weile schweigend an. »Darüber muß ich nachdenken«, sagte es schließlich. »So oder so – ich bin froh, daß Klostos nicht dein Herr ist. Auch, wenn du bei seiner Auswahl keine sehr gute Hand bewiesen hast.«

»Du magst ihn nicht«, stellte Mercenario fest.

»Es steht mir nicht zu, über einen Menschen zu urteilen, den ich nicht kenne«, antwortete das Mädchen. »Aber er ist voller Ungeduld, und er ist gegen den Willen unseres Meisters hier.«

»Gegen euren Willen?«

»Seid ihr unserem Posten nicht begegnet? Unser Meister ließ schon vor langer Zeit Posten aufstellen, die Männer wie Klostos und dich davor warnen, weiter zu fliegen.«

»Wir sind *niemandem* begegnet«, antwortete Mercenario betont. »Das wäre auch kaum möglich gewesen.«

»Auf welchem Wege seid ihr gekommen?« fragte das Mädchen nach kurzem Zögern.

»Durch das Labyrinth der Eiswinde«, antwortete Mercenario, »und dann über die Große Tiefe hinweg.«

»Die Große Tiefe?!« Das Mädchen erschrak. »Bei allen Göttern! Klostos muß sehr verzweifelt sein, wenn er dieses Risiko eingeht!«

Jetzt war Mercenario an der Reihe, überrascht zu sein. »Einen Moment«, sagte er. »Soll das heißen, es gibt einen leichteren Weg hierher?«

»Leichter nicht – aber viel ungefährlicher«, antwortete sie. »Nur einer von dreien, die den Sturz in die Große Tiefe wagen, überleben ihn. Klostos muß gewußt haben, daß unsere Wächter Befehl hatten, ihm die Weiterreise zu verweigern. Deshalb ist er das Risiko eingegangen, die Götter herauszufordern.«

Vielleicht nicht nur die Götter, dachte Mercenario grimmig. Nach dem, was er gerade von dem Mädchen erfahren hatte, würde auch er noch einmal mit Klostos reden müssen. Und es würde kein sehr angenehmes Gespräch werden.

»Was wollt Ihr, Mercenario?« fragte Klostos übellaunig. »Habe ich Euch belogen? Habe ich Euch irgend etwas verschwiegen oder über irgend etwas im unklaren gelassen?«

»Eine Menge sogar«, antwortete Mercenario. »Es war nicht nötig, daß wir beide unser Leben riskieren und durch diesen Wolkenstrudel fliegen. Es gibt einen leichteren Weg hierher.«

»Und?« fragte Klostos. »Habe ich behauptet, daß es nicht so ist? Ich habe Euch engagiert, um mich auf einem Flug über die Große Tiefe zu begleiten. Nichts anderes haben wir getan.«

»Es wäre einfach besser gewesen, wenn ich gewußt hätte, was uns erwartet«, erwiderte der Söldner. Ein

Gefühl von Hilflosigkeit machte sich in ihm breit, das beinahe an Zorn grenzte. Er war mit der erklärten Absicht hierher gekommen, Klostos zur Rede zu stellen – und jetzt fragte er sich, wieso eigentlich. Klostos hatte ihm tatsächlich nichts verschwiegen oder versprochen, was er nicht gehalten hätte.

»Warum?« fragte Klostos. Er verzog das Gesicht. »Hättet Ihr Euer eigenes Büßergewand angezogen, um irgendwelche verrückten Gottheiten anbeten zu können?« Er wies mit einer Kopfbewegung auf die Tür. »Wenigstens hat man Euch einen hübscheren Diener zur Verfügung gestellt als mir.« Er grinste anzüglich. »Hattet Ihr die Kleine?«

Mercenario machte eine ärgerliche Handbewegung. »Nein. Und selbst wenn ...«

»... so ginge es mich nichts an, ich weiß«, unterbrach ihn Klostos. »Trotzdem. Sie ist hübsch. Seht zu, daß Ihr auf Eure Kosten kommt. Das Leben ist eine Aneinanderreihung verpaßter Gelegenheiten, müßt Ihr wissen. Ihnen nachzujammern hat noch niemandem genutzt.«

Mercenario sagte nichts dazu, aber Klostos schien zu spüren, daß es kein zustimmendes Schweigen war. Die Art, in der der Alchimist über die Menschen hier sprach, ärgerte Mercenario.

»Aber jetzt ist ohnehin nicht der Moment dazu«, fuhr Klostos fort. »Ich habe gleich eine Unterredung mit dem Meister dieser gutgläubigen Narren, und ich möchte, daß Ihr mich begleitet. Aber nicht in diesem albernen Nachthemd. Zieht Eure Rüstung an!«

Mercenario zögerte. Klostos' plötzlicher Sinneswechsel kam doch sehr überraschend – aber er hatte das Gefühl, den Grund dafür eigentlich kennen zu müssen. Noch am gestrigen Tag hatte Klostos gar keinen Zweifel daran gelassen, wie die Rollen zwischen ihnen verteilt waren. Jetzt wollte er seltsamerweise, daß er ihn zum Herrn dieser Festung begleitete.

»Ist noch irgend etwas?« fragte Klostos mit schräggestelltem Kopf.

Mercenario beeilte sich, zu verneinen und in sein Zimmer hinüberzulaufen, um das orangerote Gewand ab- und seine Rüstung wieder anzulegen. Ohne Hilfe war das gar nicht so einfach und wurde zu einer kräfteraubenden Prozedur, aber obwohl sich ihr Gewicht verdoppelt zu haben schien, fühlte er sich doch wesentlich besser, als er sie trug.

Er ging zurück zu Klostos, der die Zeit genutzt hatte, sich ebenfalls umzuziehen. Er trug jetzt ein schwarzes Gewand, das mit Gold- und Silberstickereien verziert war und ebenso prachtvoll wirkte wie Mercenarios Rüstung. In der Hand hielt er ein zusammengerolltes Pergament.

Sie brachen ohne ein weiteres Zögern auf. Klostos schien sich in dem Labyrinth aus Gängen und Treppenfluchten gut auszukennen, denn sie schritten sehr zielsicher aus. Wie gestern begegneten ihnen zahlreiche Männer und Frauen in den orangeroten Gewändern, die meisten kahlköpfig und noch recht jung. Niemand nahm Notiz von ihnen; allenfalls, daß ihnen ein entrückter Blick oder ein Lächeln zugeworfen wurde.

Die Sorglosigkeit dieser Leute hier kam Mercenario allmählich unheimlich vor. Er konnte sich keine andere Burg oder Stadt auf Zomar vorstellen, in der sich zwei Fremde so vollkommen frei und unbeaufsichtigt bewegen durften.

Aber vielleicht waren sie gar nicht so unbeobachtet. Sie hatten einen Korridor betreten, an dessen

Ende sich eine große, mit Schnitzereien versehene Tür befand, als plötzlich wie aus dem Nichts zwei Gestalten vor ihnen erschienen. Mercenario kannte sie beide: Es waren das Mädchen, mit dem er am Morgen gesprochen hatte, und der kahlköpfige junge Mann, der ihnen am vergangenen Tag Einlaß gewährt hatte. Vielleicht versah er Klostos gegenüber die gleiche Rolle wie das Mädchen bei Mercenario.

»Tretet zur Seite«, sagte der Alchimist unwirsch. »Euer Meister erwartet mich. Ich habe lange genug auf diese *Audienz* gewartet.«

Der andere überging den abfälligen Ton, in dem Klostos das Wort aussprach. »Unser Meister erwartet dich, edler Klostos«, sagte er, »und auch deinen Begleiter. Doch ich muß darauf bestehen, daß sein Schwert hierbleibt. Niemand tritt unserem Meister mit einer Waffe gegenüber.«

Klostos wollte auffahren, aber Mercenario kam ihm zuvor: Er zog das Schwert aus dem Gürtel und reichte es dem Mädchen. Sie ergriff die Waffe mit beiden Händen an Griff und Klinge, und Klostos beließ es bei einem zornigen Blick.

Mercenario machte es nichts aus, seine Waffe herauszugeben. Die Geste hatte ohnehin nur symbolische Bedeutung. Diese Stadt unter dem Eis war ein Ort des Friedens, und er würde hier keine Waffe brauchen, um für seine und Klostos' Sicherheit zu garantieren. Auf der Waffe zu beharren war nicht nur dumm, sondern auch unnötig.

Die beiden Diener zogen sich zurück, nachdem Mercenario das Schwert und auch seinen Dolch abgegeben hatte. Klostos stand eine ganze Weile einfach da und wartete darauf, daß man ihn einließ, oder ein anderer Diener kam, um sie weiter zu begleiten, oder wenigstens die Tür öffnete. Erst nach einer geraumer Zeit tat er es selbst, und sie betraten den Raum hinter den großen Türen.

Mercenario erlebte eine Überraschung. Nach allem, was er bisher in der Stadt unter dem Eis gesehen hatte, hatte er die Zelle eines Mönchs erwartet, aber sie betraten einen großen, sehr hellen Raum, und Mercenario sah zum ersten Mal wieder Tageslicht, seit sie hergekommen waren. Es fiel durch ein gewaltiges Fenster aus buntfarbenem Glas, das fast die gesamte rückwärtige Wand des Zimmers beanspruchte. Mercenario sah, daß es auf dem Wasserfall hinausging.

Der Boden war mit kostbaren Fliesen ausgelegt, und längst der Wände erhoben sich ganz wie in Klostos' Studierzimmer in seiner Burg Reihen um Reihen von Büchern, Pergamenten und Handschriften, nur daß es ungleich mehr waren.

Das einzige, was seinen Erwartungen entsprach, war der Bewohner dieses Raumes. Er hatte einen alten, bärtigen Mann mit gütigem Gesicht in einem weißen Gewand erwartet, und was er sah, das war ein alter, bärtiger Mann mit gütigem Gesicht in einem weißen Gewand. Er saß hinter einem gewaltigen Tisch vor dem Fenster und sah Klostos und ihn mit einer Mischung aus Geduld und Neugier entgegen, die allerdings sehr viel mehr Mercenario und kaum Klostos zu gelten schien. Mercenario glaubte sogar, einen Hauch von Unmut auf seinen Zügen zu gewahren.

»Der Weise Klostos«, begann er schließlich das Gespräch, seine Aufmerksamkeit wieder dem Alchimisten zuwendend. »Es ist lange her, daß Ihr uns besucht habt. Und Ihr habt einen neuen Begleiter mitgebracht, wie ich sehe?«

Klostos warf Mercenario einen Blick zu, in dem sich Unwillen mit mühsam unterdrückter Ungeduld mischten. »Es wird immer schwieriger, gute Männer zu finden«, sagte er.

»Nun, Euer Begleiter *muß* gut sein«, fuhr der Meister fort. »Man hat mir berichtet, daß Ihr den Weg über die Große Tiefe genommen habt. Nur ein wirklicher Meister ist in der Lage, diesen Flug zu meistern.« Er schenke Mercenario ein anerkennendes Nicken, dann wandte er sich wieder an Klostos.

»Warum seid Ihr dieses Risiko eingegangen?«

»Aus Gründen der Sicherheit«, antwortete Klostos.

»Der Sicherheit? Wessen? Eurer?«

»Und der Euren«, antwortete Klostos. In seiner Stimme war nun schon mehr als eine Spur von Unwillen. Das Gespräch lief nicht so, wie er gehofft hatte, dachte Mercenario. Der Herr dieser unterirdischen Stadt gab sich nicht einmal große Mühe, Freundlichkeit zu heucheln. Nach der lebensgefährlichen Reise hierher hatte Mercenario nicht unbedingt erwartet, mit offenen Armen empfangen zu werden – aber doch nicht, offen *unerwünscht* zu sein.

»Unserer Sicherheit?«

»Ich ... wollte sichergehen, nicht verfolgt zu werden«, antwortete Klostos zögernd. »Es dürfte auch in eurem Interesse sein, daß niemand von eurer Existenz erfährt.«

»Wir verstehen uns recht gut allein zu schützen«, antwortete der weißhaarige Alte. »Unsere Abgeschiedenheit und der Umstand, daß niemand von uns weiß, sind mehr Schutz als tausend Männer mit den besten Schwertern.«

»Ich hoffe, Ihr täuscht Euch nicht«, sagte Klostos. Dann machte er eine entschiedene Handbewegung.

»Aber ich bin nicht hier, um *darüber* mit Euch zu reden, sondern ...«

»Ich weiß, warum Ihr gekommen seid, Klostos«, unterbrach ihn der andere. Seine Stimme war keinen Deut lauter geworden, aber schärfer – so daß es Klostos unmöglich war, ihm abermals zu widersprechen. »Ihr hättet es nicht tun sollen. Habt Ihr meine Nachricht nicht erhalten?«

»Doch«, antwortete Klostos. »Aber ich akzeptiere sie nicht. Ihr macht es Euch ein wenig zu leicht, mein Freund. Habt Ihr wirklich geglaubt, ich würde es einfach so hinnehmen?«

»Es wäre besser gewesen«, sagte der alte Mann. »Zumindest hätte es Euch und Eurem Begleiter eine mühsame und gefährliche Reise erspart.«

»Wir haben eine Vereinbarung«, sagte Klostos erregt. »Ich habe Euer Wort!«

»Wir hatten eine Vereinbarung, das ist richtig«, sagte der Alte. »Ihr habt sie gebrochen. Nicht wir.«

»Wir hatten ...« rief Klostos.

»Euer Wort, das Wissen, das Ihr von uns bekommt, nur zum Wohle der Menschen zu nutzen«, unterbrach ihn der alte Mann. »Aber Ihr habt es mißbraucht, um Unheil über die Menschen zu bringen.«

»Das ist nicht wahr«, antwortete Klostos.

»Es hat wenig Sinn, zu leugnen, Klostos. Erspart mir und Euch selbst die Peinlichkeit, Euch einer Lüge zu überführen.«

»Ich will nichts leugnen«, sagte Klostos. »Aber die Dinge draußen in der Welt sind nicht immer so einfach, wie sie Euch hier draußen vielleicht erscheinen mögen. Manchmal muß man wenigen weh tun, um vielen zu helfen. Auch ein Arzt schneidet krankes Fleisch heraus, um gesundes zu retten.«

»Es ist sinnlos, wenn wir uns streiten«, antwortete

der Meister ruhig. »Unsere Entscheidung steht fest. Wir haben sie uns nicht leicht gemacht, das versichere ich Euch. Es war ein Fehler, unsere selbstgewählte Isolation aufzugeben, das ist uns jetzt klar geworden. Es geht nicht gegen Euch, Klostos. Zomar ist noch nicht reif für das Wissen, dessen Hüter wir sind. Vielleicht wird es noch tausend Jahre dauern, vielleicht auch nie . . .«

»Und Ihr entscheidet, wann es soweit ist?« fragte Klostos höhnisch.

»Jemand muß es tun.«

»Und dieser Jemand seid Ihr, ich verstehe.« Klostos ballte zornig die Fäuste. »Ihr träumt, alter Mann. Einen Traum, der Vergangenheit ist. Ihr werdet Euch nicht für alle Zeiten hier verkriechen können. Was wollt Ihr tun, wenn jemand kommt, der nicht bittet, wie ich, sondern mit dem Schwert in der Hand *fordert*?«

»Niemand wird uns finden.«

»*Ich* habe euch gefunden, oder nicht?«

»Weil wir es zugelassen haben«, antwortete der alte Mann. »Genug, Klostos. Ihr seid gekommen, obgleich ich Euch eine Nachricht sandte, daß Ihr hier nicht länger willkommen seid. Das bedauere ich, denn wir kennen uns so lange, daß es schade ist, diese Zeit mit einem Mißklang zu beenden. Ihr und Euer Begleiter könnt bis morgen bleiben, um euch auszuruhen und Kräfte für den Heimflug zu sammeln.«

»Ist das Euer letztes Wort?« fragte Klostos. Seine Stimme bebte.

»Ja. Und bitte zwingt mich nicht, Euch unsere Gastfreundschaft vollends zu verwehren.«

Diese Warnung ließ an Deutlichkeit kaum noch etwas zu wünschen übrig, fand Mercenario. Trotzdem gab Klostos noch immer nicht auf. »Vielleicht werdet Ihr eines Tages begreifen, daß selbst ihr einen Verbündeten draußen in der Welt braucht«, sagte er. »Ich hoffe für Euch, daß es dann nicht zu spät ist.«

Der alte Mann schwieg, obwohl man Klostos' Worte sicherlich auch als Drohung auslegen könnte.

»Gewährt mir wenigstens eine letzte Bitte«, fuhr Klostos fort. »Ihr wißt, weshalb ich gekommen bin.«

»Und Ihr wißt, daß ich es Euch nicht geben kann, Klostos. Jetzt weniger denn je.«

»Ihr habt es versprochen«, sagte Klostos. »Schon vor Jahren. Gebt mir die Formel für das Schwarze Pulver, und ich werde vergessen, daß Ihr Euer Wort so schändlich gebrochen habt.«

»Diese Formel darf niemals in falsche Hände geraten«, antwortete der Meister. Er hob die Hand und berührte mit zwei Fingern ein klobiges, sonderbar geformtes Amulett, das an einer Kette an seinem Hals hing.

»Und Ihr seid der Meinung, daß meine Hände die falschen wären?«

»Nicht nur die Euren«, antwortete der Alte; mit einer Geduld und einem Sanftmut, die Mercenario allmählich kaum noch verstand. »Es ist nichts Persönliches, Klostos, bitte glaubt mir. Zomar ist noch nicht reif für diese Formel. Ich werde sie vernichten.«

»Ich könnte sie mir gewaltsam nehmen«, sagte Klostos drohend. »Wer sollte mich daran hindern.«

»O nein, Klostos«, antwortete der andere. »Das könnt Ihr nicht.« Er lächelte, sah Klostos einige Sekunden lang fest in die Augen und wandte sich dann zu Mercenario um.

Sein Blick war ... unheimlich. Mercenario begann sich fast augenblicklich unter dem Blick dieser dunklen Augen unwohl zu fühlen. Dabei war nichts Drohendes in ihm – Mercenario hatte nur plötzlich das Gefühl, daß diese Augen mühelos seine geheimsten Gedanken und Wünsche lasen. Er versuchte, wegzusehen, aber er konnte es nicht. Der Blick des alten Mannes lähmte ihn.

»Mercenario«, sagte Klostos.

Mercenario war nicht einmal in der Lage, darauf zu reagieren. Er wurde immer nervöser, aber die Augen des alten Mannes ließen ihn einfach nicht los. Dafür begriff er plötzlich, warum Klostos ihn überhaupt zu diesem Gespräch mitgenommen hatte. Aber die Drohung, die seine Rüstung darstellte, beeindruckte den Alten nicht.

Endlich nahm der Alte seinen Blick von Mercenario. Ruhig wandte er sich wieder zu Klostos um, während Mercenario aufatmend einen Schritt zurückwich.

Klostos wirkte plötzlich unsicher, verwirrt und fast ein wenig erschrocken, aber dann zwang er sich doch zu einem Lächeln.

»Natürlich nicht«, sagte er. »Bitte verzeiht. Ich ... habe mich hinreißen lassen. Es tut mit leid. Natürlich akzeptiere ich Eure Entscheidung, auch wenn ich sie zutiefst bedaure. Vielleicht ... können wir später noch einmal über dieses Thema reden.«

»Unser Entschluß steht fest«, antwortete der Alte. »Es wäre sinnlos, weiter über dieses Thema zu reden.« Er stand auf. Mercenario sah, daß er weit größer war als erwartet. In seinen jungen Jahren mußte er ein wahrer Riese gewesen sein. »Trotzdem würde ich mich freuen, Euch und Euren Begleiter heute zum Essen begrüßen zu können. Ich bin sicher, Ihr habt viel zu erzählen.«

»Wir werden kommen«, sagte Klostos. Er fuhr sich nervös mit der Hand über das Kinn. »Mercenario?«

Mercenario wandte sich gehorsam um und folgte dem Alchimisten. Aber er atmete erst wirklich auf, als sie wieder draußen auf dem Gang waren und sich die Tür hinter ihnen schloß.

»Dieser eingebildete alte Narr!« schimpfte Klostos. »Wer glaubt er, daß er ist? Er sitzt hier sicher und unerreichbar in seiner Burg und entscheidet, was gut für die Welt ist und was nicht!? Und du?« Seine Augen blitzten. »Wozu bezahle ich dich wohl?«

»Um Euch auf einer Reise zu begleiten«, antwortete Mercenario. »Um Euren Drachen zu fliegen und Euch vor Gefahren zu schützen. Nicht, um jemandem zu drohen. Oder einen Geschäftspartner gefügig zu machen.«

Klostos' Augenbrauen zogen sich zusammen, und für einen kurzen Moment sah es so aus, als würde sich sein ganzer Zorn nun auf Mercenario entladen. Doch dann zwang er sich zur Ruhe.

»Vielleicht hast du sogar recht«, sagte er. Auch jetzt, als er sich wieder in der Gewalt hatte, machte er den Wechsel zum vertrauten ›Du‹ nicht rückgängig. »Ich habe wohl ... die Beherrschung verloren.«

»Ihr hättet ihm nicht drohen sollen«, antwortete Mercenario. »Das war ungeschickt.«

»Ich weiß.« Klostos' Gesicht umwölbte sich schon wieder, aber diesmal galt der Unmut auf seinen Zügen wohl eher ihm selbst.

»Du hast recht, Mercenario«, sagte er noch einmal. »Ich entschuldige mich.«

»Das solltet Ihr bei ihm tun«, sagte Mercenario mit einer Kopfbewegung auf die Tür.

»Das werde ich auch«, antwortete Klostos. »Wir werden noch Gelegenheit haben, mit ihm zu reden. Ich glaube nicht, daß es klug wäre, ihn jetzt noch einmal zu stören. Er ist ein vielbeschäftigter Mann.« Er ging weiter, schien es aber nicht sehr eilig zu haben, und Mercenario schlenderte im gleichen gemächlichen Tempo neben ihm her.

»Was für eine Art Meister ist er?« fragte Mercenario.

Klostos zuckte mit den Schultern. »Ein Priester, ein Gelehrter, ein König. Ich weiß es nicht genau.«

Mercenario sah ihn ungläubig an, und Klostos nickte noch einmal. »Eine Art Priester, nehme ich an. Doch ich weiß nicht einmal ganz genau, was das hier ist. Eine Festung, ein Kloster ... vielleicht beides.«

»Ihr kennt diese Leute seit zwanzig Jahren und wißt nicht einmal genau, wer sie sind?«

»Ich weiß, das klingt seltsam, aber es ist so«, erwiderte Klostos. »Sie gefallen sich darin, die Geheimnisvollen zu spielen, glaube ich. Hättest du Gelegenheit, länger mit ihnen zu reden, dann würdest du feststellen, daß sie niemals eine Frage mit einer direkten Antwort beantworten, sondern immer nur mit einer Gegenfrage oder einer Weisheit.«

Mercenario lächelte flüchtig. »Ich weiß. Ich ... hatte schon das Vergnügen.«

»Dann weißt du, was ich meine. Aber natürlich habe ich mir in all den Jahren meine Gedanken gemacht.« Er ging ein wenig schneller, so daß Mercenario kräftiger ausgreifen mußte, um mit ihm Schritt zu halten. »Dann ist das hier also der Ursprung all Euren Wissens?« fragte der Söldner.

»Nicht allen Wissens«, verbesserte ihn Klostos ruhig. »Es war ein Tauschgeschäft, wenn du so willst: Ich war ihre einzige Verbindung zur Welt draußen. Ich habe sie mit Neuigkeiten versorgt, ihnen erzählt, was in der Welt vorgeht. Sie haben dafür mit ihrem Wissen bezahlt.«

»Woher stammt es?«

»Das weiß niemand«, antwortete Klostos, »nicht

einmal sie selbst. Es ist uralt, so viel steht fest. Vielleicht das Vermächtnis eines Volkes, das lange vor uns hier gelebt hat. Die Menschen hier sind ...« Er machte eine vage Handbewegung. »... Hüter dieses Ortes und seiner Geheimnisse.«

Sie hatten ihre Zimmer erreicht, und Klostos' plötzliche Freundlichkeit ging nicht so weit, Mercenario etwa zu sich einzuladen oder dessen Quartier zu betreten.

»Bis zum Essen ist sicher noch Zeit«, sagte Mercenario. »Ich werde sie nutzen, um nach Eurem Drachen zu sehen.«

»Das ist nicht nötig«, sagte Klostos.

»Aber wenn wir morgen wieder aufbrechen, sind noch eine Menge Vorbereitungen zu treffen«, antwortete Mercenario, doch Klostos unterbrach ihn erneut und mit einem entschiedenen Kopfschütteln.

»Alles wird vorbereitet sein, wenn wir losfliegen«, sagte er. »Keine Sorge. Ich bin nicht das erste Mal hier.«

Mercenario widersprach nicht mehr. Sein Vorschlag sollte ohnehin nur ein Vorwand sein, um sich von Klostos zu entfernen. Er war verwirrt und brauchte einfach eine Weile für sich, um nachzudenken und sich über das eine oder andere klar zu werden. Seine Abneigung gegen Klostos wurde immer stärker – aber er wollte diesem unangenehmen alten Mann gegenüber gerecht bleiben. So verabschiedete er sich mit einem wortlosen Kopfschütteln von Klostos und betrat sein Zimmer.

9

Es gab kein Fenster, und das rote Licht, das die Stadt unter dem Eis erfüllte, blieb immer gleich, so daß Mercenario nur ahnen konnte, wie spät es war. Er hatte geschlafen, und nach seinem Erwachen hatte er sowohl sein Schwert als auch seine Mahlzeit auf dem Tisch vorgefunden. Die Waffe hatte er eingesteckt, die Mahlzeit wegen des kommenden Abendessens kaum angerührt, obwohl er hungrig war.

Als Klostos zu ihm kam, war Mercenario ein wenig überrascht – seiner Meinung nach konnte es noch nicht Zeit für das Abendessen sein.

Klostos reagierte auf seine entsprechende Bemerkung nur mit einem Achselzucken. »Die heiligen Männer hier gehen sehr früh zu Bett«, sagte er spöttisch. »Außerdem ist es wahrscheinlich später, als du glaubst. Es liegt am Licht, weißt du?«

Mercenario sah ihn fragend an.

»Es gibt keinen Unterschied zwischen Tag und Nacht«, sagte Klostos. »Die Fackeln brennen immer. Die innere Uhr des Menschen kommt aus dem Takt, wenn es keinen Unterschied mehr zwischen Tag und Nacht gibt. Eine Woche hier, und du wüßtest nicht mehr, ob es draußen hell oder dunkel ist.«

Mercenario bezweifelte das, aber er hatte wenig Lust, das Gespräch zu vertiefen, und so stand er wortlos auf, zog sein Schwert aus dem Gürtel und legte es auf den Tisch.

»Was soll das?« fragte Klostos stirnrunzelnd.

»Habt Ihr vergessen, daß man das Zimmer des Meisters nicht mit einer Waffe betreten darf?«

Klostos sah ihn eine Sekunde lang verdutzt an. »Das habe ich in der Tat«, sagte er. »Ich trage selbst keine Waffen, deshalb sind mir solche Überlegungen fremd. Aber du hast natürlich recht. Es wäre unhöflich, uns ein zweites Mal daran erinnern zu lassen. Komm – lassen wir unseren Gastgeber nicht zu lange warten.«

Er wedelte ungeduldig mit der Hand, und Mercenario folgte ihm aus dem Raum. Vielleicht wegen Klostos' Worten kamen ihm die Korridore und Gänge der unterirdischen Stadt stiller als bisher vor. Das rote, immer ein wenig flackernde Licht ließ selbst vertraute Dinge und Gegenstände fremd und bizarr erscheinen. Er kam sich kaum mehr wie an einem Ort vor, an dem Menschen lebten; zumindest nicht an einem, der für Menschen *gemacht* war. Alles war düster, rot und schien in beständiger flackernder Bewegung zu sein, und alles war irgendwie... falsch. Mercenario hatte immer mehr und mehr das Gefühl, diesen Ort zu kennen. Oder einen Ort, der diesem glich. Er fragte sich, wie Menschen, die so sanftmütig und freundlich waren wie das Mädchen, das er kennengelernt hatte, und ihr Meister an einem solchen Ort leben konnten. Sie hatten die Hälfte des Weges zurückgelegt, als Klostos plötzlich stehenblieb und sich mit der flachen Hand vor die Stirn schlug. »Verdammt!« rief er. Sein Tonfall wirkte genauso unecht und theatralisch wie diese Geste. »Ich werde anscheinend langsam alt. Jetzt habe ich das Wichtigste vergessen.«

»Und was?«

»Ich habe ein Geschenk für den Meister mitgebracht«, antwortete Klostos. »Ein Kleinod, das selbst das Herz dieses Asketen höher schlagen lassen muß. Bitte geh zurück und hole es, Mercenario. Deine Beine sind jünger als meine. Vielleicht hilft das Geschenk, ihn doch noch umzustimmen.« Er wurde sehr ernst. »Es wäre sehr wichtig für mich.«

Mercenario hatte heftige Zweifel daran, daß irgendein Schmuckstück den alten Mann von seinem Entschluß abbringen konnte. Trotzdem fragte er: »Wo finde ich es?«

»Auf dem Tisch in meinem Zimmer«, antwortete Klostos. »Es ist ein Ring mit einem großen, grünen Stein. Du kannst ihn gar nicht übersehen. Du findest den Weg zum Gemach des Meisters ja sicher allein.«

Daß Klostos ihn nun auch noch als Laufburschen behandelte, ärgerte Mercenario über die Maßen – aber er schluckte eine entsprechende Bemerkung herunter und antwortete nur mit einem knappen Kopfnicken. Rasch wandte er sich um, ging den Weg zurück und betrat Klostos' Zimmer.

Er fand den Ring nicht. Der Tisch, den er ihm beschrieben hatte, war leer. Mercenario suchte den Boden ab. Nichts. Er durchwühlte Klostos' Gepäck und sah schließlich sogar unter dem Bett nach. Der Ring war nicht da. Vermutlich hatte Klostos ihn doch eingesteckt und erinnerte sich nur nicht mehr daran.

Zutiefst verärgert machte Mercenario sich auf den Rückweg. Wie beim ersten Mal begegnete ihm kein Mensch, während er zum Gemach des Meisters ging, und wieder fiel ihm auf, wie sonderbar ... *bekannt* ihm seine Umgebung vorkam.

Und dann wußte er es.

Die Erkenntnis überkam ihn so plötzlich, daß er mitten im Schritt stehenblieb und sich verblüfft umsah.

Die Tote Stadt.

Wieso hatte er es nicht sofort gemerkt? Dieser Ort ähnelte der Toten Stadt, die er in der Welt unter den Wolken entdeckt hatte. Die Form der Türen, die Architektur der Gänge und Räume, ja, selbst Kleinigkeiten wie die Form der geschmiedeten Halter, in denen die Fackeln steckten, stimmten überein. Es gab gar keinen Zweifel, daß diese Stadt unter dem Eis von dem gleichen Volk erbaut worden war wie die verlassene Festung unter den Wolken.

Mercenario ging weiter. Plötzlich aufgeregt, beschleunigte er seine Schritte so sehr, daß er fast rannte. Er mußte Klostos von seiner Entdeckung berichten und ebenso dem Meister dieses Palastes.

Fast zu seinem eigenen Erstaunen fand er den Weg auf Anhieb wieder. Die Tür zum Gemach des alten Mannes stand offen, aber dahinter brannte kein Licht, so daß Mercenario einen Augenblick lang stehenblieb, um sich zu orientieren. Eines der bunten Fenster stand weit auf, so daß Mercenario den tosenden Wasserfall dahinter erblickte. Draußen herrschte noch Tag, aber er neigte sich bereits dem Ende zu, denn es war zwar noch hell, aber das Licht reichte nicht aus, auch das Zimmer zu erleuchten. Er sah den Tisch und die Gestalt, die gebückt daran saß, nur als schwarze Schatten vor dem grandiosen Panorama des Wasserfalls.

Es war sehr still. Mit Ausnahme des dumpfen Dröhnens des Wassers war nicht der mindeste Laut zu hören. Die Gestalt am Tisch rührte sich nicht. Klostos war offenbar nicht anwesend.

Zögernd näherte sich Mercenario dem Tisch, blieb hinter dem hochlehnigen Stuhl stehen und streckte die Hand aus. Ein Gefühl warnte ihn, es nicht zu tun – und er war im Grunde nicht einmal sehr überrascht, als die Gestalt unter seiner Berührung nach vorne kippte und mit der Stirn auf die Tischplatte schlug.

Mercenario eilte um den Stuhl herum, beugte sich über den alten Mann und hob vorsichtig seinen Kopf an. Sein Gesicht war totenbleich, aber er lebte. In seiner rechten Halsbeuge steckte ein Dolch. Eine schmale Waffe mit einem reichverzierten Griff und einer beidseitig geschliffenen Klinge. *Mercenarios* Waffe. Es war der Dolch, den Derrek ihm geschenkt hatte.

Mercenario streckte zögernd die Hand nach dem Messergriff aus, und eine scharfe Stimme hinter ihm sagte: *»Rühr ihn nicht an!«*

Mercenario sah auf und blickte in das Gesicht des Mädchens, das lautlos hinter ihm aufgetaucht war. Das Mädchen war nicht allein. Ohne daß Mercenario es auch nur bemerkt hätte, war die Tür aufgegangen, und vier oder fünf weitere Gestalten im schmucklosen Orangerot hatten das Zimmer betreten.

»Rühre ihn nicht an!« sagte das Mädchen noch einmal. Sie kam näher, unterstrich ihren Befehl mit einer entsprechenden Handbewegung und winkte einen der anderen zu sich heran. Der junge Mann hob den Oberkörper des Meisters behutsam an und bettete seinen Kopf an der Stuhllehne, während sich das Mädchen über ihn beugte und mit spitzen Fingern nach dem Messer griff. Aber sie berührte es nicht.

»Das wage ich nicht«, sagte sie. »Die Klinge sitzt direkt neben der Schlagader. Eine falsche Bewegung, und ich töte ihn.«

Sie wandte sich mit einer Geste an den Mann, der der Tür am nächsten stand. »Holt Sendai, den Heiler. Er soll sich beeilen, sonst verblutet er!«

Der Mann entfernte sich im Laufschritt, und das Mädchen wandte sich wieder zu Mercenario um. In ihren Augen erschien ein Glitzern, das Mercenario schaudern ließ. »Warum hast du das getan?« fragte sie. »Ist es das, was du unter deiner *freien Entscheidung* verstehst?« Hat dir dein Gewissen geraten, daß du ihn ermorden sollst?«

»Ich?« Mercenario riß ungläubig die Augen auf. Der Gedanke, daß man ihn für den Mörder des alten Mannes halten könne, war ihm bisher noch nicht einmal gekommen.

»Wenn er stirbt, überlebst du ihn keine Stunde«, sagte das Mädchen.

»Aber ich habe damit nichts zu tun!« protestierte Mercenario. »Das ist doch lächerlich! Warum sollte ich euren Meister ermorden?«

»Das ist doch dein Dolch, nicht wahr?« fragte das Mädchen.

»Ich hatte ihn nicht einmal bei mir!« antwortete Mercenario. »Ich habe ihn in meinem Zimmer gelassen, als . . .« Er stockte. Ein betroffener, dann zorniger Ausdruck erschien auf seinem Gesicht. »Klostos!« sagte er. »Das muß Klostos gewesen sein! Natürlich! Er muß den Dolch genommen haben, ohne daß ich es merkte. Und dann hat er mich zurückgeschickt, um nach einem Ring zu suchen, den es wahrscheinlich gar nicht gibt!«

Er fuhr herum und machte einen Schritt auf die Tür zu. »Wir müssen ihn aufhalten. Wenn es nicht schon zu spät ist.«

»Haltet ihn fest«, sagte das Mädchen.

Zwei ihrer Begleiter versperrten Mercenario mit raschen Bewegungen den Weg, und er blieb tatsächlich stehen und drehte sich wieder zu ihr herum. »Klostos wird . . .«

»Wir kümmern uns um Klostos«, unterbrach ihn das Mädchen. »Du bleibst hier.«

Mercenario machte einen weiteren Schritt auf die beiden Männer zu, ehe er abermals stehenblieb. Die beiden waren einen Kopf kleiner als er. Sie waren Männer des Wortes, nicht des Schwertes. Mercenario fürchtete sich nicht vor ihnen – aber er wollte auch keine Gewalt anwenden.

»Er entkommt!« sagte er. »Unterschätzt Klostos nicht. Er kann einen Drachen ebenso lenken wie ich. Ich muß ihn aufhalten!«

Er bekam auch jetzt keine Antwort, und so wandte er sich wieder zu den beiden jungen Männern um, die vor der Tür standen. »Geht aus dem Weg«, sagte er. »Ich will euch nicht weh tun. Aber Klostos entkommt, wenn wir noch lange hier herumstehen.«

Die beiden reagierten immer noch nicht, so daß Mercenario einen der beiden aus dem Weg stieß.

Wenigstens versuchte er es. Der junge Mann wich mit einer raschen, fast tänzerisch anmutenden Bewegung aus, so daß Mercenario nach vorne taumelte und für einen Moment hilflos mit den Armen ruderte. Im nächsten Augenblick stolperte er gegen die Wand und wäre beinahe gestürzt.

Zornig fuhr er herum und schlug nach dem Burschen, aber der Mann tauchte im letzten Moment unter seinem Hieb weg, packte Mercenarios Arm und riß ihn so wuchtig nach vorne, daß Mercenario beinahe schon wieder die Balance verloren hätte.

Spätestens jetzt begriff Mercenario, daß er es mit einem Gegner zu tun hatte, der eine jener Kampftechniken beherrschte, die auf der grundlegenden Philosophie beruhten, die Kraft des Angreifers gegen ihn selbst zu richten. Es gab eine Reihe solcher Kampftechniken. Den meisten eilte der Mythos der Unbesiegbarkeit voraus, aber Mercenario hielt sie für überschätzt. Mercenario täuschte einen Fausthieb an, dem der andere erwartungsgemäß mit einer komplizierten Bewegung zu begegnen versuchte. Mercenario geriet tatsächlich aus dem Gleichgewicht, aber dann tat er etwas völlig Unerwartetes: statt um seine Balance zu kämpfen, ließ er sich einfach fallen und begrub den anderen unter dem Gewicht seiner Rüstung.

Als er in die Höhe zu kommen versuchte, griffen ihn die beiden anderen gemeinsam an. Es war ein ungleicher Kampf, und er war nicht besonders fair – Mercenario war mindestens doppelt so stark wie die beiden halben Kinder, und seine Rüstung schützte ihn zuverlässig vor ihren Hieben und Fußtritten. Hätte Mercenario sein Schwert gehabt, dann wäre der Kampf binnen Sekunden vorüber gewesen.

Aber auch so dauerte es nicht lange. Mercenario schleuderte einen der beiden Angreifer so wuchtig zu Boden, daß er benommen liegenblieb, wich einem Hieb aus und schickte den Burschen mit einem harten Schlag in den Leib zu seinem Kameraden herab. Und in der nächsten Sekunde erstarrte er.

Unter der Tür waren drei weitere Männer aufgetaucht. Sie hielten übergroße, zerbrechlich aussehende Bögen in den Händen, deren aufgelegte Pfeile drohend auf Mercenarios Gesicht gerichtet waren.

Für einen winzigen Moment wog der Söldner seine Chancen ab, auch mit diesen dreien fertig zu werden. Sie standen vielleicht nicht einmal so schlecht, wie es auf den ersten Blick den Anschein hatte: Die Rüstung würde ihn wahrscheinlich vor den Pfeilen schützen, und möglicherweise würde er auch mit diesen dreien fertig werden. Aber dazu mußte er *wirklich* ernst machen, was bedeutete, daß er sie schwer verletzen, vielleicht sogar töten mußte, und das wollte er nicht.

Aus dem Inneren des Kraters drang plötzlich ein schriller, krächzender Schrei, ein Laut, den Mercenario genau kannte und der ihn erschrocken herumfahren ließ. Er erspähte einen gigantischen schwarzen Drachen, der mit kraftvollen Flügelschlägen durch die sprühende Gischt des Wasserfalles flog und sich steil nach oben schwang. Es war Klostos. Der Reiter auf seinem Rücken war nur als Umriß zu sehen, aber Mercenario war eine Woche auf diesem Drachen geritten und hätte ihn unter tausend anderen Tieren wiedererkannt.

Auch das Mädchen hatte sich zum Fenster herumgedreht und sah dem Drachen nach, bis das erlöschende Tageslicht ihn aufgesogen hatte. Dann drehte sie sich wieder zu Mercenario um.

»Gib auf«, sagte sie. »Du siehst, daß es sinnlos ist. Selbst wenn du uns besiegst – es ist aus. Dein Herr hat dich verraten.«

»Er hat uns alle belogen«, sagte Mercenario. »Klostos ist nicht mein Herr. Ich habe mit dem Überfall auf euren Meister nichts zu tun.«

»Willst du bestreiten, daß es dein Dolch ist?« fragte das Mädchen voller Zorn.

»Nein«, antwortete Mercenario heftig. »Aber was beweist das? Ich habe meine Waffen abgelegt, bevor ich hierher kam. Klostos mußt den Dolch unbemerkt an sich genommen haben.«

»Wir werden die Wahrheit herausfinden«, sagte das Mädchen.

»Wir wüßten sie vielleicht schon, wenn ihr mich nicht aufgehalten hättet!« sagte Mercenario bitter. Er wußte, daß das nicht stimmte. Klostos mußte schon fast bei seinem Drachen gewesen sein, als er hier hereinkam. Trotzdem fuhr er fort: »Jetzt holen wir ihn nie wieder ein. Aber ihr habt ja mich. Hängt mich auf, wenn das eurem Gerechtigkeitssinn Genüge tut, und laßt den wirklichen Mörder laufen.«

»Hör auf, dir selbst leid zu tun«, sagte das Mädchen. »Wir werden die Wahrheit herausfinden, verlaß dich darauf. Und was Klostos angeht, so wird er nicht weit kommen.«

»Wollt ihr ihm vielleicht hinterherlaufen?« fragte Mercenario böse.

Das Mädchen überging die Frage. »Wenn du wirklich unschuldig bist, großer Krieger«, sagte sie spöttisch, »dann erkläre mir, warum dein Freund, der nicht dein Freund ist, unseren Meister zu ermorden versuchte.«

»Das weiß ich nicht«, antwortete Mercenario. »Ich weiß ja nicht einmal genau, warum er hierhergekommen ist. Ich . . .«

»Ja?« fragte das Mädchen, als Mercenario stockte und für ein paar Momente mit gefurchter Stirn ins Leere starrte.

»Heute morgen . . .«, antwortete Mercenario stockend. »Es gab einen Streit. Ich glaube, es ging um irgendeine Formel, die Klostos von eurem Meister haben wollte.«

»Eine Formel! Was für eine Formel?«

»Das hat er nicht gesagt«, antwortete Mercenario. »Es ging um Schwarzes Pulver.«

Das Mädchen hatte sich perfekt in der Gewalt – aber Mercenario konnte sehen, wie alle Farbe aus ihrem Gesicht wich. Für die Dauer eines Herzschlages starrte sie ihn erschrocken an, dann fuhr sie herum und beugte sich über die Gestalt des alten Mannes.

»Das Amulett ist fort«, sagte sie. »Bei allen Göttern! Er hat das Amulett gestohlen!«

Der alte Mann regte sich stöhnend. Er öffnete die Augen, versuchte den Kopf zu bewegen und zuckte mit einem Schmerzlaut zusammen. Die Wunde in seinem Hals begann wieder zu bluten.

»Bewegt Euch nicht, Meister«, sagte das Mädchen erschrocken. »Ich habe nach dem Heiler geschickt. Er wird gleich hier sein und...«

»Keine Zeit«, flüsterte der Alte. Das Sprechen mußte ihm große Schmerzen bereiten, aber er fuhr trotzdem fort: »Klostos hat... das Amulett gestohlen. Die Formel. Er hat... die Formel für das Schwarze Pulver.«

»Ich weiß«, sagte das Mädchen. »Sorgt Euch nicht. Wir werden uns um alles kümmern. Er wird nicht...«

»Hole... Nan-Tay«, unterbrach sie der Alte. »Schnell!«

Diesmal zuckte das Mädchen zusammen. »Nan-Tay? Aber Meister, Ihr wißt, was...«

»Rufe Nan-Tay!« sagte der Alte noch einmal. »Schnell! Es ist keine Zeit mehr zu verlieren. Klostos darf nicht... in den Besitz der Formel gelangen, oder er wird unsagbares Leid über die Menschen bringen. Geh!«

Das Mädchen zögerte nochmals, dann erhob sie sich gehorsam, nickte und ging ohne ein weiteres Wort aus dem Raum.

Der Alte winkte Mercenario zu sich heran. »Kommt her, fremder Krieger«, sagte er. »Ich kann ... nicht so laut reden.«

Mercenario gehorchte. Ein eisiger Schauer rann über seinen Rücken, als er sah, wie tief die Wunde im Hals des alten Mannes war. Es grenzte an ein Wunder, daß er überhaupt noch lebte.

»Ihr solltet nicht reden«, sagte er.

»Ich muß«, murmelte der Alte. »Meine Tochter hält Euch für schuldig, El Mercenario, aber ich weiß, daß sie sich irrt. Ihr Blick ist von Schmerz und Sorge getrübt. Ich weiß, daß Ihr nicht schlecht seid. Klostos hat Euch genauso belogen wie uns. Aber er darf... diese Formel nicht bekommen, um keinen Preis. Werdet Ihr uns helfen?«

»Was kann ich tun?« fragte Mercenario.

»Ich habe nach Nan-Tay geschickt. Nan-Tay ist unser Beschützer. Der beste Krieger, den Ihr Euch denken könnt. Aber keiner von uns hat... unsere Heimat je verlassen. Die Welt hinter den Bergen ist für uns so fremd und gefährlich, wie es unsere Heimat für Euch wäre. Nan-Tay wird Hilfe brauchen.«

»Ich werde ihn begleiten«, sagte Mercenario. »Klostos wird die Formel nicht bekommen, das verspreche ich Euch.«

Der alte Mann ließ sich mit einem erschöpften Seufzer zurücksinken und schloß die Augen. Mercenario spürte, daß er bei Bewußtsein blieb, aber er hatte offensichtlich nicht mehr die Kraft zu sprechen.

Wortlos trat er zurück und sah sich um. Die drei Männer, die er niedergeschlagen hatte, waren mittlerweile wieder auf den Beinen. Aber sie mußten die Worte des alten Mann gehört haben, denn die Feindseligkeit war von ihren Gesichtern verschwunden.

Hastige Schritte näherten sich der Tür, und weitere Männer betraten den Raum, unter ihnen auch der Heiler, nach dem das Mädchen verlangt hatte. Er beugte sich über den alten Mann, betrachtete ihn eine Sekunde lang besorgt und begann dann mit leiser, präziser Stimme Befehle zu erteilen. Ein paar der anderen gingen und kamen nach Augenblicken mit

Schalen voll heißem Wasser und sauberen Tüchern zurück. Der Heiler betrachtete aufmerksam die Wunde, dann schüttelte er sehr besorgt den Kopf und hob die Hand. Einer der anderen reichte ihm eine Schale mit einem grauen, feinkörnigen Pulver, von dem er eine genau bemessene Menge in einem Becher mit Wasser auflöste. Der alte Mann öffnete die Augen, als der Heiler den Becher an seine Lippen setzte. »Nein«, sagte er.

»Aber Meister!« antwortete der Heiler. »Es muß sein. Ihr würdet die Schmerzen nicht ertragen, wenn ich den Dolch aus der Wunde ziehe. Und eine einzige falsche Bewegung ...«

»Dann laß ihn drin«, unterbrach ihn der Meister. »Ich muß ... wach bleiben, bis ich mit Nan-Tay geredet habe. Danach kannst du mit mir machen, was du willst.«

»Wie Ihr befehlt, Meister«, antwortete der Heiler. Er stellte den Becher auf den Tisch zurück. »Aber Ihr spielt mit Eurem Leben.«

»Es steht weit mehr auf dem Spiel als das Leben eines alten Mannes«, antwortete der Meister leise. »Seht nach, wo ... Nan-Tay bleibt. Unsere Zeit ist knapp.«

Einer der Männer entfernte sich, um seinen Befehl auszuführen. Aber es verging noch eine geraume Weile, bis er mit dem Krieger zurückkam.

Mercenario war überrascht. Nan-Tay war auf ähnliche Weise gekleidet wie er – seine Rüstung war von einem bläulich schimmernden Schwarz, aber sie war ebenso kunstvoll gearbeitet wie Mercenarios, und sicher gewährte sie ihrem Träger einen ebenso zuverlässigen Schutz. Doch selbst der schwere Panzer vermochte nicht zu verhehlen, daß Nan-Tay von nahezu knabenhafter Statur war. Ein dichtes Ketten-

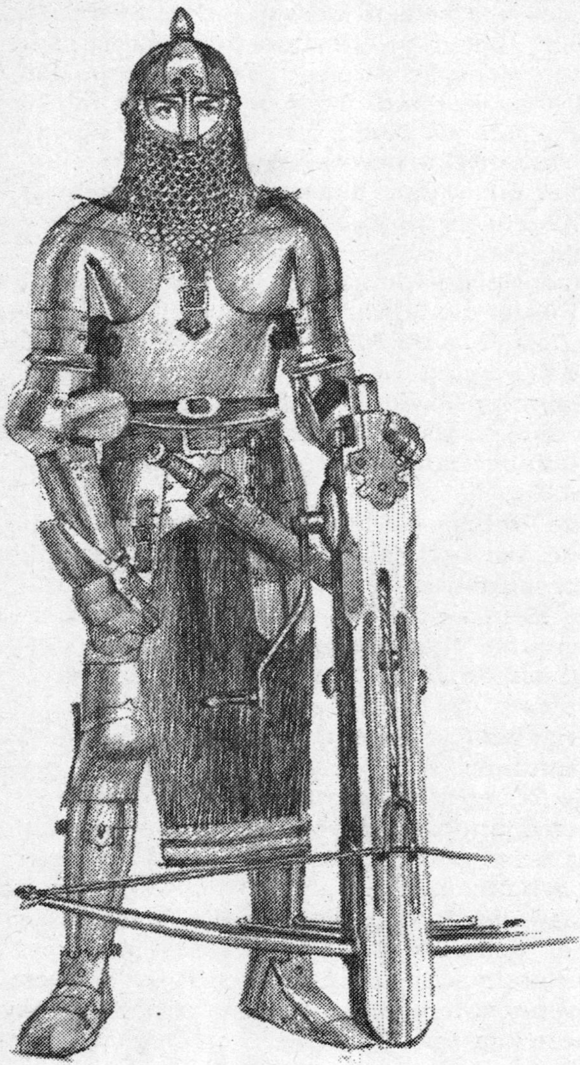

gewebe verbarg sein Gesicht, so daß Mercenario nur die Augen erkennen konnte, aber auch sie waren nicht die Augen eines Mannes. Und das sollte Nan-Tay sein, der beste Krieger dieser Stadt?

Nan-Tay trat an den Stuhl des Meisters heran, ohne Mercenario auch nur eines Blickes zu würdigen. »Meister?«

»Du weißt, was geschehen ist«, sagte der Alte mit leiser, zitternder Stimme. »Klostos hat mein Medaillon gestohlen. Er darf die Formel um keinen Preis bekommen. Du weißt, was zu tun ist.«

Nan-Tay nickte. »Ich werde das Medaillon zurückbringen«, sagte er.

»Mercenario wird dir dabei helfen.«

Mercenario sah, wie Nan-Tay ganz leicht zusammenfuhr, aber der Alte ahnte seinen Widerspruch wohl voraus, denn er fuhr mit etwas lauterer Stimme fort: »Ich vertraue ihm, und ich wünsche, daß auch du ihn wie einen Freund und Verbündeten behandelst. Er wird dir helfen, Klostos zu finden und das Medaillon wieder in deinen Besitz zu bringen. Es wird Klostos nicht leichtfallen, es zu öffnen, aber er ist kein Dummkopf. Euch bleibt also nicht viel Zeit. Und nun geht.«

Nan-Tay deutete ein Kopfnicken an und wandte sich zu Mercenario um. Sein Blick war kalt, aber Mercenario las auch eine Entschlossenheit und Stärke darin, die ihn sein vielleicht vorschnelles Urteil über den jungen Krieger noch einmal überdenken ließ.

»Kommt, El Mercenario«, sagte er. »Jede Minute zählt. Wir müssen Klostos einholen, ehe er die Berge erreicht.«

Mercenario fragte sich erneut, wie sie das bewerkstelligen wollten. Aber Nan-Tay hatte sich bereits herumgedreht und ging mit schnellen Schritten zur

Tür, so daß ihm gar keine Zeit blieb, eine Frage zu stellen. Er sah noch einmal zum Meister der unterirdischen Stadt zurück, doch der alte Mann befand sich nun in der Obhut des Heilers. Mercenario verspürte ein leises Bedauern, nicht wenigstens ein Wort des Abschieds sagen zu können. Er hoffte inständig, daß er den Alten wiedersehen würde.

Nan-Tay war nicht stehengeblieben, so daß Mercenario kräftig ausgreifen mußte, um ihn einzuholen. »Wohin gehen wir?« fragte er. »Wie wollen wir Klostos einholen?«

Der junge Krieger antwortete nicht, sondern streifte ihn nur mit einem eisigen Blick. Mercenario verzichtete darauf, seine Frage zu wiederholen. Er hoffte nur, daß sie Klostos *schnell* einholten. Was er in Nan-Tays Blick gelesen hatte, ließ ihn daran zweifeln, daß er in dem jungen Krieger einen wirklich verläßlichen Verbündeten hatte.

Sie bewegten sich mit schnellen Schritten tiefer in das Labyrinth aus Stollen und Treppenfluchten hinein, und Nan-Tay hüllte sich beharrlich weiter in Schweigen, bis sie ihr Ziel erreichten.

Der Anblick verschlug Mercenario im ersten Moment die Sprache. Sie standen im Eingang einer gewaltigen Halle, deren gegenüberliegende Wand nicht aus Stein, sondern aus den tosenden Fluten des Wasserfalls bestand. Die Höhle war geräumig genug, um ein kleines Dorf aufzunehmen.

Aber das war es nicht, was Mercenario vor lauter Überraschung mitten in der Bewegung innehalten ließ. Es waren die Drachen. Die beiden Tiere saßen nebeneinander auf dem Boden, und ein gutes Dutzend Männer in orangefarbenen Kleidern waren in aller Hast damit beschäftigt, sie zu satteln und aufzuzäumen. Beide Tiere waren sehr groß und von jenem schlanken, eleganten Wuchs, der ebensogroße Kraft wie Geschmeidigkeit verriet. Und sie waren schneeweiß.

»Was ist los?« fragte Nan-Tay unwillig. Er war einige Schritte vorausgeeilt, ehe er überhaupt merkte, daß Mercenario stehengeblieben war. »Habt Ihr noch nie einen Drachen gesehen?«

»Nicht so einen«, antwortete Mercenario. Er war ... erschüttert. Er hatte noch nie im Leben einen weißen Drachen gesehen; niemand auf ganz Zomar kannte solch ein Tier. Nan-Tay und seine kahlköpfigen Brüder einmal ausgenommen. Es gab Legenden über die weißen Drachen, die angeblich die Begründer aller Drachenfamilien Zomars sein sollten. Aber Mercenario hatte nie wirklich daran geglaubt, obwohl er diesen Geschichten mit der gleichen Begeisterung wie alle anderen gelauscht und sie manchmal auch selbst erzählt hatte. »Sie sind ... unfaßlich«, murmelte er. »Ich sehe sie, aber ich ... ich glaube es einfach nicht.«

Nan-Tay warf einen Blick zu den beiden Tieren hinüber, vielleicht um sich davon zu überzeugen, daß sie noch nicht vollends aufgezäumt waren und ihnen noch ein wenig Zeit blieb, ehe er antwortete: »Ja. Sie sind herrlich, nicht wahr? Der größere ist Gorak, der Bulle. Ich reite ihn selbst. Der kleine daneben ist Godan, sein Weibchen. Sie sind die letzten ihrer Art.«

»Ein Paar?« Mercenario sah Nan-Tay fragend an, während sie langsam weitergingen. »Warum versucht ihr dann nicht, sie zu züchten? Es wäre ein großer Verlust, wenn ihre Art ausstirbt.«

»Sie sind sehr alt«, antwortete Nan-Tay. »Vielleicht schon zu alt, um sich noch fortzupflanzen. Vielleicht hat die Legende auch recht, die behauptet, daß immer nur dann ein neuer Drache geboren wird, wenn ein anderer stirbt.«

»Dann ist keines der beiden Tiere hier geboren worden?« fragte Mercenario, obwohl Nan-Tays Worte die Antwort darauf im Grunde bereits beinhaltet hatten.

»Nein«, sagte der Krieger. »Sie waren schon hier, als wir diesen Ort fanden. Vielleicht werden sie auch noch hier sein, wenn es uns schon längst nicht mehr gibt.«

»Wie lange ist das her?« fragte Mercenario. »Seit wann lebt ihr hier?«

Er sah, daß Nan-Tay zu einer Antwort ansetzte. Aber dann machte er nur eine irgendwie zornig anmutende Handbewegung und sagte unfreundlich: »Das geht Euch nichts an.«

Der Söldner blieb abermals stehen. »Vielleicht sollten wir uns über eine Sache klar werden, ehe wir aufbrechen«, sagte der Söldner. Er deutete auf die Drachen. »Wenn diese Tiere so schnell sind, wie ich glaube, dann haben wir eine gute Chance, Klostos einzuholen und ihm das Medaillon abzujagen, bevor er das Labyrinth der Eiswinde erreicht. Aber wenn nicht, dann haben wir eine ziemlich lange Reise vor uns. Wir werden vielleicht kämpfen müssen. Wir werden vielleicht gegenseitig unsere Leben in die Hände des anderen legen müssen.«

»Und Ihr habe Angst, daß es bei mir nicht in guten Händen ist«, sagte Nan-Tay spöttisch.

»Mir wäre wohler, wenn ich vorher wüßte, woran ich bei Euch bin«, antwortete Mercenario.

»Ihr habt unseren Meister gehört«, sagte Nan-Tay kalt. »Ich werde seinem Befehl gehorchen. So lange Ihr mir nicht das Gegenteil beweist, behandele ich Euch als Verbündeten.«

»Das reicht mir nicht«, antwortete Mercenario.

Nan-Tay zuckte mit den Schultern. »Mehr habe ich nicht zu bieten. Der Meister hat mir nicht befohlen, Euch zu lieben.«

Es kostete Mercenario eine Menge Überwindung, seinen Ärger zu unterdrücken. »Was muß ich eigentlich tun, damit Ihr mir endlich glaubt, daß ich nichts mit Klostos zu schaffen habe?« fragte er.

»Nichts«, antwortete Nan-Tay. »Ich weiß, daß es so ist. Niemand vermag unseren Meister zu belügen, denn er blickt direkt ins Herz der Menschen, nicht nur in ihre Gesichter. Außerdem hätte Klostos Euch so oder so getötet. Er bringt jedes Mal einen anderen Begleiter mit, und er entledigt sich ihrer immer, bevor sie zurück sind.«

»Und ihr wißt davon, ohne etwas zu tun?«

»Was sollen wir unternehmen? Eure Welt ist eure Welt, nicht die unsere. Es sind eure Regeln und Gesetze, gegen die er verstößt.«

»Wißt Ihr, etwas ganz Ähnliches habe ich vor kurzer Zeit schon einmal gehört«, sagte Mercenario böse. »Von einem Mann, der Euch gefallen würde. Vielleicht stelle ich ihn Euch bei Gelegenheit einmal vor.«

»Nehmt diesen selbstgefälligen Ton aus der Stimme, *Söldner*«, sagte Nan-Tay. »Er steht Euch nicht zu. Daß Ihr nichts von Klostos' Plänen wußtet, macht Euch nicht besser. Ich verachte Euch. Euer Leben besteht aus Kampf und Tod.«

»Ihr seid auch ein Krieger, oder etwa nicht?«

»Ja«, antwortete Nan-Tay. »Aber ich kämpfe nicht für Geld, sondern für etwas, an das ich glaube.«

Mercenario seufzte. »Ja, das habe ich auch schon einmal gehört«, sagte er. »Und das ist sogar erst wenige Stunden her. Habt Ihr zufällig eine ältere Schwester mit dunklem Haar?«

Nan-Tay starrte ihn für eine Sekunde eindeutig haßerfüllt an, aber er antwortete nicht mehr, sondern drehte sich mit einem Ruck um und ging weiter. Mercenario folgte ihm, ließ aber einen gewissen Abstand zwischen ihnen.

Die Drachen waren noch nicht völlig startklar, aber Mercenario begrüßte es fast, daß sie noch ein paar Minuten warten mußten, denn so blieb ihm noch ein wenig Zeit, die prachtvollen Geschöpfe in aller Ruhe zu studieren.

Aus der Nähe betrachtet wirkten sie noch beeindruckender. Die Tiere waren riesig, ohne daß ihnen diese Größe auch nur irgend etwas von ihrer Eleganz und Schönheit nahm. Im Gegenteil: Die weiße Farbe verlieh ihnen eine gewisse Leichtigkeit, und alles an ihnen war irgendwie fließend und weich. Es gab keine zackigen Kämme, keine harten Panzerplatten und Sporen. Ihre Haut war völlig makellos. Trotz des von Nan-Tay behaupteten Alters konnte Mercenario nicht die winzigste Narbe oder Unreinheit auf dem strahlenden Weiß erkennen. Plötzlich kam es ihm wie ein Verbrechen vor, auf diesen Tieren in den Kampf zu reiten. Schon der bloße Gedanke, daß diese prachtvollen Geschöpfe verwundet oder gar getötet werden könnten, war entsetzlich.

Das Erstaunlichste an den beiden Tieren waren die Augen. Ihre Gesichter waren die starren Reptilienmasken aller Drachen, aber ihre Augen waren keine Echsenaugen. Sie waren warm und weich. Die beiden gewaltigen Flugechsen blickten ihn an, und Mercenario spürte ganz deutlich, daß er begutachtet, abgeschätzt und beurteilt wurde.

Fast erschrocken schüttelte er den Gedanken ab und wandte seine Aufmerksamkeit den Männern zu, die die Tiere sattelten. Sie waren beinahe fertig. Mercenario sah, daß sich auf den Sätteln der beiden Tiere große, wuchtig anmutende Konstruktionen befanden, auf die die Männer in diesen Momenten etwas montierten, das wie eine zu große Armbrust aussah. Die Kraft der Sehne mußte gewaltig sein, denn es gab zwei Kurbeln, um sie zu spannen, und die dazugehörigen Pfeile waren so dick wie sein Arm. Mercenario hatte eine solche Waffe noch nie zuvor gesehen.

»Was ist das?« fragte er.

»Eine Waffe, die speziell für den Drachenkampf von uns entwickelt wurde«, antwortete Nan-Tay. Seiner Stimme war keine Spur von Unmut anzuhören. Offensichtlich hielt er das Thema, über das sie gerade beinahe in Streit geraten wären, für erledigt.

»Sie sieht sonderbar aus«, sagte Mercenario.

»Dafür ist ihre Wirkung verheerend«, sagte Nan-Tay. »Allerdings bedarf es einer gewissen Übung, um damit umzugehen. Der Zug der Sehne ist so groß, daß die Waffe starr mit dem Sattel verbunden werden muß. Ihr müßt also mit dem ganzen Drachen zielen, um Euren Feind zu treffen.« Er sah Mercenario nachdenklich an. »Glaubt Ihr, daß Ihr das könnt?«

»Ohne Übung?« Mercenario schüttelte den Kopf. »Nein.«

»Dann ist es vielleicht besser, ihr versucht es erst gar nicht«, sagte Nan-Tay. Er gab den Männern einen entsprechenden Wink. »Baut nur auf Goraks Sattel die Armbrust auf. Für Mercenario habe ich etwas, worauf er sich vielleicht besser versteht.« Er reichte Mercenario einen der großen Bögen und einen prallgefüllten Köcher. Die gewaltige Armbrust mit ihren sonderbar geformten Pfeilen war ihm unheimlich. Mercenario wußte, daß eine Waffe, in deren Umgang man nicht geübt war, sich meistens nur als hinderlich erwies. So hängte er sich schweigend Bogen und Köcher über die Schultern und wartete, bis die Männer damit fertig waren, die beiden Drachen aufzuzäumen.

Und kurz darauf durchbrachen Nan-Tay und sein eigenes Tier nebeneinander den Wasserfall, stiegen in die Höhe und wandten sich mit kräftigen Flügelschlägen nach Westen, um die Verfolgung des Alchimisten aufzunehmen.

10

Klostos' Vorsprung mußte größer sein, als sie angenommen hatten, denn sie flogen eine Stunde, ohne ihn auch nur zu Gesicht zu bekommen. Dann wurde es dunkel. Mercenario begann nach einem Landeplatz Ausschau zu halten, aber Nan-Tay signalisierte ihm, weiterzufliegen und in seiner Nähe zu bleiben. Mercenario gehorchte, auch wenn er dabei kein sehr gutes Gefühl hatte. Er hatte schon Nachtflüge unternommen, aber nicht über solchem *Gelände.* Er hoffte, daß Nan-Tay wußte, was er tat.

Als die Dunkelheit hereinbrach, rückten die beiden Drachen enger zusammen, und die Eisebene unter ihnen verblaßte zu einem matten Schimmer.

Sie flogen bis tief in die Nacht. Die Tiere waren schneller als Klostos' Drachen, aber sie nahmen auch einen anderen Weg, als Mercenario und der Alchemist auf dem Flug hierher. Die Berge kamen ganz allmählich näher. Mercenario merkte es jedoch erst, als sie sie schon fast erreicht hatten, denn in der Dunkelheit waren auch sie nur Schatten, die kaum mehr Substanz zu haben schienen als Wolken am Himmel. Das meilentiefe Nichts unter ihnen wich mit einem Male zerborstenen Felsen und glitzerndem Eis. Kurze Zeit später wurde der Flug der beiden Drachen langsamer, und sie setzten zur Landung an.

Mercenario war vollkommen unfähig, irgend etwas zu tun. Nan-Tays Drache war nur ein helles Schemen in der Nacht neben ihm, aber sein eigenes Tier vollzog jedes Flugmanöver Goraks gehorsam nach. Die Tiere legten sich in eine steil nach unten weisende Linkskurve, die bald in eine immer enger werdende Spirale überging und schließlich dicht unter dem Gipfel einer gewaltigen Felsnadel endete. Erst, als sie sie beinahe erreicht hatten, sah Mercenario, daß es keine Felsnadel war, sondern ein künstlich geschaffenes Gebilde; ein riesiger, bizarr anmutender Turm, der sich selbst bei Tage kaum von den Felsen ringsum unterscheiden konnte. Er fragte sich, wie viele vermeintliche Berge, die Klostos und er überflogen hatten, nichts anderes als Ruinen einer längst vergangenen Zeit waren.

Die beiden Tiere schwebten nebeneinander in eine große, vollkommen leere Halle und landeten. Mercenario registrierte, wie perfekt ihre Bewegungen aufeinander abgestimmt waren; die Körper der beiden Drachen berührten exakt im gleichen Moment den Boden, und ihre Schwingen falteten sich im selben Augenblick zusammen.

Aber bei all seiner Bewunderung vergaß er trotzdem nicht den Ärger, mit dem ihn das Landemanöver erfüllt hatte. Sehr viel schneller, als nötig gewesen wäre, sprang er von Gondras Rücken, glitt auf dem spiegelblanken Felsboden prompt aus und wäre beinahe gestürzt. Als er sein Gleichgewicht wiedergefunden hatte, stand Nan-Tay vor ihm.

»Wie zum Teufel lenkt man diese Tiere?« fragte der Söldner. »Ich meine: nicht, daß es mich etwas anginge. Ich bin einfach nur neugierig. Ich frage mich, wozu sie Zaumzeug und Zügel haben, wenn sie sie sowieso nicht brauchen, und auch nicht darauf reagieren. Nur, damit sich ihre Reiter daran festhalten können?«

Nan-Tay deutete auf das Drachenweibchen. »Sie

folgt Gorak ganz von selbst. Und sie ist sehr zuverlässig. Ihr braucht Euch keine Sorgen zu machen.«

Mercenario war fast sicher, daß Nan-Tay ihn mit voller Absicht falsch verstand. »Ich bin durchaus in der Lage, einen Drachen zu fliegen«, sagte er ärgerlich.

»Tatsächlich?« erwiderte Nan-Tay. Er lachte. »Stellt Euch vor, mir ist aufgefallen, daß Ihr nicht aus dem Sattel gestürzt seid. Obwohl ich ein paarmal fast damit gerechnet habe.« Mercenario wollte auffahren, aber Nan-Tay machte eine rasche, beruhigende Geste und fuhr in verändertem Tonfall fort: »Diese Drachen sind nicht wie die, die Ihr kennt, Mercenario. Sie spüren ganz von allein, was ihre Reiter von ihnen wollen, und bräuchten im Grunde keine Zügel.«

Mercenario sah ihn ungläubig an. »Das meint Ihr nicht ernst! Ihr wollt mir erzählen, daß sie unsere Gedanken lesen?«

»Das wohl nicht«, antwortete Nan-Tay. »Aber sie spüren die Absichten ihrer Reiter voraus. Natürlich könnt Ihr sie auch mit den Zügeln lenken. Ich hielt es nur für besser, zumindest auf dem ersten Stück des Weges kein Risiko einzugehen. Ein Nachtflug über die Große Tiefe ist sehr gefährlich.«

Mercenario deutete in die Runde. »Was ist das hier?« fragte er. »Und weshalb sind wir hier?«

»Ein Ort, den wir manchmal benutzen, um zu rasten«, antwortete Nan-Tay. »Es gibt zahlreiche solcher Plätze in den Bergen. Nicht einmal wir kennen sie alle.«

»Rasten? Dazu ist keine Zeit. Wir müssen Klostos einholen.«

»Wir haben ihn längst *über*holt«, sagte Nan-Tay. »Unsere Drachen sind zweimal so schnell wie sein

Tier. Und er ist gezwungen, einen großen Umweg zu machen, während wir in gerader Linie fliegen können.« Er erklärte nicht, warum das so war, und Mercenario war noch immer viel zu verblüfft, um danach zu fragen. »Klostos wird die Berge frühestens eine Stunde nach Sonnenaufgang erreichen. So lange haben wir Zeit, uns auszuruhen. Er rechnet damit, daß wir ihn verfolgen – aber bestimmt nicht damit, daß wir bereits auf ihn warten.«

»Und wenn er einen anderen Weg nimmt?«

»Das wird er nicht«, antwortete Nan-Tay.

»Wieso bist du davon so überzeugt?«

Nan-Tay wandte sich um. »Er ist nicht allein. Vier seiner Männer erwarten ihn am Ausgang der Windschlucht. Zweifellos wird er sich dort mit ihnen treffen.«

»Woher wißt Ihr das?« fragte Mercenario.

Nan-Tay lachte. »Wir wissen alles, was in diesen Bergen vorgeht«, sagte er. »Die Steine haben Augen, und der Wind hat Ohren, und sie beide berichten uns, was geschieht.«

Mercenario seufzte. »Aha. Und woher wißt Ihr es wirklich?«

Nan-Tay sah ihn an. Seine Augen verrieten ein Lächeln, und Mercenario begriff, daß der junge Krieger nicht darüber reden würde.

Sie hatten die jenseitige Wand der Höhle erreicht. Mercenario entdeckte eine Anzahl schmaler, rechteckiger Nischen. Ihre eigentliche Bestimmung vermochte er nicht zu erraten, denn sie waren nicht nur von vollkommen unterschiedlicher Größe und Tiefe, sondern auch scheinbar willkürlich über die Wand verteilt: Einige befanden sich ebenerdig, andere in zwei oder drei Metern Höhe.

Nan-Tay deutete auf zwei nebeneinanderliegende,

rechteckige Vertiefungen im Fels, in denen zwei einfache Lager aus groben Stoff errichtet waren. Offensichtlich war es nicht das erste Mal, daß er diesen Ort als Lager nutzte.

»Ihr kommt oft hierher?« fragte Mercenario.

»Manchmal«, antwortete Nan-Tay. »Wir verlassen die Stadt selten. Jetzt hört auf zu reden. Wir haben nur ein paar Stunden, und morgen werden wir alle unsere Kräfte brauchen. Also schlaft ein wenig.«

Mercenario war enttäuscht. Er hätte gerne mit Nan-Tay geredet. Es gab so viele Fragen, und in zumindest einer Hinsicht verstand er nun besser, was Klostos damals gemeint hatte, als er ihm seine Bibliothek zeigte: Jede Antwort, die er erhielt, gebar unweigerlich ein Dutzend neuer Fragen. Aber Nan-Tay hatte recht: Mercenario *war* müde. Obwohl er wenig mehr getan hatte, als sich auf dem Rücken des Drachen festzuhalten, spürte er doch die Strapazen des Fluges. So streckte er sich gehorsam auf dem Lager aus und schloß die Augen. Tatsächlich überkam ihn beinahe augenblicklich eine fast schon bleierne Müdigkeit, gegen die er gar nicht erst anzukämpfen versuchte.

Trotzdem fragte er nach einer Weile: »Wer hat all diese Wunder gebaut?«

Es dauerte eine Weile, bis er Antwort bekam. »Was meint Ihr?« Nan-Tay Stimme verriet, daß er schon fast geschlafen hatte.

»Alle diese Orte. Diese Städte und Straßen, Paläste und Türme ... wer hat sie gebaut?«

»Ein altes Volk«, antwortete Nan-Tay. »Es ist untergegangen, lange, bevor wir hierherkamen. Nichts ist von ihnen geblieben, außer diesen Ruinen hier.«

»Ihr wißt *nichts* über sie?« fragte Mercenario zweifelnd. »Nicht einmal ihren Namen?«

»Nicht einmal den Namen«, antwortete Nan-Tay. »Wozu auch? Sie sind verschwunden, wie viele vor ihnen, und wie auch wir eines Tages verschwinden werden. Es macht sie nicht wieder lebendig, wenn wir ihren Namen kennen. Wir wissen nicht einmal genau, ob sie Menschen wie wir waren.«

»Auf jeden Fall hatten sie Drachen«, sagte Mercenario.

Nan-Tay lachte müde. »Wer sagt Euch das?«

»Diese Türme und Hallen«, antwortete Mercenario. »Sie haben Einflugöffnungen für Drachen.«

»Sie haben Öffnungen«, sagte Nan-Tay müde. »Für etwas, das fliegt. Aber das ist auch schon alles, was wir wissen.«

»Aber was soll es denn sonst gewesen sein?« fragte Mercenario.

Nan-Tay gähnte. »Es gibt Dinge, von denen Ihr Euch nicht einmal träumen lassen würdet, Mercenario«, sagte er. »Vielleicht erzähle ich Euch eines Tages davon.«

»Dinge? Was meint Ihr damit?«

Aber Nan-Tay antwortete nicht mehr. Er war bereits eingeschlafen.

Mit dem ersten Grau der heraufziehenden Dämmerung flogen sie weiter. Mercenario hatte Nan-Tays Erklärung akzeptiert, was die Fähigkeiten der Drachen anging, ihren Weg von sich aus zu finden, und überließ sich fast vollkommen der Führung Nan-Tays und der beiden Tiere. Sie befanden sich tatsächlich in einem anderen Teil des Gebirges, das Mercenario zusammen mit Klostos vor zwei Tagen durchquert hatte. Wenn Mercenario den Stand der Sonne richtig deutete, dann befanden sie sich ein gutes Stück weiter westlich. Mercenario hatte Nan-Tay am Morgen von dem Ungeheuer erzählt, daß dicht vor dem Paß der Eiswinde lauerte, und der junge Krieger hatte entschieden, einen Umweg zu machen, um die Bestie zu erlegen, die eine Gefahr für jeden war, der sich in diesen Teil des Gebirges verirren mochte. Außerdem, so hatte er erklärt, wäre es eine gute Gelegenheit, Mercenario die Funktion seiner sonderbaren Waffe zu demonstrieren. Mercenario hatte dagegen protestiert, aber es war sinnlos gewesen, und so näherten sie sich eine halbe Stunde nach Tagesanbruch der gewaltigen Schutthalde, die beinahe zu Mercenarios Grab geworden wäre. Von der gewaltigen Raubechse war nichts zu sehen, aber Mercenario spürte, daß sie in der Nähe war. Nicht zum ersten Mal fragte er sich, wovon das Tier überhaupt lebte.

Nan-Tay bedeutete ihm, voraus zu fliegen. Mercenario sah, wie er einen der sonderbar geformten Pfeile auf seine Armbrust legte und mit beiden Händen die kleine Kurbel zu drehen begann, die die Sehne spannte. Mercenario war klar, was der junge Krieger plante: Ganz offensichtlich sollte er voraus fliegen und den Köder spielen, während Nan-Tay in einiger Entfernung folgte und darauf wartete, daß sich das Untier zeigte, um es mit einem gezielten Schuß zu erlegen. Mercenario gefiel der Gedanke nicht. Niemand hätte sich in der Rolle des Köders wohl gefühlt. Zudem hatte er das Ungeheuer gesehen; Nan-Tay nicht. Und so gefährlich und bizarr die Waffe aussah, die auf Goraks Sattel befestigt war, war Mercenario nicht völlig davon überzeugt, daß sie die Echse tatsächlich zu töten vermochte.

Leider blieb ihm keine Gelegenheit, Nan-Tay seine Befürchtungen mitzuteilen, denn sein eigener Drache tat schon wieder, was Nan-Tay wollte, und nicht das, wozu Mercenario ihn mit mehr oder weniger heftigen Bewegungen am Zügel zu bringen versuchte. Als er den Druck ein wenig verstärkte, bestand die einzige Reaktion des Drachen in einem unwilligen Knurren, so daß er die Zügel fast erschrocken fahren ließ.

Gondra glitt so tief über die Wasserfläche dahin, daß seine Schwingen beinahe in den Fluß eintauchten. Nan-Tay folgte ihm in einiger Entfernung. Mercenario erinnerte sich plötzlich wieder daran, daß Nan-Tay ihm erklärt hatte, *wie* man mit dieser Waffe zielte; was nichts anderes bedeutete, als daß der gewaltige Pfeil nun wahrscheinlich genau auf Mercenarios Rücken wies. Eine Vorstellung, die auch nicht unbedingt dazu beitrug, seine Laune zu heben.

Das Ungeheuer zeigte sich nicht. Mercenario wollte Nan-Tay gerade signalisieren, daß es sinnlos war und sie ihre Suche besser aufgaben, als er sonderbare Wellen auf dem Wasser erblickte. Das Ungeheuer hatte ihn gewittert. Er ergriff die Zügel fester und spannte sich, aber er hatte das Gefühl, auch diesmal kaum mehr als ein unbeteiligter Zuschauer zu sein. Der weiße Drache ging tiefer und berührte beinahe das Wasser. Mercenario sah einen gewaltigen Schatten schräg aus der Tiefe des Flusses auf sich zuschießen.

Gondra reagierte völlig ohne sein Zutun. Der Drache wartete bis zum allerletzten Moment und schoß dann jäh in die Höhe, so daß Mercenario sich nun *wirklich* mit aller Kraft am Sattel festhalten mußte, um nicht abgeworfen zu werden. Das Ungeheuer durchbrach in einer explodierenden Woge die Wasseroberfläche und bäumte sich weiter und weiter auf.

Aus Mercenarios Schrecken wurde Entsetzen. Das Ungeheuer war groß, unvorstellbar *groß*. Der Drache schoß weiter in die Höhe, aber das Ungeheuer bäumte sich immer noch weiter auf. Ein gewaltiges, mit Hunderten von Fängen bestücktes Maul klaffte vor Mercenario auf, und ein einzelnes, böses Auge starrte ihn voller Bosheit und Haß an.

Plötzlich kippte der Drache in einer abrupten Bewegung zur Seite und ging in einen steilen Sturzflug über. Im gleichen Moment stieß Nan-Tays Drache in steilem Winkel auf das Ungeheuer herab. Dann löste der junge Krieger seine Armbrust aus.

Die Kraft, mit der die Sehne zurückschnellte, war so gewaltig, daß der ganze Sattel erbebte und Nan-Tay hilflos zurückgeworfen wurde. Der Pfeil schoß direkt auf das weit aufgerissene Maul der Bestie zu – und klappte jäh auseinander. Aus der klobigen Spitze schnellten zwei gebogene, messerscharf geschliffene Sicheln wie die plötzlich entfalteten Schwingen eines tödlichen Eisvogels. Was das Maul des Ungeheuers traf, das war kein Pfeil mehr, sondern eine fliegende Sense, die seinen Schädel fast zur Hälfte spaltete, ehe sie im Knochen steckenblieb. Das Ungeheuer begann heftig zu zucken und versank in einem Strudel aus Blut und brodelndem Schaum im Wasser.

Von überall her schossen dann plötzlich dunkle, langgestreckte Schatten auf das sterbende Monster zu, und nur einem Moment danach begann das Wasser unter ihnen scheinbar zu kochen.

Der Drache begann mit kraftvollen Flügelschlägen Höhe zu gewinnen, und Mercenario riß seine Aufmerksamkeit von dem schrecklichen Anblick los. Monster dieser Größe tauchten selten allein auf, sondern meistens in Begleitung ganzer Schwärme kleinerer Räuber, die sich begierig auf das stürzten, was die Giganten von ihrer Beute übrig ließen. Der Blutgeruch im Wasser mußte den Schwarm fast wahnsinnig gemacht haben. Mercenario verspürte allein bei der Vorstellung einen eisigen Schauer, daß er vor zwei Tagen mit dem Gedanken gespielt hatte, in diesem Wasser zu *schwimmen*.

Sie näherten sich wieder dem Ende der Schlucht, machten aber diesmal nicht kehrt, sondern folgten dem Labyrinth der Schluchten und Eisgletscher auf dem umgekehrten Weg, den Klostos und er vor zwei Tagen genommen hatten. Schließlich erreichten sie die Schlucht, die den Eingang des Labyrinths bildete. Mercenario sträubten sich schier die Haare, als Nan-Tay nach links abbog, direkt in den heulenden Eissturm hinein. Instinktiv begann er an den Zügeln zu zerren, um den Drachen auf einen anderen Kurs zu bringen, aber das Tier folge beharrlich Nan-Tay und seinem Drachen.

Der Sturm war noch schlimmer, als Mercenario ihn in Erinnerung hatte. Er duckte sich hinter dem Sattelaufbau so gut es ging, aber es half nicht viel. Der Wind schlug wie mit eisigen Krallen nach ihm, und es wurde mit jeder Sekunde schlimmer. Der Söldner konnte spüren, daß der weiße Drache seine letzten Kräfte mobilisierte. Trotzdem wurde er immer langsamer, während der Sturm immer mehr an Gewalt zuzunehmen schien, als versuchten die Geister dieser Berge, sie mit aller Gewalt am Entkommen zu hindern. Auf dem letzten Stück hatte Mercenario fast das Gefühl, gar nicht mehr von der Stelle zu kommen.

Als sie schließlich aus der Schlucht herauskamen, waren nicht nur Mercenario und Nan-Tay, sondern auch die beiden riesigen Tiere am Ende ihrer Kraft.

Nan-Tays Drache taumelte, und auch Mercenarios Tier schien sich nur noch mit Mühe in der Luft zu halten.

Nan-Tay gestikulierte nach unten. Der junge Krieger hatte vor, auf der Straße zu landen, die sich der Schlucht entgegenschlängelte. Sie würden dort vollkommen ohne Deckung sein, falls etwa Klostos oder die vier Krieger auftauchen sollten, von denen Nan-Tay berichtet hatte, aber die Tiere brauchten einfach eine Pause. Wenn sie den Drachen nicht wenigstens eine halbe Stunde gewährten um Kraft zu schöpfen, würden sie einen ernsten Kampf nicht mehr durchstehen.

Sie landeten dicht hintereinander auf dem schmalen Felsgrad. Die beiden Drachen kauerten sich erschöpft zusammen, und auch Mercenario rutschte mehr von Gondras Rücken, als daß er herunterstieg. Er war nicht nur vollkommen erschöpft, der eiskalte Wind hatte auch jedes bißchen Wärme aus seinem Körper gesaugt. Jeder Schritt kostete ihn Mühe; schon die Finger zu krümmen tat weh.

»Das war... das Schlimmste, was ich je erlebt habe«, sagte er keuchend. »Ich war am Schluß nicht mehr sicher, daß die Drachen es schaffen.«

»Klostos kann diesen Weg unmöglich nehmen«, antwortete Nan-Tay. »Er muß durch eine andere Schlucht fliegen. Das verschafft uns noch einmal einen Vorsprung von mindestens zwei Stunden.«

»Wie oft seid Ihr diesen Weg schon geflogen?«

»Einmal«, antwortete Nan-Tay.

Mercenario riß die Augen auf. »Einmal?« wiederholte er. »Ihr meint: einmal zuvor.«

»Ich meine einmal wie *einmal*«, antwortete Nan-Tay.

»Ihr habt das nie zuvor versucht?« vergewisserte sich Mercenario. »Das heißt, Ihr wußtet nicht einmal genau, ob die Drachen gegen den Sturm ankommen?«

»Irgendwann ist immer das erste Mal«, antwortete Nan-Tay. Er machte eine wegwerfende Geste.

»Und wenn sie es nicht geschafft hätten?«

»Hättet Ihr auch keine Gelegenheit mehr gehabt, Euch bei mir zu beschweren.« Er lachte und schien darauf zu warten, daß Mercenario in dieses Lachen einstimmte.

Aber Mercenario blieb ernst. Er hatte Mühe, seinen Ärger zu unterdrücken. Er hatte seine Meinung über Nan-Tay im Laufe der Nacht und des Morgens mehrmals überdacht, und jetzt änderte er sie ein weiteres Mal. Nan-Tay war ein Kind, dem es offensichtlich Spaß machte, mit dem Feuer zu spielen. Aber Mercenario war nicht in der Stimmung, mit dem Leben zu spielen.

»Vielleicht war es das Risiko nicht einmal wert«, sagte Mercenario. »Wir werden mehr als die gewonnene Stunde brauchen, um uns zu erholen.« Er deutete auf die Drachen. »Die Tiere sind völlig am Ende. Wenn es zum Kampf kommt, werden sie keine besondere Hilfe sein.«

»Was für ein *Kampf*?« fragte Nan-Tay herablassend.

»Sagtet Ihr nicht, daß Klostos vier Männer bei sich hat?«

»Gesindel«, antwortete Nan-Tay. »Irgendwelches Pack, das für Geld jedem die Kehle durchschneidet. Fürchtet Ihr es?«

»Ihr redet von Söldnern, wie mir?« fragte Mercenario. Nan-Tay schien für einen Moment verunsichert, wiederholte seine abfällige Handbewegung dann aber. »Ich rede von gedungenen Mördern«, sagte er. »Ich fürchte sie nicht. Mit nur vier von ihnen werden Gorak und ich zur Not allein fertig.«

Mercenario schluckte seine zornige Antwort herunter. Statt dessen ging er an Nan-Tay vorbei, näherte sich dem Drachen und musterte nachdenklich die übergroße Armbrust, die an seinem Sattel befestigt war. Jetzt, wo er einmal Zeuge ihrer Wirkung geworden war, durchschaute er das Konstruktionsprinzip sofort. Es war so simpel wie mörderisch; und auf eine Weise perfide, die ihm einen eiskalten Schauer über den Rücken laufen ließ. Wenn diese Waffe zu dem Vermächtnis der alten Welt gehörte, das Nan-Tays Brüder und Schwestern verwalteten, dann war es vielleicht gut, daß dieses Wissen zum größten Teil verlorengegangen war.

»Warum habt Ihr das Ungeheuer getötet?« fragte er, ohne sich zu Nan-Tay umzuwenden.

»Es wäre sowieso gestorben«, antwortete Nan-Tay. »Der Felsrutsch hat es eingesperrt. Es konnte nicht zurück in seine heimatlichen Gewässer und muß schon halb wahnsinnig vor Hunger gewesen sein. Macht Ihr Euch Sorgen um *Monster*?«

Mercenario bemühte sich, den höhnischen Unterton in seiner Stimme zu ignorieren. »Nein«, sagte er. »Es war überflüssig, es zu töten, das ist alles.« Er drehte sich nun doch zu Nan-Tay herum und sah ihn fest an. »Wir hätten bequem darüber hinwegfliegen können. Ich glaube, der einzige Grund war, mir die Wirkungsweise Eurer Waffe zu demonstrieren.«

»Sie auszuprobieren«, verbesserte ihn Nan-Tay.

»Ihr habt noch nie damit geschossen?«

»Doch, aber nicht auf ein lebendes Ziel. Jetzt weiß ich genau, daß ich mich auch im Kampf darauf verlassen kann.«

Mercenario schwieg ein paar Sekunden. »Ihr habt vor, sie gegen Klostos' Reiter einzusetzen?«

»Selbstverständlich.«

Mercenario deutete mit einer Kopfbewegung auf den Köcher mit den übergroßen Pfeilen. »Wenn Ihr mit dieser Waffe auf einen Drachen schießt«, sagte er ernst, »breche ich Euch den Arm.«

Nan-Tay wurde nicht einmal wirklich wütend. Er starrte Mercenario nur wortlos an, und obwohl sein Gesicht noch immer hinter dem dichten Kettengewebe des Helmes verborgen war, konnte Mercenario seine Verwirrung spüren. »Aber ... warum?«

»Weil ich es sage«, antwortete Mercenario. »So einfach ist das.«

»Nein, so einfach ist es nicht«, antwortete Nan-Tay, dessen Stimme nun doch Zorn verriet. »Ihr verlangt von mir, auf meine stärkste Waffe zu verzichten, und erklärt mir nicht einmal, warum?«

»Wenn Ihr das nicht von Euch aus versteht, dann kann ich es Euch auch nicht erklären«, antwortete Mercenario. »Es gibt Dinge, die tut man, und es gibt Dinge, die tut man nicht. Töte Klostos' Krieger, wenn du unbedingt Blut brauchst. Aber nicht die Drachen.«

»Ja, das ist logisch«, sagte Nan-Tay spöttisch.

»Es ist mir gleich, ob Ihr mich versteht oder nicht«, erwiderte Mercenario. »Ihr werdet dieses Ding nicht auf einen Drachen abschießen, habt Ihr das begriffen?«

»Ja«, antwortete Nan-Tay. »Und ich beginne zu begreifen, daß ich vielleicht fünf Feinde habe, nicht vier.«

»Wenn Ihr das glaubt, dann zieht besser Euer Schwert und versucht mich gleich hier umzubringen«, antwortete Mercenario.

Für ein paar Augenblicke sah es so aus, als würde der Krieger tatsächlich nach seiner Waffe greifen. Aber dann drehte er sich nur mit einem Ruck zur Seite und ging ein paar Schritte weit fort.

»Und noch etwas«, sagte Mercenario. Er deutete auf den Drachen. »Wenn Ihr Euch wirklich so gut mit diesen Tieren auskennt, dann macht ihm bitte klar, daß ich es vorziehen würde, wenn er auf die Befehle der Zügel reagieren würde, statt mir jeden Wunsch von den Augen abzulesen.«

Nan-Tay antwortete nicht. Er sprach überhaupt nicht mehr mit ihm, bis sie weiterflogen.

11

Sie waren zu viert, wie Nan-Tay prophezeit hatte. Aber es war kein *dahergelaufenes Gesindel,* sondern Krieger, und obwohl sie noch so weit entfernt waren, daß Mercenario sie nur als winzige Punkte vor dem Horizont erkennen konnte, wußte er sofort, daß sie es mit Männern zu tun hatten, die ihr Handwerk verstanden. Sie flogen in Kampfformation, wie auf einer Schnur gereiht, aber ein wenig in der Höhe versetzt.

Mercenario signalisiert Nan-Tay, näher heranzukommen. Nach ihrer Auseinandersetzung hätte sich Mercenario nicht einmal gewundert, hätte er die Bewegung ignoriert, aber der Wächter der unterirdischen Stadt zögerte nur einen winzigen Moment, dann lenkte er Gorak so dicht an Mercenarios Drachen heran, wie es gerade noch möglich war, ohne daß die Tiere Gefahr liefen, in der Luft zusammenzustoßen.

»Ich sehe sie!« rief er. »Aber wo ist Klostos?«

»Vielleicht haben wir ihn verpaßt«, rief Mercenario zurück. »Oder er ist noch gar nicht hier! Das spielt im Moment keine Rolle.« Er deutete in den Himmel hinauf. »Sie fliegen in Angriffsformation.«

»Dann muß Klostos schon hiergewesen sein!«

»Oder sie greifen einfach jeden an, den sie sehen!« antwortete Mercenario. »Ihr habt selbst gesagt, daß er keine lästigen Zeugen gebrauchen kann! Wir werden kämpfen müssen. Überlaßt mir den ersten. Sie sind in der Überzahl, aber wir haben eine gute

Chance! Und denkt daran, was ich Euch gesagt habe!«

Nan-Tay nickte knapp und ließ seinen Drachen wieder ein Stück zur Seite weichen, um mehr Bewegungsfreiheit zu haben. Mercenario sah ihm einen Herzschlag lang besorgt nach. Er hoffte, daß Nan-Tay im entscheidenden Augenblick nicht die Nerven verließen.

Mercenario verscheuchte den Gedanken und sah wieder zu den Angreifern hinauf. Sie waren näher gekommen, und Mercenario erkannte nun ihre Taktik: Sie versuchten, höher als Mercenario und Nan-Tay zu gelangen. Wenn sie nahe genug waren, würden sie sich blitzschnell aufteilen und versuchen, ihre Gegner aus je zwei verschiedenen Richtungen und gleichzeitig anzugreifen. Nun, was das anging, so hatte Nan-Tay eine Überraschung für sie.

Er winkte Nan-Tay zu, ihm zu folgen, dann ließ er den Drachen schnell in die Höhe steigen. Wie er erwartet hatte, vergingen nur einige Sekunden, bis die Krieger das Manöver nachzuvollziehen versuchten. Und ebenso, wie er erwartet hatte, gaben sie es nach einigen weiteren Sekunden auch wieder auf. Sie hatten sehr schnell begriffen, daß die beiden weißen Drachen ihren eigenen Tieren hoffnungslos überlegen waren.

Sie näherten sich jetzt schnell. Etwas an ihnen störte Mercenario. Er konnte nicht sagen, was. Es war nichts an ihren Bewegungen oder der Art ihres Angriffes, es waren . . .

Ihre Rüstungen.

Die Erkenntnis kam so überraschend, daß Mercenario sekundenlang wie gelähmt dasaß und die näherkommenden Gestalten fassungslos anstarrte. Die Männer trugen schwere Rüstungen aus schwarzem Eisen sowie runde, wuchtige Schilde aus dem gleichen Material und buckelige Helme. Mercenario kannte diese Art von Uniform nur zu gut.

Die vier Drachenreiter gehörten zu Karelians Räuberheer.

Er muße die Angreifer wohl ein paar Sekunden *zu* lange angestarrt haben, denn Nan-Tay hatte die Zeit genutzt, seinen Drachen noch weiter zu entfernen.

Mercenario ergriff die Zügel des weißen Drachen ein wenig fester, dann hob er noch einmal die Hand zur Schulter und ergriff den schweren Bogen, den Nan-Tay ihm gegeben hatte. Er bedauerte jetzt, keine Lanze mitgenommen zu haben – aber sie hatten damit gerechnet, einen alten Mann auf einem ebenso alten Drachen zu verfolgen und ihn schlimmstenfalls zur Landung zwingen zu müssen, und nicht, in einen Kampf mit gleich vier ernstzunehmenden Gegnern verwickelt zu werden. Nun mußten sie mit dem zurechtkommen, was sie hatten. Er legte einen Pfeil auf die Sehne und sah sich nach Nan-Tay um. Der Krieger schien zu dem gleichen Schluß gekommen zu sein wie Mercenario, auch er legte einen der überdimensionalen Pfeile auf seine Armbrust.

Der Anblick erfüllte Mercenario mit einem kalten Zorn. Er hätte sich denken müssen, daß Nan-Tay seine Warnung in den Wind schlug. Nun gut, dachte er grimmig, wenn sie den Kampf überlebten, dann würde er Nan-Tay beweisen, daß er niemals leere Drohungen aussprach. Aber er nahm sich vor, großzügig zu sein. Er würde Nan-Tay die Wahl lassen, *welchen* Arm er ihm ausrenkte.

Ihre Gegner waren mittlerweile fast auf Schußweite herangekommen, und Mercenario suchte nach einem passenden Ziel für seinen ersten Pfeil – der wahrscheinlich auch sein letzter sein würde. Im Nahkampf war der Bogen so gut wie nutzlos.

Mercenario visierte den zweiten Reiter in der Reihe an, tat aber so, als ziele er auf den ersten. Den Bruchteil einer Sekunde bevor er seinen Pfeil abschießen konnte, feuerte Nan-Tay seine Waffe ab. Das Geschoß raste auf den vordersten Drachenreiter zu, faltete sich zu einer tödlichen Sichel auseinander und verfehlte den Kopf des Drachen um eine Handbreit.

Aber er traf sein Ziel.

Der Krieger begriff wahrscheinlich nicht einmal, was ihn tötete. Das mörderische Geschoß zerfetzte seine Rüstung wie dünnes Papier und zerschnitt ihn einfach in zwei Teile. Die Wirkung auf die drei anderen Krieger war beinahe ebenso verheerend. Es waren Männer, die den Tod kannten und ihn jederzeit erwarteten, aber die Art und Weise, auf die ihr Kamerad getötet worden war, mußte einen Schock für sie bedeuten. Und er hielt lange genug an, Mercenario auf Schußweite herankommen zu lassen.

Sein Pfeil traf den Brustpanzer des zweiten Kriegers und durchschlug ihn. Der Mann wurde rücklings aus dem Sattel geschleudert und stürzte schreiend in die Tiefe. Sein Drache bäumte sich erschrocken auf und schoß so plötzlich in die Höhe, daß er beinahe mit Mercenarios Tier kollidiert wäre.

Im letzten Moment warf sich Gondra zur Seite und wich ihm aus. Mercenario wäre durch den plötzlichen Ruck beinahe aus dem Sattel geschleudert worden. Er klammerte sich fest, verlor aber seinen Bogen.

Als er die Kontrolle über den Drachen zurückgewonnen hatte, sah er, daß die beiden überlebenden Räuber nun ihrerseits zum Angriff übergingen. Einer stürzte auf Nan-Tay herab, der mit hektischen Bewegungen versuchte, seine Armbrust nachzuladen. Der zweite zwang sein Tier in ein kompliziertes Flugmanöver, dessen Sinn Mercenario nicht ganz klar war. Er wartete auch nicht lange genug, um ihn herauszufinden, sondern riß den Drachen in einer engen Kehre herum und direkt auf seinen Gegner zu. Er war praktisch waffenlos, während der andere einen Speer in der Hand hielt – aber der Kerl hatte anscheinend noch nie davon gehört, daß auch ein Drache eine tödliche Waffe war.

Er bekam es zu spüren.

Gondra strich so dicht über das viel kleinere Tier des Mannes hinweg, daß dessen Drache mit einem erschrockenen Kreischen nach unten wegsackte. Die Flügelspitze des riesigen weißen Drachen streifte den Räuber, und obwohl die Berührung kaum mehr als ein Hauch war, reichte sie trotzdem aus, den Mann beinahe aus dem Sattel zu schleudern.

Mercenario zwang den Drachen in eine neuerliche, enge Kurve und blickte sich dabei nach Nan-Tay um. Was er sah, ließ ihn erschrocken zusammenfahren.

Es war Nan-Tay nicht gelungen, seine Waffe nachzuladen. Dafür war der Angriff seines Gegners um so erfolgreicher gewesen. Nan-Tays Drache taumelte. Aus seinem Hals ragte der zersplitterte Stumpf des Speeres, den der Angreifer nach ihm geschleudert hatte.

Mercenario verlor ein paar Sekunden, in denen er überlegte, ob er Nan-Tay helfen oder den letzten Räuber verfolgen sollte. Schließlich entschied er sich. Der Bursche durfte auf keinen Fall entkommen. Er war verletzt, also würde es nicht allzu lange dauern, ihn einzuholen und zu stellen. Mercenario sah noch einmal zu Nan-Tay herab und stellte fest, daß der junge Krieger im Begriff war, seinen Drachen auf ein kleines Felsplateau in der Nähe zuzusteuern. Am Boden hatte er immer noch eine bessere Chance als auf einem verletzten Drachen in der Luft. Er ließ Gondra eine enge Schleife fliegen und mit kraftvollen Flügelschlägen hinter dem fliehenden Drachen herrasen.

Sie holten rasch auf, aber auch der Räuber schien eingesehen zu haben, daß er in der Luft keine Chance hatte. Sein Drache steuerte eine schmale Schlucht eine halbe Meile entfernt an, und so schnell Gondra auch war – er würde sie erreichen, ehe Mercenario ihn eingeholt hatte.

Mercenario trieb Gondra noch einmal zu größerer Schnelligkeit an. Vielleicht hätte er den Banditen tatsächlich eingeholt, aber die Schlucht war einfach zu schmal für den weißen Giganten. So ließ Mercenario den Drachen auf einem schmalen Felsvorsprung landen, sprang aus dem Sattel und zog in der gleichen Sekunde sein Schwert. Einen Augenblick später duckte er sich erschrocken, denn die Felsspalte spie den Drachen bereits wieder aus. Sein Sattel war leer.

Vorsichtig näherte sich Mercenario dem Eingang der Schlucht. Der Räuber war bis vor die Felswand zurückgewichen. In der linken Hand hielt er einen zerbrochenen Speer, und seine verkrampfte Haltung und sein Gesichtsausdruck verrieten, daß er Schmerzen hatte und verletzt war. Außerdem schien er halb verrückt vor Angst zu sein.

Mercenario näherte sich ihm nur langsam und mit äußerster Vorsicht. Er hatte schon zu viele böse Überraschungen mit Karelians Räubersoldaten erlebt, um der resignierenden Haltung des Mannes völlig zu glauben.

»Du hast die Wahl«, sagte er, nachdem er sich ihm bis auf zwei Schritte genähert hatte. »Du kannst vernünftig sein und weiterleben oder den Helden spielen und sterben.«

Der Mann reagierte nicht, sondern blickte ihn nur voller Furcht an, so daß Mercenario sein Schwert hob und die Spitze gegen seinen Hals setzte, um seinen Worten Nachdruck zu verleihen. Der Mann schluckte ein paarmal. Sein zerbrochener Speer fiel klappernd zu Boden.

»Ich wußte, daß du vernünftig bist«, sagte Mercenario lächelnd. »Und jetzt werden wir uns ein bißchen unterhalten.«

»Von mir erfährst du kein Wort«, antwortete der Räuber trotzig.

»Oh, ich denke schon.« Mercenario lächelte so freundlich, wie er konnte, und verstärkte den Druck auf die Schwertklinge, daß es weh tun mußte.

»Du . . . du tust das nicht«, sagte der andere nervös. »Ich kenne dich, El Mercenario. Du bringst keinen unbewaffneten Mann um.« Aber er klang nicht so, als wäre er von seinen eigenen Worten überzeugt.

Mercenario seufzte. Er verstärkte den Druck seiner Schwertklinge noch weiter. Ein einzelner Blutstropfen erschien auf dem Hals des Mannes. »Manchmal ist es ganz schön lästig, einen gewissen Ruf zu genießen«, sagte er. »Aber du hast recht – ich bringe wirklich keinen unbewaffneten Mann um. Allerdings könnte es sein, daß du dir *wünschst*, ich würde es tun, sobald ich mit dir fertig bin.«

Der Räuber schluckte abermals. »Das tust du nicht«, sagte er schließlich.

Mercenario antwortete gar nicht. Er belehrte ihn eines Besseren.

Der Mann stöhnte vor Schmerz, preßte die Hand

gegen die fingerlange Schnittwunde an der rechten Seite seines Halses und preßte sich gegen die Felswand. Ein Netz aus kalten, glitzernden Schweißtröpfchen erschien auf seiner Stirn.

»Also?« fragte Mercenario. Er hatte nicht viel Zeit. Nan-Tay war mit dem vierten Banditen beschäftigt, und es stand zu befürchten, daß er nicht mit ihm fertig wurde. »Ich möchte ein paar Antworten von dir. Was bezahlt euch Klostos, damit ihr ihm alle lästigen Zeugen vom Hals schafft? Bestimmt nicht genug, um dafür zu sterben.«

»Klostos? Ich verstehe gar nicht, wovon ...«

Der Mann brach mit einem Schmerzlaut ab, als Mercenario ihm eine weitere Schnittwunde am Hals beibrachte.

»Er hat uns befohlen, jeden zu töten, der aus den Bergen kommt«, sagte der Krieger mit zusammengepreßten Zähnen.

»Warum?«

»Das weiß ich nicht«, antwortete der Räuber hastig.

»Was hat Klostos mit eurem Herrn zu schaffen?« fragte Mercenario. »Arbeitet er für Karelian? Oder Karelian für Klostos?«

Der Mann starrte ihn an und schwieg, aber Mercenario las in seinen Augen, daß er der Wahrheit ziemlich nahe gekommen sein mußte. »Wir sollten euch unschädlich machen«, sagte er verstockt. »Mehr weiß ich nicht.« Nervös fuhr er sich mit der Zungenspitze über die Lippen und fuhr fort: »Wir sollten darauf achten, die Rüstung nicht zu beschädigen. Wer sie zurückgibt, bekommt eine Belohnung.«

»Von Klostos?«

Der Mann nickte. »Ja. Die Rüstung und die weißen Drachen. Aber die Rüstung schien ihm wichtiger. Vor den Drachen hat er uns gewarnt.«

»Er kommt hierher, um nachzusehen, ob ihr uns wirklich erledigt habt?« fragte Mercenario. »Und um seine Beute abzuholen?«

Er mußte abermals nachhelfen, damit der Mann antwortete, aber wenigstens war er danach sicher, daß der Bursche auch tatsächlich die Wahrheit sagte. »Nein. Er war nur kurze Zeit hier, bevor du und der andere kamt. Wir ... sollten uns mit ihm treffen.«

»In seiner Burg?«

»In Harumal. Er wollte direkt nach Harumal fliegen.«

»Nach Harumal?« Mercenario war verwirrt. Für einen Moment hatte er das Gefühl, auf ein in zahllose Teile zerbrochenes Bild herabzublicken, ein Bild, dessen Teile er allesamt kannte, das er aber einfach nicht richtig zusammenzusetzen imstande war. Dies alles *ergab* einen Sinn, aber er wußte noch nicht, welchen.

»Mehr weiß ich nicht«, fuhr der Bursche fort. »Und mehr erfährst du auch nicht von mir, und wenn du mich zu Tode folterst. Ein Ausdruck von angsterfülltem Trotz trat in seine Augen. »Meinetwegen bring mich um, wenn du willst, aber ...«

Mercenario schlug ihm den Schwertknauf vor die Stirn. Der Mann brach wie vom Blitz getroffen zusammen. Er war nicht tot, aber er würde etliche Stunden bewußtlos bleiben und mit den gewaltigsten Kopfschmerzen seines Lebens wieder aufwachen. Sicherheitshalber fesselte Mercenario ihn, dann drehte er sich rasch herum und ging zum Eingang der Schlucht zurück, wo Gondra auf ihn wartete. Rasch sprang er auf den Rücken des weißen Drachen, ließ ihn aufsteigen und flog zu dem Felsplateau zurück, auf dem Nan-Tay gelandet war.

Der Kampf war vorbei, soweit es überhaupt einen

Kampf gegeben hatte. Der braune Drache des Räubers war verschwunden, und seine Leiche lag am Rande des Plateaus. Nan-Tay hatte es offensichtlich doch noch geschafft, seine Waffe nachzuladen.

Der junge Krieger selbst hockte neben seinem verwundeten Drachen und streichelte mit der rechten Hand seinen Hals. Sein linker Arm hing schlaff und nutzlos herab, er war verwundet, vielleicht sogar gebrochen. Nan-Tay sah nicht einmal auf, als Mercenario landete und mit einer ungeduldigen Bewegung von Gondras Rücken sprang. Er hatte den Helm abgenommen, und Mercenario sah, daß er schulterlanges, dunkelbraunes Haar hatte.

»Was ist passiert?« fragte er, während er sich dem jungen Krieger und seinem verwundeten Tier mit schnellen Schritten näherte. »Was ist mit Eurem Arm? Ihr . . .«

Mercenario brach verblüfft ab, als Nan-Tay den Kopf hob und er in sein Gesicht blickte. Die gepanzerte Gestalt, die vor ihm am Boden hockte, war niemand anderes als das dunkelhaarige Mädchen, das er nach seinem ersten Erwachen in der Stadt unter dem Eis getroffen hatte.

»Du?« murmelte er überrascht. Plötzlich verstand er eine ganze Reihe von Dingen sehr viel besser als noch vor wenigen Augenblicken.

»Er ist verletzt«, sagte Nan-Tay. Ihre Stimme zitterte, und Mercenario sah, daß sie offensichtlich nur noch mit Mühe die Tränen zurückhielt. »Er ist verwundet. Er wird vielleicht sterben, und . . . und es ist meine Schuld.«

»Unsinn«, sagte Mercenario, aber Nan-Tay fuhr fort:

»Er hat mir vertraut. Aber ich habe versagt. Ich habe nicht aufgepaßt. Wenn er stirbt, ist es meine Schuld.«

»So schnell stirbt ein Drache nicht«, sagte Mercenario. Er kniete neben Nan-Tay nieder und besah sich die Verletzung des Drachen genauer. Nan-Tay hatte den Speer herausgezogen, und die Wunde hörte bereits auf zu bluten. Sie war sehr tief und alles andere als ungefährlich, aber der Drache war auch ein gewaltiges Tier.

»Er wird es überleben«, sagte er noch einmal. »Aber kämpfen kann er damit nicht. Du mußt ihn zurückbringen.« Er wies mit einer Kopfbewegung auf Nan-Tays Arm. »Was ist mit dir? Ist er gebrochen?«

»Ich glaube nicht«, antwortete Nan-Tay. Sie hob automatisch die unverletzte Hand, die rot vom Blut des Drachen war, und berührte ihre Schulter. Einen Augenblick später sog sie hörbar die Luft zwischen den Zähnen ein. »Ein Bruch tut weniger weh – glaube ich. Warum fragst du? Willst du dein Versprechen wahr machen?«

Trotz der Schmerzen, die ihr die Bewegung bereiten mußte, streckte sie ihm trotzig den Arm entgegen. »Bitte, bediene dich.«

»Was ist passiert?« fragte Mercenario. »Bist du aus dem Sattel gestürzt?«

Nan-Tay schüttelte den Kopf. »Die Waffe«, sagte sie mit zusammengebissenen Zähnen. »Ihr Rückschlag war heftiger, als ich erwartet habe.« Mercenario sah zu Goraks Sattel auf und stellte fest, daß sich die monströse Armbrust nicht mehr an ihrem Platz befand. Die Waffe lag ein paar Meter entfernt zwischen den Felsen. Nan-Tay muße sie heruntergenommen haben, nachdem der Drache abgestürzt war, um wie mit einer normalen Armbrust auf ihren Gegner zu schießen. Es war ihr gelungen, aber der Rückschlag der gewaltigen Waffe mußte ihre Schulter getroffen haben wie der Fußtritt eines Drachen.

Wahrscheinlich hatte sie einzig die Rüstung vor einer wirklich *schweren* Verletzung bewahrt.

»Zieh den Brustpanzer aus«, sagte Mercenario.

Nan-Tay sah ihn mißtrauisch an, und Mercenario machte eine ärgerliche Geste, die ihrer Entgegnung zuvor kam. »Ich will mir deine Schulter ansehen, also stell dich nicht an. Gestern morgen warst du nicht so zimperlich.«

Nan-Tay gehorchte, wenn auch mit unübersehbarem Widerwillen. Mercenario half ihr, den schweren Panzer und das Kettenhemd, das sie darunter trug, abzulegen. Mit den eisernen Rüstungsteilen schien sie zugleich jede Ähnlichkeit mit einem Krieger zu verlieren. Sie sah plötzlich einfach nur noch aus wie ein Mädchen, das in die Kleider eines Erwachsenen geschlüpft war. Der Schmerz in ihrem Blick ließ sie älter erscheinen, als sie war, gab ihrem Gesicht aber auch gleichzeitig etwas sonderbar Verwundbares, das sofort Mercenarios Beschützerinstinkte weckte.

Und sie war tatsächlich sehr hübsch – auf eine Weise, die ...

Mercenario verscheuchte den Gedanken beinahe erschrocken, rief sich selbst zur Ordnung und tastete mit geübten Bewegungen Nan-Tays Arm und Schulter ab. Sie versteifte sich unter seiner Berührung, und ein paarmal sog sie schmerzhaft die Luft ein. Aber sie hielt tapfer still, bis Mercenario fertig war.

»Du hast recht«, sagte er. »Es ist nichts gebrochen. Aber freu dich nicht zu früh. Du hast eine gewaltige Prellung. Morgen wirst du den Arm und die Schulter nicht mehr bewegen können, ohne vor Schmerzen zu schreien.«

»Das werden wir sehen«, antwortete Nan-Tay trotzig. Sie funkelte ihn an und versuchte, wieder in Kettenhemd und Harnisch zu schlüpfen. Mercenario wollte ihr dabei helfen, überlegte es sich dann aber anders und ließ es bleiben. Wie er erwartet hatte, gab Nan-Tay ihren Versuch nach einer Weile auf und blickte ihn noch zorniger an.

»Warum hast du es mir nicht gesagt?« fragte Mercenario.

»Was?«

»Wer du bist«, erklärte Mercenario. »Daß *du* Nan-Tay bist.«

»Hätte das etwas geändert?«

»Eine Menge«, antwortete Mercenario. »Du wärst zum Beispiel jetzt nicht hier.«

»Das dachte ich mir«, sagte Nan-Tay. »Und genau aus diesem Grund wußtest du es nicht. Ich ahne, daß du es als unter deiner Würde betrachtest, an der Seite einer Frau zu kämpfen.«

»Zwei meiner besten Lehrer waren Frauen«, sagte Mercenario ungerührt. »Aber keine *Mädchen*.«

»So?« Nan-Tay schürzte die Lippen. Sie versuchte, abfällig zu klingen, aber es wirkte einfach nur trotzig. »Sobald ich meinen Arm wieder bewegen kann, werden wir herausfinden, ob das wirklich ein solcher Unterschied ist. Auch ich hatte gute Lehrmeister.«

»Das bezweifle ich nicht«, antwortete Mercenario. Er gab sich ganz bewußt Mühe, weder überheblich noch spöttisch zu klingen. »Aber du hast noch nie wirklich gekämpft, nicht wahr?«

Nan-Tay schwieg.

»Du hast die Hälfte deines Lebens damit verbracht, dich mit allen vorstellbaren Waffen vertraut zu machen, mit deinen Lehrern zu kämpfen, das Fliegen zu lernen . . .« Er zuckte mit den Schultern. »Ich zweifle nicht daran, daß du gut bis, Nan-Tay. Aber das hier war dein erster wirklicher Kampf, nicht wahr?«

»Immerhin habe ich zwei von ihnen erledigt, oder nicht?« fragte sie trotzig.

»Und wärst beinahe selbst getötet worden«, fügte Mercenario hinzu. »Du bist verletzt, und dein Drache auch. Außerdem haben sich die Dinge geändert.«

»Wieso?« fragte Nan-Tay.

»Weil wir dachten, es ginge nur darum, einen alten Mann zu verfolgen«, antwortete er. »Aber darum geht es nicht mehr. Wir haben es jetzt mit einer ganzen Armee ebenbürtiger Gegner zu tun. Klostos ist bereits auf dem Flug nach Harumal. Ich werde ihn verfolgen, aber es würde mich nicht wundern, wenn unterwegs noch mehr von diesen Burschen auf uns warten.«

»Und dabei wäre ich dir im Weg, wie?«

»Das spielt gar keine Rolle«, sagte Mercenario. Er hatte nicht vor, sich von Nan-Tay aus der Ruhe bringen zu lassen oder sich gar mit ihr zu streiten. »Wie die Dinge liegen, hat es wenig Sinn, wenn wir uns streiten.« Er blickte nachdenklich in Goraks riesiges Drachengesicht hoch. »Glaubst du, daß er es trotz seiner Verletzung zurückschafft?«

»Ich denke schon«, antwortete Nan-Tay.

»Dann helfe ich dir jetzt, dich anzuziehen, und ihr brecht auf der Stelle auf«, sagte Mercenario. »Klostos hat schon mehr als eine Stunde Vorsprung. Ich muß mich beeilen, wenn ich ihn einholen will, bevor er sich irgendwo verkriecht.«

»Wir«, verbesserte ihn Nan-Tay.

»Ganz bestimmt nicht.«

»Ganz bestimmt doch«, sagte Nan-Tay stur. »Es ist wichtiger denn je, die Formel zurückzuholen. Ich habe geschworen, es zu tun, und ich werde diesen Schwur halten.«

Und vielleicht hatte sie sogar recht, dachte Mercenario. Sogar mehr, als sie selbst ahnen mochte. Wenn Klostos tatsächlich gemeinsame Sache mit Karelian und seinem Räuberheer machte, dann war es nur um so wichtiger, ihm die Formel wieder abzujagen; auch wenn Mercenario immer noch keine Vorstellung davon hatte, um was für eine Formel es sich überhaupt handeln mochte.

»Harumal, sagst du?« Nan-Tay schien sein Schweigen gründlich mißverstanden zu haben. »Ich weiß, wo diese Stadt liegt. Bis wir sie erreichen, ist meine Schulter wieder geheilt. Gorak findet den Weg nach Hause auch allein. Mein Gewicht würde ihn nur behindern.«

Es fiel Mercenario schwer, seinen Ärger im Zaum zu halten. »Ich werde mich nicht mit dir streiten«, sagte er.

»Das ist gut«, sagte Nan-Tay. »Auf diese Weise gewinnen wir Zeit.«

»Ich nehme dich nicht mit, so einfach ist das«, fuhr Mercenario fort. »Ich streite mich nicht mit dir. Meinetwegen versuch mich auf einem verwundeten Tier zu verfolgen, wenn es dir Spaß macht. Ich nehme keine Rücksicht, damit du es nur weißt.«

Er stand auf, drehte sich mit einem zornigen Ruck herum und ging zurück zu Gondra. Er war tatsächlich entschlossen, auf der Stelle loszufliegen. Selbst wenn Nan-Tay so verrückt wäre, ihm zu folgen, würde sie bald aufgeben und kehrt machen.

Unglücklicherweise schien der Drache anderer Meinung zu sein.

Gondra drehte den Kopf, blickte ihn eine Sekunde lang aus ihren riesigen, klugen Augen an – und stieß ein drohendes Zischen aus, das Mercenario erschrocken mitten im Schritt innehalten ließ.

»Vielleicht solltest du dir deinen Entschluß noch

einmal überlegen, großer Krieger«, sagte Nan-Tay hinter ihm.

Mercenario drehte sich zornig zu ihr herum. »Was soll der Unsinn?« fragte er.

»Ich überlege nur, ob du vielleicht recht hast, und es besser ist, wenn nur einer von uns Klostos verfolgt«, sagte Nan-Tay.

»Nan-Tay, du ...«

»Auch ich werde mich nicht mit dir streiten, Mercenario«, unterbrach ihn das Mädchen lächelnd. »Aber ich bin großzügiger als du. Ich lasse dir die Wahl, mich zu begleiten.«

»Nan-Tay, sei vernünftig!« sagte Mercenario beschwörend. »Selbst wenn du diesen Drachen dazu bringst, mir nicht zu gehorchen ...«

»... gehst du zu Fuß nach Harumal?« unterbrach ihn Nan-Tay spöttisch. Sie stand auf. »Das wirst du müssen. Gondra gehorcht dir nicht. Selbst wenn du mich umbringst, würde sie es nicht tun. Und die Drachen dieses Gesindels sind fort. Sie werden so schnell auch nicht wiederkommen. Sie fürchten die Weißen, weißt du das nicht?«

»Das ist doch Wahnsinn«, sagte Mercenario.

»Nein«, antwortete Nan-Tay beinahe fröhlich. »Das ist die Wahrheit. Also – wie entscheidest du dich?«

12

Die Reise zurück nach Harumal dauerte zehn Tage. Trotz des Umstandes, daß sie nun zwei Reiter tragen mußte, hätte Gondra die Strecke vermutlich in der Hälfte der Zeit zurücklegen können, aber Mercenario wagte es nicht, tagsüber zu fliegen; der riesige weiße Drache hätte zu viel Aufsehen erregt, und Aufsehen war das, was Mercenario und Nan-Tay im Moment am allerwenigsten gebrauchen konnten. Aus dem gleichen Grund waren sie überdies gezwungen, immer mehr Umwege in Kauf zu nehmen, um Städte und kleinere Ansiedlungen zu meiden.

Mercenario und das Mädchen begruben ihren Streit schon am zweiten Tag. Nan-Tays Schulter heilte überraschend schnell, und nachdem sie ihren Groll einmal begraben hatten, wurde Mercenario nicht müde, dem Mädchen Fragen über sein Leben in der Eisstadt zu stellen, und Nan-Tay fragte ihn über die Welt außerhalb ihres selbstgewählten Gefängnisses aus.

Mercenario erfuhr, daß es sich bei der Stadt unter dem Eis tatsächlich um die Hinterlassenschaft eines uralten Volkes handelte, das Zomar beherrscht hatte, lange bevor seine heutigen Herrscher erschienen. Vor Jahrhunderten hatten die Vorfahren der orangerot gekleideten Mönche diesen Ort durch einen Zufall gefunden, die einzige von Hunderten uralter, verlassener Ruinenstädte, die nicht leer und nur von Dunkelheit und Staub erfüllt war. »Die Mönche begriffen, daß die Welt noch nicht reif für das Vermächtnis des alten Volkes war. Sie waren nur einfache Bauern, aber vielleicht erkannten sie gerade deshalb die Gefahr, die in den Bibliotheken und Kellern der Stadt schlummerten.« Nan-Tay lehnte sich zurück und bettete ihren Kopf an der rauhen Wand der Höhle, in der sie Zuflucht vor dem Tageslicht gesucht hatten. Sie hatten geschlafen, aber es mußten noch mindestens drei oder vier Stunden sein, bis die Sonne unterging.

»Gefahr?« fragte Mercenario. »Von welcher Gefahr sprichst du?«

»Wissen«, antwortete Nan-Tay. Sie sah ihn auf eine Weise an, die Mercenario schaudern ließ. »Die schlimmste und gefährlichste aller Waffen. In der Stadt unter dem Eis ist das gesamte Wissen des alten Volkes aufgezeichnet. Wir verstehen nur sehr wenig von dem, was sie uns hinterlassen haben, doch schon das ist furchtbar genug.« Ein Schauer von Furcht rieselte über ihren Körper, der nicht gespielt war, und Mercenario hatte plötzlich das Bedürfnis, sie in den Arm zu nehmen und schützend an sich zu drücken. Er widerstand dem Gefühl. Er mochte Nan-Tay. Während der letzten zehn Tage hatte er nicht nur seine Abneigung gegen sie überwunden, sondern eine immer stärkere Sympathie für sie entwickelt.

»Ihre Macht muß unvorstellbar gewesen sein«, fuhr Nan-Tay nach einer Weile fort. »Unser Meister versteht viel mehr davon als ich, aber ich habe genug erfahren, um mich davor zu fürchten, Mercenario. Die Geheimnisse, über die wir wachen, sind vielleicht in der Lage, ganz Zomar zu verändern.«

»Vielleicht haben sie es schon getan«, murmelte Mercenario. Er dachte an die Welt unter den Wolken und dann an den Schwarzen Schatten, dessen Berührung er gespürt hatte, und plötzlich verspürte er auch einen eisigen Schauer.

Nan-Tay sah ihn fragend an, aber Mercenario ignorierte ihren Blick und fragte statt dessen: »Wurdest du dort geboren?«

»In der Stadt unter dem Eis?« Nan-Tay schüttelte den Kopf. »Nein. Mein Vater war ein Krieger wie du. Ich habe ihn nie kennengelernt, aber unser Meister hat viel von ihm erzählt. Er war einer der wenigen außerhalb der Eisstadt, der von ihrer Existenz wußte und das Vertrauen seiner Bewohner genoß.«

»Was geschah mit ihm?« fragte Mercenario.

»Er wurde getötet«, antwortete Nan-Tay. »Zusammen mit meiner Mutter. Ich war gerade zwei Jahre alt, als es geschah, und erinnere mich nicht daran. Aber die Menschen der Eisstadt nahmen mich auf und machten mich zu dem, was ich bin.«

»Nan-Tay, die Kriegerin?«

»Nan-Tay, der Wächter«, verbesserte ihn Nan-Tay. »Keinem Mitglied des Ordens ist es gestattet, eine Waffe zu tragen.«

Mercenario sah sie zweifelnd an. Er dachte an die drei Männer, die ihn mit ihren Bögen bedroht hatten.

Ein Schatten huschte über Nan-Tays Gesicht, als er die Erinnerung in Worte faßte. »Sie hätten dich getötet. Mercenario«, sagte sie ernst. »Aber sie hätten einen hohen Preis dafür bezahlt. Kein Bruder, der das Blut eines Menschen vergossen hat, darf in der Stadt bleiben.«

»Gilt das auch für dich?«

»Ich bin der Wächter«, antwortete Nan-Tay mit großen Ernst. »Ich bin nicht das Mädchen, das du in deinem Zimmer getroffen hast, oder im Gemach unseres Meisters.«

Mercenario glaubte zu verstehen, was sie meinte. Er erinnerte sich wieder daran, daß der alte Mann das Mädchen eigens hinausgeschickt hatte, damit sie in der Kleidung eines Kriegers zurückkam und seine Befehle entgegennahm. Aber vielleicht war das, was er bis jetzt für ein Zeremoniell gehalten hatte, in Wahrheit viel mehr gewesen.

»Und es gibt nur dich«, vermutete er.

»Es gibt immer nur einen Wächter«, bestätigte Nan-Tay. »Vor mir gab es einen anderen, und nach mir wird ein anderer kommen.«

Mercenario seufzte. »Euer Meister macht es sich ein bißchen leicht, nicht wahr?« sagte er.

Zum ersten Mal seit Tagen sah er wieder so etwas wie Zorn in Nan-Tays Augen aufblitzen. Sie hatte genau verstanden, was er mit diesen Worten sagen wollte, und dafür gab es im Grunde nur eine Erklärung: Die Überlegung, die dahinterstand, war ihr nicht unbedingt fremd.

»Sie brauchen jemanden, der sie schützt«, sagte sie leise. »Du hast sie erlebt, Mercenario. Sie sind ... verwundbar. Sie wären dem Zomar, von dem du mir erzählt hast, nicht gewachsen.« Ganz plötzlich sagte sie ›sie‹, nicht mehr ›wir‹. Mercenario registrierte es sehr wohl, zog es aber vor, im Moment darauf nicht einzugehen.

»Sie haben der Gewalt und dem Töten abgeschworen ...«

»... und sich statt dessen jemanden zugelegt, der ihnen diese schmutzige Arbeit abnimmt«, fiel ihr Mercenario ins Wort. »Wie bequem.« Er bedauerte seine eigenen Worte bereits im gleichen Moment, in dem er sie aussprach. Er hatte das gar nicht sagen wollen, aber Nan-Tay wirkte nicht zornig, sondern allenfalls ein wenig verletzt.

»Jetzt sprichst du in einem Ton, daß man meinen könnte, du redest über Klostos«, sagte sie.

»Entschuldige«, sagte Mercenario, und er meinte es ehrlich. Die Worte taten ihm wirklich leid.

»Vielleicht hast du sogar recht«, sagte Nan-Tay plötzlich. Mercenario sah sie überrascht an, und das braunhaarige Mädchen fuhr leise und mit in die Ferne gerichtetem Blick fort: »Der Meister hat es nie gesagt, aber ich glaube, tief im Grund seines Herzens leidet er unter dem Umstand, daß es den Wächter gibt. Er verabscheut Gewalt wie nichts anderes auf der Welt.«

»Warum gibt es dich dann?« fragte Mercenario. »Ich meine nicht das Mädchen, das ich kennengelernt habe, sondern den Krieger?«

»Vielleicht, weil es ihn immer gegeben hat«, antwortete Nan-Tay. Sie lächelte, dann wurde sie plötzlich wieder ernst, sah ihn durchdringend an, und schließlich sagte sie etwas, das Mercenario zuallerletzt von ihr zu hören erwartet hatte: »Sie hätten mich getötet, Mercenario. Ohne deine Hilfe hätte ich den Kampf gegen Klostos' Männer nicht überlebt. Ich glaube, ich bin kein sehr guter Krieger.«

»Unsinn«, widersprach Mercenario. »Die vier waren verdammt gut. Auch ich bin nicht sicher, daß ich allein mit ihnen fertig geworden wäre. Sie waren immerhin zu *viert*, also was erwartest du?«

»Ich wurde dazu ausgebildet, meine Brüder zu beschützen, gegen jede Bedrohung und jeden Feind. Und ich begreife allmählich, daß ich das nicht kann.«

»Niemand kann das«, sagte Mercenario. »Niemand ist unbesiegbar, Nan-Tay. Du kannst dein Leben lang mit Schwert und Lanze üben, und du wirst doch am Ende jemanden finden, der besser ist.«

»Das sagst du nur ...«

»Weil es die Wahrheit ist«, unterbrach sie Mercenario. »Außerdem käme diese Erkenntnis ein wenig spät.« Was nicht unbedingt der Wahrheit entsprach. Sie würden Harumal heute abend erreichen. Aber Mercenario hatte nicht vor, Nan-Tay mitzunehmen. Und das nicht nur, weil sie eine Frau war. Es war längst eine Sache zwischen Klostos und ihm geworden, mit der Nan-Tay nichts zu tun hatte. Ihm war zwar noch keine überzeugende Erklärung eingefallen, aber er war entschlossen, allein nach Harumal zu gehen.

»Du bist sehr... freundlich«, sagte Nan-Tay nach einer Weile. »Ist das nur so, weil ich dir leid tue, oder gibt es... gibt es noch einen anderen Grund?«

Mercenario sah sie schweigend an. Wäre die Situation nur ein wenig anders gewesen, dachte er. Hätte das Schicksal ihnen doch nur eine winzige Chance gegeben...

Aber so sagte er nur: »Weil es die Wahrheit ist, wenn du ein Krieger sein willst, dann gehört es auch dazu, zu wissen, daß niemand unbesiegbar ist. Man selbst am allerwenigsten.«

Etwas in Nan-Tays Blick erlosch. Vielleicht hätte er es mit einem einzigen Wort, vielleicht nur einer Geste zurückholen können. Aber er drehte sich mit einem plötzlichen Ruck herum und ging zum Eingang der Höhle. Er verspürte einen sonderbar ziellosen Zorn. Nan-Tay war seit langer Zeit der erste Mensch, der ihm wirklich etwas bedeutete. Es war einfach nicht fair.

»Wir werden die Stadt heute abend erreichen, nicht wahr?« fragte Nan-Tay.

Mercenario nickte, ohne sich herumzudrehen.

»Hast du schon einen Plan, wie du Klostos ausfindig machen wirst?« fuhr Nan-Tay fort.

»Nein«, gestand Mercenario. »Aber das dürfte nicht sehr schwer sein. Ein Mann wie Klostos kann sich nicht einmal in Harumal lange verstecken. Außerdem gibt es vielleicht jemanden, der mir hilft.«

»Du hast Freunde in Harumal?« Er hörte, wie Nan-Tay aufstand und neben ihn trat.

»Nicht unbedingt Freunde. Aber zumindest einen Menschen, der nicht mein Feind ist. Manchmal ist das mehr wert.« Er trat noch einen Schritt weiter vor und ließ seinen Blick über die Ebene schweifen. Er wußte nicht genau, wo sie sich befanden, aber sie hatten die Berge noch nicht ganz hinter sich gelassen. Die Gegend kam ihm vage bekannt vor – auch wenn er wußte, wie trügerisch dieser Eindruck sein mochte. Er war nur ein einziges Mal hiergewesen. Und doch ...

»Worüber denkst du nach?« fragte Nan-Tay. »Über einen Weg, dich bequem von mir zu trennen?«

Mercenario drehte sich überrascht zu ihr herum, aber Nan-Tay hob rasch die Hand und fuhr in leisem und sehr ernstem Ton fort: »Du hattest nie vor, mich mitzunehmen, gib es zu.«

»Ich habe es nie geleugnet«, erinnerte sie Mercenario. »Außerdem wäre es einfach klüger, wenn du nicht mit in die Stadt kämest. Harumal ist ein ziemlich übler Ort. Und es könnte sein, daß ich jemanden brauche, der meinen Rückzug deckt.« Diesmal unterbrach er sie, als sie widersprechen wollte. »Es ist noch Zeit genug, uns darüber zu streiten. Laß uns noch ein wenig schlafen. Heute nacht werden wir jedes bißchen Kraft brauchen.«

»Ich bin nicht müde«, sagte Nan-Tay.

»Aber du wirst es vielleicht werden«, erwiderte Mercenario, »in einem Moment, in dem du es ganz und gar nicht gebrauchen kannst.« Er deutete auf das

einfache Lager, auf dem sie den größten Teil des Tages zugebracht hatten. »Versuche es. Ich werde mich draußen ein wenig umsehen. Keine Sorge«, fügte er mit einem nicht ganz gelungenen Lächeln hinzu. »Ich habe nicht vor, mich fortzuschleichen und nach Harumal zu laufen. Der Weg wäre ein bißchen weit. Ich will ... einfach ein wenig allein sein.«

Nan-Tays Blick machte ihm klar, daß sie ihm kein Wort glaubte. Aber auf der anderen Seite wußte sie auch, daß er recht hatte: Zu Fuß würde er Harumal selbst bis zum nächsten Morgen nicht erreichen. Und selbst, wenn er verrückt genug wäre, es zu versuchen, würde sie ihn auf Gondras Rücken eingeholt haben, ehe er auch nur einen Bruchteil der Strecke hinter sich gebracht hätte.

»Ich bin bei Sonnenuntergang zurück«, sagte er. »Das verspreche ich.«

Er hatte sich nicht getäuscht. Und es war vermutlich nicht einmal ein reiner Zufall, daß sie ihr Lager ganz in der Nähe des Hofes gewählt hatten, auf dem er damals Karelians Männer getroffen hatte, denn dieser Teil des Gebirges lag nahe genug an der Stadt, um nach Einbruch der Dunkelheit schnell genug dort sein zu können, aber auch weit genug entfernt, daß kaum die Gefahr bestand, zufällig entdeckt zu werden. Er mußte nicht einmal sehr lange suchen, um den Hof wiederzufinden.

Bei Tage sah er weit kleiner und schäbiger aus, als Mercenario ihn in Erinnerung hatte. Das Hauptgebäude war vollkommen zerstört; ein Anblick, bei dem sich Mercenario unwillkürlich selbst fragte, wie um alles in der Welt Derrek und er es eigentlich geschafft hatten, lebend aus dem Gebäude herauszukommen. Auch der angrenzende Stall und die Koppel waren in Mitleidenschaft gezogen; nicht völlig zerstört, aber doch beschädigt – und daran konnte sich Mercenario beim besten Willen nicht erinnern. Er war sogar *sicher*, daß diese Zerstörungen erst angerichtet worden waren, nachdem Derrek und er hiergewesen waren. Offenbar waren sie nicht die letzten gewesen, die dem kleinen Hof am Rande des Gebirges einen Besuch abgestattet hatten.

Mercenario beobachtete den Hof länger als zehn Minuten aus sicherer Entfernung heraus, ehe er es wagte, vorsichtig näher zu schleichen. Nichts rührte sich in dieser Zeit. Der Hof lag da wie ausgestorben, aber der Söldner blieb auf der Hut. So wenig wie er wirklich sagen konnte, warum er überhaupt hier war, so sehr spürte er zugleich auch die Gefahr, die noch immer von diesem Ort ausging. Das hieß: *Gefahr* war vielleicht noch nicht einmal das richtige Wort. Irgend etwas ... war hier, aber es schien weniger eine Gefahr zu sein, als vielmehr ...

Nein – es gelang ihm nicht, das Gefühl in Worte zu kleiden. Es war, als läge ein unsichtbarer Schatten über der Ruine des Hofes. Dieser Ort war verdorben, ein Platz, an dem vielleicht nie wieder Menschen leben konnten, weil er von etwas unsagbar Bösem berührt worden war. Es schien spürbar kälter zu werden, als er sich endlich hinter seiner Deckung aufrichtete und auf das zerstörte Geviert hinaustrat. Ohne daß er es selbst bemerkte, kroch seine Hand zum Gürtel und legte sich auf den Schwertgriff.

Er fand mehr und mehr Hinweise darauf, daß der Hof nicht ganz so verlassen war, wie es im ersten Moment den Anschein gehabt hatte. Ein ganz schwacher Brandgeruch lag in der Luft, und auf der Rückseite des zerstörten Hauses fand er eine Feuerstelle. Die Asche war kalt, aber trocken, und da es in der vergangenen Nacht geregnet hatte, mußte das Feuer *danach* gebrannt haben. Neben der mit Ziegeln aus den zerborstenen Mauern eingefaßten Feuerstelle lagen die Überreste einer einfachen Mahlzeit. Jemand war vor kurzer Zeit hiergewesen.

Mercenario sah sich aufmerksam nach weiteren Spuren um, und er mußte nicht lange suchen. In der zerstörten Koppel lag frischer Drachendung, und die noch feuchte Erde zeigte die Fußspuren eines Menschen, die von dort zu der halb zerstörten Scheune führten. Eine der beiden Torhälften stand weit offen, und die Spuren führten direkt hinein, ohne wieder herauszukommen.

Mercenario zog sein Schwert und folgte der Spur, blieb jedoch wenige Schritte vor dem Gebäude noch einmal stehen. Die Spuren führten nur hinein, nicht wieder heraus. Sicherlich mochte es sein, daß der, der sie hinterlassen hatte, das Gebäude auf einem anderen Weg verlassen hatte; aber wenn nicht, dann mußte er ihn längst gesehen haben und wartete bereits auf ihn.

Trotzdem war das nicht der Hauptgrund für Mercenarios Zögern. Es war etwas anderes. Der Odem des Bösen wurde mit jedem Schritt stärker, mit dem er sich der Scheune näherte.

Langsam, unendlich langsam ging er weiter. Sein Herz klopfte so laut, daß er davon überzeugt war, man müsse es in der ganzen Gegend hören können, als er die Scheune betrat.

Das Gebäude war schlimmer beschädigt, als es von dieser Seite aus den Anschein gehabt hatte. Ein großer Teil des Daches war eingestürzt, so daß helles Sonnenlicht durch das gewaltige Loch hereinfiel, und die gegenüberliegende Wand wurde von einem breiten, gezackten Riß vom Boden bis zur Decke gespalten. Es grenzte an ein Wunder, daß sie nicht ebenfalls zusammengebrochen war.

Trotzdem war es in der Scheune nicht wirklich hell.

Das Sonnenlicht erreichte den Boden nicht. Wo Helligkeit sein sollte, da erhob sich eine wabernde Säule aus Finsternis, ein gewaltiger, zitternder Schatten, der mehr als ein Schatten war, denn obwohl er keinerlei Substanz besaß, *war* er doch irgend etwas, ohne das Mercenario sagen konnte, was.

Es war der Schatten, den er schon einmal hier gesehen hatte. Die Schwärze, die seine Seele berührte und etwas darin verbrannt hatte: Karelians Zauber war noch hier.

»Du hast ziemlich lange gebraucht, um herzukommen«, sagte eine Stimme neben ihm.

Mercenario drehte sich langsam herum. Klostos stand kaum eine Armeslänge neben ihm. Sein Gesicht lag im Schatten, aber Mercenario konnte das böse Lächeln in seinen Augen regelrecht spüren. Er trug noch immer das prachtvolle Gewand, in dem Mercenario ihn das letzte Mal gesehen hate, nur, daß es jetzt nicht mehr prachtvoll war, sondern zerrissen und verdreckt.

»Meinen Glückwunsch«, fuhr Klostos fort, als Mercenario nicht antwortete. »Wie ist es dir gelungen, diesen Verrückten zu entkommen? Um ehrlich zu sein: Ich hätte nicht gedacht, daß du es schaffst.«

»Wieso habt Ihr dann damit gerechnet, daß ich früher herkomme?« fragte Mercenario.

Klostos lachte. »Es hat wohl keinen Sinn, dich belügen zu wollen, Mercenario. Bitte verzeih, wenn ich dich beleidigt habe.« Er trat aus dem Schatten des Tores heraus und ging ein paar Schritte, aber Mercenario konnte ihn immer noch nicht deutlich erkennen. Irgendwie war es, als würde er selbst zu einem Schatten, als er sich der wabernden Dunkelheit in der Mitte der Scheune näherte.

»Hattet Ihr eine gute Reise, El Mercenario?« fragte er mit einem leisen Lachen.

»Danke, es ging«, antwortete Mercenario. »Aber stellt Euch vor, ich bin auf Räuber gestoßen. Ich kann mir zwar nicht vorstellen, warum, aber aus irgendeinem Grund hatten sie sich in den Kopf gesetzt, mich umzubringen.«

»Wie unerfreulich«, sagte Klostos kopfschüttelnd. Er seufzte. »Die Welt ist schlecht. Und sie wird mit jedem Tag ein wenig schlechter, scheint mir.« Er trat bis auf zwei Schritte an die zitternde Dunkelheit im Herzen der Scheune heran und betrachtete sie eingehend. Aber nicht neugierig oder gar furchtsam. Wenn überhaupt etwas, so las Mercenario *Stolz* in Klostos' Gesicht.

»Sind sie alle tot?« fragte Klostos, ohne sich zu ihm herumzudrehen.

»Bis auf einen. Falls er den Weg zurück aus den Bergen überlebt.«

»Kaum.« Klostos seufzte wieder. »Damit schuldest du mir schon zwölf gute Männer. Die Bekanntschaft mit dir beginnt allmählich ins Geld zu gehen.« Er drehte sich nun doch zu Mercenario herum und sah ihn aus brennenden Augen an. »Wir sollten uns darüber unterhalten, wie du deine Schulden bei mir zurückzahlen willst, meinst du nicht auch?«

Mercenario starrte ihn an. Klostos sah ... unheimlich aus. Er stand direkt vor dem wogenden Schatten, und die Dunkelheit schien ihn zu umgeben wie ein Mantel aus gewobener Nacht. Und zugleich war es, als erfülle etwas von dieser Düsternis seine Augen.

»Was ist das?« fragte er.

»Magie«, antwortete der Alte. »Finsterste, schwarze Magie. Die stärkste Macht, die es im Universum gibt, Mercenario. Tausendmal stärker als dein Schwert.«

»Magie?« Mercenario versuchte zu lachen, aber es mißlang kläglich. »Sagtest du nicht selbst, daß es so etwas wie Zauberei nicht gibt?«

»Ich habe gelogen«, antwortete der Alchemist lächelnd. »Um ehrlich zu sein – es wundert mich, daß du mir geglaubt hast. Die Welt ist voller Magie. Du kannst keinen Schritt tun, ohne ihr zu begegnen.«

»Ich bin eben zu gutgläubig«, erwiderte Mercenario. »Vielleicht auch zu dumm. Ich habe dir ja auch geglaubt, nichts anderes als ein harmloser alter Gelehrter zu sein.«

»Aber das bin ich ... unter anderem. Und von Zeit zu Zeit.«

Mercenarios Hand schloß sich ein wenig fester um das Schwert. »Wie ist dein wirklicher Name?« fragte er. »Bist du Klostos, der Alchimist, der manchmal den Räuber spielt, oder Karelian, der Räuber, der sich für einen Alchimisten ausgibt?«

Klostos lachte. »Das kommt ganz darauf an«, sagte er. »Vielleicht keines von beiden. Vielleicht beide zugleich. Spielt das eine Rolle?«

»Nein«, antwortete Mercenario. Er hob das Schwert, aber er führte die Bewegung nicht zu Ende. Etwas sagte ihm, daß er diesem unheimlichen alten Mann mit dieser Waffe auch nicht beikommen würde.

»Warum hast du mich nicht gleich umgebracht?« fragte Mercenario.

»Oh, ich habe es versucht«, antwortete Klostos.

»Aber du hast dich unerwartet heftig gewehrt. Und im Grunde hast du mir einen Gefallen erwiesen. Ohne dich hätte ich nicht erfahren, wie die Herren Harumals das Wort einzuhalten gedachten, das sie Karelian gegeben haben. Nun, und danach ...« Er zuckte mit den Schultern. »Ich habe eine Devise, die sich schon oft als nützlich erwiesen hat, großer El Mercenario. Sie lautet, daß man sich einen Mann, den man nicht besiegen kann, besser zum Freund machen sollte. Und du warst sehr hilfreich.«

»Aber nun ist es vorbei«, vermutete Mercenario.

»Nun ist es vorbei«, bestätigte Klostos.

Mercenario hob sein Schwert. »Wo sind sie?« fragte er. »Draußen auf dem Hof? Ich hoffe, du hast diesmal genug Männer mitgebracht.«

»Männer?« Klostos schüttelte den Kopf. ›O nein, Mercenario. Du hast mich schon zu viele gute Krieger gekostet. Diesmal spielen wir nach meinen Regeln. Nur du und ich.«

Er machte einen weiteren Schritt nach hinten. Der Schatten teilte sich, floß wie rauchiges dunkles Wasser um seinen Körper herum und hüllte ihn nun wirklich in einen Mantel aus Dunkelheit. Eine Sekunde lang blieb er reglos so stehen, dann trat er wieder aus der Dunkelheit heraus, und zugleich erschien eine zweite, finstere Gestalt neben ihm, ein körperloser Schatten, von dem ein Hauch tödlicher Kälte ausging. Er entsprach in Größe und Statur Klostos, und es *war* sein Schatten, die dunkle Seite seiner Seele, die Essenz allen Bösen, das je in ihm gewesen war.

Der Schatten trat auf ihn zu, und Mercenario warf sich mit einer blitzschnellen Bewegung zur Seite, wich den zupackenden Schattenarmen aus und schleuderte sein Schwert. Die Klinge glitt durch das

Schattenwesen hindurch wie durch Nebel, traf Klostos' Schulter, ließ ihn zurücktaumeln und schmetterte ihn gegen die Wand.

Klostos schrie gellend auf. Der Schatten flackerte, bewegte sich weiter auf Mercenario zu – und erlosch. Klostos kreischte weiter vor Schmerz, krümmte sich, aber er fiel nicht, denn die Schwertklinge hatte seine Schulter durchbohrt und ihn regelrecht an die Wand genagelt.

Ein Schatten erschien unter der Tür. Mercenario fuhr herum, aber diesmal reagierte er nicht schnell genug. Ein Schwerthieb traf seine Seite. Die Rüstung bewahrte ihn vor einer schweren Verletzung, aber die schiere Wucht des Hiebes schleuderte ihn zu Boden. Er fiel, rollte sich instinktiv über die Schulter ab und ging noch in der gleichen Bewegung abermals zu Boden, als sich der Angreifer mit seinem ganzen Körpergewicht auf ihn warf. Mercenario schleuderte ihn von sich, aber er kam auch jetzt nicht auf die Beine. Der Bandit war nicht allein. Ein zweiter, dritter und vierter Bursche stürzten sich auf ihn. Mercenario wehrte sich mit der Kraft der Verzweiflung, aber die Übermacht war einfach zu groß. Er wurde zu Boden gerungen. Jeweils zwei der Kerle hockten sich auf seine Arme und Beine, und ein fünfter Bandit zog einen Dolch und versuchte die Klinge durch einen Spalt seiner Rüstung zu schieben.

»Aufhören!«

Klostos' Stimme zitterte, aber sie war trotzdem so scharf, daß die Männer sofort gehorchten. Der Dolch, der bereits einen Weg durch Mercenarios Rüstung gefunden hatte, wurde im letzten Moment zurückgezogen, gleichzeitig rissen ihn dieselben Hände, die ihn gerade noch am Boden gehalten hatten, mit roher Gewalt in die Höhe. Der Helm wurde ihm vom Kopf geschlagen, und ein Hieb traf seine Schläfe.

Klostos stand verkrümmt vor ihm. Zwei weitere Männer in schwarzen eisernen Rüstungen mußten ihn stützen, und obwohl er die Hand mit aller Kraft gegen die Schulter preßte, blutete die Wunde immer stärker.

»Tötet ihn nicht«, sagte er. Sein Gesicht war grau vor Schmerz, und in seine Atemzüge hatte sich ein schrecklicher, röchelnder Laut gemischt. »Ich will ihn... lebend. Bringt ihn in die Stadt.« Er schien noch mehr sagen zu wollen, aber seine Kräfte versagten. Er wankte, sank in den Armen der beiden Männer zusammen und verlor das Bewußtsein.

Den Schlag, der auch ihm die Besinnung raubte, spürte Mercenario kaum noch.

13

Er erwachte in vollkommener Dunkelheit. Sein Kopf schmerzte unerträglich, und er war an Händen und Füßen gefesselt. Es war sehr kalt, und auf eine Weise feucht und moderig, die ihm verriet, daß er sich in einem Verlies befand. In der Luft hing der Geruch des Todes.

Sein erster klarer Gedanke war Erleichterung, noch am Leben zu sein. Sein erster *völlig* klarer Gedanke war, daß das vielleicht nicht unbedingt ein *glücklicher* Umstand sein mochte. Klostos hatte seine Männer bestimmt nicht zurückgehalten, weil er ihm das Leben schenken wollte.

Unwillkürlich versuchte er, seine Fesseln zu lösen, aber das Ergebnis entsprach seinen Erwartungen: Seine Hand- und Fußgelenke waren mit schweren, eisernen Ringen aneinandergebunden, und wenn ihre Größe Klostos' Respekt vor seinen Fähigkeiten entsprach, dann mußte der Alchimist einen *gewaltigen* Respekt vor ihm haben. Die Kraft von zehn Männern hätte nicht ausgereicht, seine Fesseln zu sprengen. Nach ein paar Sekunden gab er seine Versuche auf und richtete sich ungeschickt in eine sitzende Position hoch.

Nur einen Augenblick später drangen Geräusche in die Dunkelheit seines Gefängnisses: ein gedämpftes Poltern, dann das Scharren eines eisernen Riegels, der zurückgezogen wurde. Das rote Licht einer Fackel fiel durch einen breiter werdenden Spalt in die Dunkelheit. Jemand schien draußen vor der Tür gewartet zu haben, daß er erwachte.

Im ersten Moment sah Mercenario nur einen Schatten, der sich vor dem flackernden Licht einer Fackel bewegte. Er hörte das Geräusch von Leder und Metall, die Schritte schwerer eisenbeschlagener Stiefel auf dem faulenden Stroh, das den Boden bedeckte. Dann beugte sich ein Schatten über ihn, und er blickte in ein Gesicht, das ihm vage bekannt vorkam.

»Derrek!« murmelte er.

Der Soldat sah ihn mit gerunzelter Stirn an. Er sah besorgt aus, aber auch zornig. »Du hättest nicht zurückkommen sollen«, sagte er. »Jetzt kann ich auch nichts mehr für dich tun, du Narr.« Er sprach sehr leise, und für einen Moment erschien eine Frage in seinem Blick.

»Ich habe nichts gesagt«, flüsterte Mercenario. »Keine Angst.«

Derrek zeigte keine Reaktion, aber Mercenario konnte seine Erleichterung fühlen. Er half Mercenario, sich aufzurichten, dann beugte er sich noch einmal herab und löste seine Fußfesseln. Mercenario hielt ihm auch die zusammengebundenen Hände entgegen, aber Derrek schüttelte nur den Kopf.

»Klostos und unser oberster Richter Wingert erwarten dich«, sagte er. »Was um alles in der Welt hast du getan?«

»Das würde ich selbst gerne wissen«, antwortete Mercenario. »Aber keine Sorge sie werden sich schon eine passende Anschuldigung ausdenken.«

Derreks Miene verdüsterte sich noch weiter, aber er sagte jetzt nichts mehr, sondern trat rückwärts wieder auf den Gang vor der Zelle hinaus, wobei er Mercenario mit einer Geste aufforderte, ihm zu folgen. Mercenario gehorchte. Er mußte sich bücken, um unter der niedrigen Tür hindurchzutreten. Der Gang draußen war auch nicht viel höher; er wurde nur schwach von einer Fackel erhellt, die einer der beiden anderen Männer in der Hand hielt, die draußen auf Derrek und ihn warteten. In der anderen trug er ein blankgezogenes Schwert, das er drohend auf den gefesselten Gefangenen richtete. Klostos und Wingert mußten wirklich einen gewaltigen Respekt vor ihm haben, dachte Mercenario spöttisch.

Er erkannte seine Umgebung jetzt zweifelsfrei wieder. Es war der gleiche Kerker unter dem Gerichtsgebäude, in den man ihn auch nach seiner ersten Verhaftung geschafft hatte.

Wie damals wurde er grob gepackt und über eine ausgetretene, schmale Treppe nach oben gebracht. Es war dunkel geworden, aber durch die wenigen Fenster hindurch, an denen sie vorüberkamen, sah er, daß die Stadt fast taghell erleuchtet war. In nahezu jedem Haus brannte Licht, und auch die meisten größeren Straßen und Plätze waren von Fackeln erhellt. Mercenario hörte Stimmen, Rufe, Schreie. Die Stadt vibrierte vor Erregung. Oder Furcht?

»Was ist hier eigentlich los?« fragte er. Keiner seiner drei Bewacher reagierte auf diese Frage, aber Derrek sah ihn einen Moment lang beinahe erschrocken an. Mercenario mußte wieder an das denken, was er Nan-Tay über Derrek gesagt hatte: Vielleicht war der Soldat der einzige Mensch in ganz Harumal, der *nicht* sein Feind war. Aber war er auch sein *Freund*?

»Was ist passiert, nachdem ich fort war?« fragte er. Diesmal blickte ihn Derrek schon eine Sekunde länger an, und obwohl Mercenario spürte, wie unangenehm es dem Soldaten war, daß er ihn direkt ansprach, hakte er noch einmal nach: »Verdammt, sagt mir wenigstens, was passiert ist.«

»Sei ruhig«, antwortete Derrek. »Du wirst alles erfahren.«

»Habt ihr Angst, ich könnte einen Zauberspruch aufsagen und mich in Rauch auflösen, wenn ich die Wahrheit erfahre?« fragte Mercenario spöttisch.

Derrek blieb stehen, und Mercenario begriff, daß seine Worte vielleicht nicht so klug gewählt gewesen waren, denn was er in den Augen des Soldaten las, das war eindeutig *Angst*. »Wir dürfen nicht mit dir reden«, sagte Derrek. »Bitte, versteh das.«

»Warum?« fragte Mercenario.

Ein derber Stoß in den Rücken, der ihn auf den ausgetretenen Stufen beinahe das Gleichgewicht gekostet hätte, ließ ihn weiterstolpern. Aber er sah trotzdem, daß es für einen Moment in Derreks Augen zornig aufblitzte. Rasch hob er den Arm und scheuchte den Soldaten zurück, der bereits dazu ansetzte, Mercenario endgültig zu Boden zu stoßen.

»Wir sollen ihn unverletzt zu Wingert bringen«, sagte er scharf. »Hast du das vergessen?«

Mercenario richtete sich hastig auf, ehe der andere antworten konnte. Ganz egal, welche Rolle Derrek auch spielte, Mercenario *war* ihm etwas schuldig. Er warf dem Soldaten einen raschen, um Verzeihung bittenden Blick zu und beeilte sich, weiterzugehen.

Sie befanden sich im gleichen Teil des Gebäudes, in dem Mercenario damals auf Wingert und die anderen Mitglieder des Rates getroffen war, aber ihr Ziel war nicht die kleine Turmkammer, sondern ein großer, kostbar ausgestatteter Raum, der fast so etwas wie ein Thronsaal hätte sein können, hätten seine

Bewohner eine Spur mehr Geschmack besessen. So wirkte er einfach nur prunkvoll und überladen. Zwei der vier Wände bestanden aus kostbaren Buntglasfenstern, die anderen waren hinter gestickten Bildern, Wandteppichen und gewaltigen Bücherregalen verborgen, deren Inhalt man ansah, daß sie vor einem Menschenalter das letzte Mal zur Hand genommen worden waren.

Vor einem dieser Regale erhob sich ein gewaltiger, vollkommen leerer Tisch. In einem überdimensionierten Stuhl saß Klostos. Es überraschte Mercenario keine Sekunde, den Alchimisten hier zu sehen; nicht in der Rolle eines Gastes, sondern offensichtlich auf dem Thronsessel der Stadt. Etwas hatte sich grundlegend geändert, seit er das letzte Mal in Harumal gewesen war.

Allerdings überraschten ihn die beiden Männer, die rechts und links des barbarischen Möbels Aufstellung genommen hatten. Er kannte die beiden. Es waren die Krieger, die Klostos gestützt hatten, als er das Bewußtsein verlor. Sie trugen noch immer ihre schwarzen Rüstungen, was nur eines bedeuten konnte: Klostos hatte sein Versteckspiel endgültig aufgegeben und saß nun als der vor ihm, der er wirklich war.

Mercenario hörte ein Geräusch hinter sich, drehte sich herum und erblickte eine Gestalt, die er im ersten Moment nur an ihrem albernen roten Hut erkannte.

Der oberste Richter Harumals stand in müder Haltung neben der Tür, und wenn es überhaupt noch irgendeines Beweises bedurft hätte, wer nun das Sagen in dieser Stadt hatte, dann wäre es sein Anblick gewesen. Wingert wirkte um zehn Jahre gealtert. Der verschlagene Zug war aus seinem

Gesicht gewichen und hatte einem Ausdruck tiefer Müdigkeit und Resignation Platz gemacht.

Mercenario wartete darauf, daß er etwas sagte, aber Wingert sah ihn nur einen Herzschlag lang durchdringend an, dann senkte er den Blick, verschränkte die Arme vor der Brust und ging langsam auf den Tisch zu, hinter dem Klostos saß. Auch Mercenario wandte seine Aufmerksamkeit wieder dem Alchimisten zu. Klostos starrte ihn an. Seine Augen waren rot unterlaufen und trüb vor Schmerz, aber sie brannten auch vor Haß. Er hatte sein zerschlissenes Gewand gegen eine einfache, weiß Robe getauscht, deren Hals- und Ärmelausschnitte mit dünnen Goldstickereien verziert waren. Er saß völlig reglos da. Mercenario konnte einen gewaltigen Verband unter seinem Gewand erkennen. Klostos rechter Arm lag reglos in seinem Schoß, aber seine Finger zitterten leicht.

Schließlich wurde das Schweigen unerträglich. »Der Weise Klostos«, sagte er spöttisch. »Welche Überraschung. Oder sollte ich Euch lieber mit Eurem richtigen Namen ansprechen?«

»Wenn du ihn weißt«, antwortete Klostos. Seine Stimme klang genauso müde, wie sein Gesicht aussah. Mercenario versuchte sich zu erinnern, *wo* genau ihn das Schwert getroffen hatte, aber es gelang ihm nicht. Alles war einfach zu schnell gegangen. Selbst jetzt kamen ihm die Erinnerungen an die letzten Augenblicke in der Scheune wie ein böser Traum vor. Aber Klostos war schwer verletzt, Mercenario war sicher, daß ihm einzig seine finstere Magie die Kraft gegeben hatte, die Verwundung überhaupt zu überleben.

»Geht es dir gut?« fragte Klostos. »Ich hoffe, meine Männer sind nicht zu grob gewesen.« Er lächelte verzerrt. »Manchmal sind sie ein bißchen unbeherrscht, weißt du? Vor allem Männern gegenüber, die ihre Kameraden auf dem Gewissen haben.«

Mercenario schüttelte den Kopf und machte eine wegwerfende Geste mit den gefesselten Händen. »Ich lebe.«

»Noch«, fügte Klostos hinzu. »Ich an deiner Stelle wäre vielleicht nicht so froh darüber.«

»Man kann nur einmal sterben«, antwortete Mercenario.

»Da wäre ich nicht so sicher.« Klostos beugte sich mit zusammengebissenen Zähnen vor und hob die unverletzte Hand. »Vielleicht wirst du bald feststellen, daß das nicht stimmt. Oder daß es weit schlimmere Dinge als den Tod gibt.«

Mercenario seufzte. »Vielleicht«, antwortete er – wobei er sich fast selbst ein wenig wunderte, wie gelassen seine Stimme klang. In Wahrheit war er nervös und hatte Angst wie selten zuvor in seinem Leben. Daß Klostos ihn umbringen würde, daran bestand nicht der geringste Zweifel. Aber es war tatsächlich nicht so sehr der Tod, den er fürchtete, oder irgendeine Folter, die Klostos ihm zugedacht haben mochte. Er hatte auch davor Angst, aber das war nicht das Schlimmste. Was ihn mit einem kalten Entsetzen erfüllte, war das, was er auf dem zerstörten Hof gesehen hatte: den Schatten, in dem das absolute Grauen wohnte. Und das fast sichere Wissen, daß alles, was passieren würde, irgendwie mit diesem ... *Ding* zu tun haben würde.

Klostos wollte antworten, aber Mercenario kam ihm zuvor. »Warum habt Ihr mich kommen lassen?« fragte er. »Wollt Ihr einen Wettstreit, um herauszufinden, wer die schlagfertigeren Antworten parat hat? Oder habt Ihr mir noch irgend etwas von Bedeutung zu sagen, bevor Ihr mich hinrichten laßt?«

Klostos starrte ihn aus brennenden Augen an, und Mercenario wandte sich zu Wingert um und fuhr mit einer Geste auf den Richter fort: »Aber vielleicht habe ich ja etwas zu sagen. Wißt Ihr, wer Euer neuer Verbündeter in Wirklichkeit ist, Ehrwürdiger Richter?«

Wingert schwieg. Er sah betroffen aus und auf eine Weise traurig und schuldbewußt, die Mercenario bei ihm am allerwenigsten erwartet hätte. »Ja«, antwortete er schließlich. »Die Dinge haben sich ... geändert, seit Ihr das letzte Mal hier wart, El Mercenario.«

»Mehr, als du glaubst«, fügte Klostos hinzu. Er schüttelte den Kopf. »Du hättest mich nicht hintergehen sollen, Mercenario. Ich war gerade dabei, meinen Groll auf dich zu vergessen. Du hast mir eine Niederlage zugefügt, aber ein Mann muß auch verlieren können.«

Mercenario beachtete ihn gar nicht, sondern fuhr in Wingerts Richtung gewandt fort: »Was hat er getan, um Euch gefügig zu machen? Haben seine Truppen die Stadt besetzt, oder hat er Euch Geld und Macht angeboten? Wenn ja, dann solltet Ihr auf der Hut sein. Der letzte, mit dem er einen Handel abgeschlossen hat, endete mit einem Dolch im Hals.«

Wingert seufzte. Niedergeschlagen wandte er sich an Klostos. »Ich sagte Euch, daß er nicht aufgeben wird«, sagte er.

Klostos nickte. »Ich wäre enttäuscht, hätte er anders reagiert«, sagte er. »Aber keine Sorge, Wingert. Noch bevor die Sonne das nächste Mal aufgeht, wird der berühmte El Mercenario unser treuester Verbündeter sein.«

»Wie bitte?« fragte Mercenario. »Ihr müßt völlig verrückt sein, wenn Ihr das glaubt.«

»Ich glaube es nicht, ich *weiß* es«, verbesserte ihn

Klostos betont. »Du solltest dein Gesicht sehen, Mercenario. Es tut gut, dich so fassungslos zu erblicken. Ich gebe zu – im ersten Moment war ich außer mir vor Zorn. Ich wollte deinen Tod. Wer an meiner Stelle hätte das nicht gewollt? Aber es gehört zu meinen Angewohnheiten, niemals aus einem Impuls heraus zu handeln. Dein Tod wäre ein billiger Triumph gewesen, und er hätte nicht gutgemacht, was du mir angetan hast.«

In seinen Augen erschien ein Ausdruck, der Mercenario schaudern ließ. Der Alte beugte sich abermals vor, hob den unverletzten Arm und deutete auf seine Schulter. »Es kann sein, daß ich den Arm nie wieder benutzen kann«, sagte er.

»Das tut mir leid«, antwortete Mercenario. »Ich wollte Euch nicht zum Krüppel machen, edler Klostos, das müßt Ihr mir glauben. Ich wollte Euch umbringen.«

»Wie gesagt, zuerst wollte ich nichts als deinen Tod«, fuhr Klostos unbeeindruckt fort. »Aber dann hatte ich eine bessere Idee. Ich bin sicher, sie wird dir gefallen. Ich gebe dir Gelegenheit, deine Schuld zu begleichen.«

»Wollt Ihr mir einen Arm abschneiden?« fragte Mercenario.

Klostos blieb noch immer ruhig, aber Mercenario spürte, daß es ihm immer schwerer fiel. »Du willst mich provozieren, damit ich in Zorn gerate und dich töte, nicht wahr?« fragte er. »Aber das wird dir nicht gelingen. Ich werde dich nicht töten. Ich werde dir nicht einmal ein Haar krümmen, denn ich brauche dich.«

»Um mich um Euren anderen Arm zu kümmern?« fragte Mercenario.

Klostos deutete auf den Krieger zu Mercenarios

linken. »Derrek kennst du ja bereits«, sagte er. »Ich weiß, du zweifelst an unserer Großzügigkeit, dabei ist er der lebende Beweis dafür, denn auch er hat den Befehl seines Herrn mißachtet. Da ihr beide euch ja anscheinend gut vertragt, habe ich Wingert gebeten, ihn mir zu überlassen, und er war einverstanden.«

Mercenario sah rasch zu Derrek hin. Der Krieger stand in steifer, fast verkrampfter Haltung neben ihm. Sein Gesicht war unbewegt, aber seine Furcht war trotzdem unübersehbar.

»Meine Abreise aus der Stadt unter dem Eis war ein wenig überstürzt, wie du ja weißt«, fuhr Klostos fort. »Ich gebe zu, vielleicht ein wenig voreilig gewesen zu sein. So oder so – es ist leider notwendig, noch einmal dorthin zu gehen. Und du hast diese Narren ja erlebt: Ich fürchte, sie werden mich nicht unbedingt mit offenen Armen empfangen. Deshalb werden Derrek und du zusammen mit zwanzig meiner besten Krieger morgen früh aufbrechen, um noch einmal über die Große Tiefe zu fliegen und dafür Sorge zu tragen, daß ich das nächste Mal standesgemäß empfangen werde.«

Mercenario war nicht einmal ganz sicher, ob er Klostos wirklich richtig verstand. »Wie?« fragte er. »Ihr . . . Ihr glaubt im Ernst, daß ich . . .«

Klostos machte eine Handbewegung, und ehe Mercenario auch nur richtig begriff, was geschah, fühlte er sich von den beiden hinter ihm stehenden Männern gepackt und auf die Knie gezwungen. Eine Hand krallte sich in sein Haar und zwang seinen Kopf zurück, eine andere legte sich unter sein Kinn. Starke Finger versuchten, seine Kiefer auseinanderzudrücken.

»Gebt ihm den Trank«, befahl Klostos.

Mercenario bäumte sich auf. Mit der Kraft der

puren Verzweiflung versuchte er, den Griff der Männer zu sprengen, die ihn hielten, aber es gelang ihm nicht. Sein Kopf wurde so weit nach hinten gedrückt, daß er kaum noch atmen konnte, und nur einen Augenblick später stieß ein metallener Becher schmerzhaft gegen seine zusammengepreßten Lippen.

»Es hat keinen Sinn, sich zu wehren, Mercenario«, sagte Klostos. »Kämpfe, wenn du es unbedingt willst, aber es wird dir nichts nutzen, glaube mir.«

Wahrscheinlich hatte er recht damit. Der Druck auf Mercenarios Gesicht wurde so stark, daß er am liebsten vor Schmerz aufgeschrien hätte. Seine Zähne knirschten hörbar, und ein greller Schmerz schoß durch seine Kiefer bis in die Stirn hinauf. Trotzdem hielt er die Lippen weiter geschlossen, bereit, lieber zu sterben, als den Inhalt des Bechers zu trinken, der mit immer grausamerer Kraft gegen seinen Mund gedrückt wurde.

»Wir könnten ein Messer nehmen und deine Lippen wegschneiden«, sinnierte Klostos. »Aber in dieser Hinsicht geht es mir wie dir, Mercenario – ich will dich nicht verstümmeln. Außerdem – wie sähe das aus, wenn mein zukünftiger Leibwächter ohne Lippen herumliefe? Die Leute würden glauben, daß du mich ständig angrinst.« Er lachte. »Haltet ihm die Nase zu.«

Der Befehl wurde ausgeführt. Mercenario bekam keine Luft mehr, aber er kämpfte tapfer weiter, obwohl er wußte, daß es sinnlos war. Schon nach einem Augenblick schrien seine Lungen schmerzhaft nach Luft. Farbige Schlieren begannen vor seinem Blick zu kreisen, und aus dem Stechen in seinen Lungen wurde ein unerträgliches Wühlen und Brennen. »Wie wäre es mit einer Wette, edler Wingert?« fragte Klostos amüsiert. »Ich denke, er hält es noch eine Minute aus. Haltet Ihr dagegen?«

Mercenarios Sinne begannen zu schwinden. Seine Lungen brüllten jetzt nach Luft. Der Druck wurde immer unerträglicher, und schließlich konnte er ihm nicht mehr widerstehen. Mit einem verzweifelten Keuchen riß er den Mund auf und schnappte nach Luft.

Eine bitter schmeckende, zähe Flüssigkeit rann in seine Kehle. Mercenario hustete, verschluckte sich und rang qualvoll und vergeblich nach Atem. Er mußte schlucken, ob er wollte oder nicht. Würgend und noch immer verzweifelt gegen den Griff seiner Folterknechte ankämpfend, schluckte er die Flüssigkeit herunter, ergatterte einen halben Atemzug und schluckte weiter, als der Becher noch einmal angesetzt wurde. Es gelang ihm, einen Teil der Flüssigkeit wieder auszuspucken, aber der größte Teil rann unaufhaltsam seine Kehle hinunter. Erst, als er den Becher vollkommen geleert hatte, ließen die Männer seine Arme los und stießen ihn zu Boden.

Mercenario krümmte sich. Er konnte wieder atmen, aber er war der Bewußtlosigkeit noch immer näher als dem Wachsein. Alles drehte sich um ihn, und in seinen Lungen schien flüssiges Feuer zu brodeln. Verzweifelt schlug er die gefesselten Hände gegen den Leib und versuchte, den Trank wieder herauszuwürgen.

»Du enttäuschst mich wirklich nicht, Mercenario«, sagte Klostos amüsiert. »Du kämpfst bis zum Schluß, wie? Aber es ist vorbei. Gib auf. Quäle dich nicht selbst, wenn es keinen Sinn mehr hat.«

Mercenario hob mühsam den Kopf. Sein Atem ging noch immer keuchend und stoßweise. Er wartete darauf, daß irgend etwas geschah, aber alles, was er fühlte, war das Hämmern seines Herzens und der bittere, aber nicht einmal wirklich unangenehme Geschmack der Flüssigkeit, die er getrunken hatte.

»Was ... was habt Ihr mir ... gegeben?« fragte er keuchend.

»Oh, nichts Besonderes«, antwortete Klostos. »Nur einen Trank, der aus Feinden Freunde macht. Wehre dich ruhig, wenn du das willst, aber es wird dir nichts nutzen. Im Gegenteil – je mehr du dagegen ankämpfst, desto rascher wirkt die Droge.« Er wandte sich mit einer Geste an einen der Männer neben sich. »Bringt ihn fort. Und paßt gut auf ihn auf. Er ist ...«

Mercenario sprang auf. Die Bewegung war so schnell und plötzlich, daß die Reaktion seiner Bewacher zu spät kam. Mit einem einzigen, gewaltigen Satz sprang er durch den Raum, warf sich über den Tisch und schlang Klostos die gefesselten Hände um den Hals.

Klostos schrie erschrocken auf, versuchte ihn von sich zu stoßen und brüllte im gleichen Moment noch einmal, und jetzt vor Schmerz, denn er hatte seine verletzte Schulter vergessen und ganz instinktiv beide Arme benutzt, um sich des Angreifers zu erwehren. Mercenario spürte seine Gegenwehr nicht einmal. Seine Hände schlossen sich mit unbarmherziger Kraft um die dürre Kehle des Alten und drückten zu.

Ein furchtbarer Schlag traf seinen Nacken. Mercenario spürte, wie alle Kraft aus seinem Körper wich. Seine Finger öffneten sich. Klostos sank mit einem wimmernden Laut in sich zusammen, kippte nach vorne und schlug schwer mit der Stirn auf der Tischplatte auf. Gleichzeitig wurde Mercenario gepackt und brutal zu Boden geschleudert. Ein Tritt traf seine Seite und trieb ihm die Luft aus den Lungen, und dann prasselten Schläge und Tritte aus allen Richtungen zugleich auf ihn nieder.

»Hört auf!« stöhne Klostos. »Laßt ihn . . . am Leben.« Er versuchte sich stöhnend aufzurichten, verlor die Balance und wäre von seinem Stuhl herabgestürzt, hätte ihn nicht einer der Krieger aufgefangen. Sein Gesicht war jetzt grau, und der Schmerz ließ ihm Tränen über die Wangen laufen. Die Wunde mußte wieder aufgebrochen sein, denn der weiße Stoff seines Gewandes färbte sich rasch dunkel.

»Schlagt ihn . . . nicht mehr«, sagte er mühsam. »Er wird . . . bezahlen. Aber nicht so.« Zornig schob er die Hand beiseite, die ihn stützte, richtete sich wankend auf und beugte sich vor. »Du wirst mich noch anflehen, dir den Tod zu gewähren, Mercenario!« sagte er. »Aber es wird lange dauern, ehe ich dir diesen Wunsch gewähre. Sehr lange!«

Mercenario wurde gepackt und in die Höhe gerissen, und diesmal war der Griff der beiden Männer wie Eisen. Einer von ihnen hatte einen Dolch gezogen, den er ihm so vor den Leib hielt, daß er sich selbst daran aufgespießt hätte, hätte er sich abermals loszureißen versucht.

»Bringt ihn weg!« befahl Klostos zornig. »Und paßt gut auf ihn auf! Du!« Er deutete mit einer verkrümmten, zitternden Hand auf Derrek. »Du bist mir persönlich für ihn verantwortlich! Wenn er entkommt oder sich selbst etwas antut, dann weißt du, was geschieht!«

Sie brachten ihn nicht wieder zurück in den Kerker, sondern in ein kleines Zimmer, das auf dem gleichen Flur lag, ansonsten aber wenig mit dem Thronsaal gemein hatte: Es war völlig leer, und in der Wand unter dem schmalen, vergitterten Fenster waren zwei eiserne Ringe eingelassen. Herumals Könige schienen wohl nicht das erste Mal Gäste zu haben, die nicht unbedingt freiwillig hierblieben.

Er rechnete damit, an den Eisenringen in der Wand festgekettet zu werden, aber Derrek schüttelte nur den Kopf und machte eine entsprechende Geste zu den beiden Kriegern. »Bindet ihn los.«

Die beiden sahen ihn zweifelnd an, und auch Mercenario hob überrascht den Blick. Aber Derrek wiederholte seine Handbewegung und sagte noch einmal: »Nehmt ihm die Fesseln ab. Er wird keinen Fluchtversuch unternehmen.«

Die Männer gehorchten, auch wenn ihre Blicke Bände sprachen. Wortlos nahmen sie Mercenario die Handfesseln ab und gingen aus dem Raum. Mercenario hörte, wie draußen ein Riegel vorgeschoben wurde. Er wartete darauf, daß sich die Schritte der beiden entfernten, doch statt dessen drangen nach einigen Augenblicken ihre gedämpfen Stimmen durch das Holz der Tür.

»Du fühlst dich anscheinend sehr sicher«, sagte er.

Derrek machte eine wegwerfende Bewegung. »Nein«, antwortete er. »Ich weiß, daß du mich umbringen könntest, Mercenario. Wahrscheinlich schneller, als ich auch nur nach Hilfe rufen kann. Aber die Tür ist verschlossen, und selbst wenn du sie aufbekämst, könntest du den Palast nicht verlassen. Es wimmelt von Klostos' Kriegern. Was also hättest du davon?«

»Vielleicht Rache?« sagte Mercenario.

Darauf antwortete Derrek nicht, und nach einem Augenblick begriff Mercenario, daß genau dies der Grund war, aus dem er ihm die Fesseln hatte abnehmen lassen – er legte sein Leben ganz bewußt in Mercenarios Hände und stellte es ihm anheim, ob er Rache üben wollte oder nicht. Aber Rache wofür?

»Womit erpreßt er dich?« fragte Mercenario.

»Sie haben meine Schwester und meine Mutter«, antwortete Derrek.

»Und sie werden sie töten, wenn du nicht gehorchst«, vermutete Mercenario.

Derrek zuckte mit den Achseln. »Genaugenommen hat er die ganze Stadt als Geisel«, sagte er. »Klostos' Krieger sind überall. Es müssen tausend sein, wenn nicht mehr.«

»Was ist pas ... siert?« fragte Mercenario. Er blinzelte. Es kam selten vor, daß er Mühe hatte zu reden, aber nun schien es, als begänne sich seine Zunge zu weigern, seinen Befehlen zu gehorchen. Alarmiert lauschte er in sich hinein. Im ersten Moment spürte er nichts – und dann wurde ihm klar, daß es ganz genau das war, was nicht stimmte. Er hatte ein Dutzend harter Schläge und Tritte einstecken müssen, aber er fühlte nicht den mindestens Schmerz.

»Der Trank«, sagte Derrek. Er hatte Mercenarios Erschrecken bemerkt. »Was du spürst, ist die Wirkung der Droge. Keine Angst. Es dauert nicht lange.«

»Uhn ... tann?« nuschelte Mercenario. Er erschrak erneut. Seine Zunge schien wie Blei in seinem Mund zu liegen. Es war ein Gefühl, als hätte er zu viel getrunken, aber der Rausch fehlte. Nur Leichtigkeit war da; ein überaus angenehmes Gefühl, gegen das er sich nicht wehren konnte.

»Ich weiß es nicht«, antwortete Derrek. »Es wirkt bei jedem ein wenig anders. Aber es hält nie lange an. In einer Stunde hast du alles überstanden.« Er senkte den Blick. »Und in weiteren zwölf Stunden brauchst du eine neue Dosis. Es macht schon beim ersten Mal süchtig.« Mercenario war nicht einmal überrascht. Er hatte etwas in dieser Art erwartet – und trotzdem erschien es ihm fast absurd, daß Klostos wirklich glauben sollte, ihn *so* zu irgend etwas zu zwingen.

»Ich weiß, was du jetzt denkst«, sagte Derrek ernst. »Du glaubst nicht, daß du ihm erliegst. Du denkst, daß du eher sterben willst, als Klostos zu Willen zu sein.«

»Woher... weischt... tu... dassss?« brachte Mercenario schleppend hervor. Er fühlt sich jetzt schwerelos, auf eine unbeschreibliche Art leicht und frei. Das Licht schien intensiver zu werden, und seine Sinne arbeiteten plötzlich mit einer nie gekannten Schärfe. Er sah Derreks Gesicht mit einer Klarheit, die er nie für möglich gehalten hätte. Die Farben seiner Kleidung schienen zu leuchten.

»Weil es allen so geht«, antwortete Derrek. »Glaube mir, Mercenario, ich habe starke Männer wie Kinder nach dem Trank weinen sehen. Du wirst Klostos anbetteln, dir eine neue Dosis zu geben.

»Düs würden wür sühün«, antwortete Mercenario kichernd. Nun fühlte er sich wirklich betrunken. Seine Zunge gehorchte ihm wieder, aber er fand Freude daran, sich albern auszudrücken. Kichernd hüpfte er auf einem Bein und verlor sofort das Gleichgewicht. Er stürzte ziemlich schwer, und er spürte den Schmerz, aber er war bedeutungslos. Er versuchte nicht, aufzustehen. Warum auch? Es gefiel ihm am Boden.

»Sie kamen zwei Tage nach deinem Weggang«, fuhr Derrek fort. Er sah Mercenario auf eine sonderbar mitleidige Weise an, aber in seiner Stimme war auch eine Bitterkeit, die Mercenario nicht entging. »Es waren vierzig oder fünfzig.«

»Und die Herren Harumals haben sie mit offenen

Armen empfangen, nehme ich an?« Mercenario sagte das nicht – er *sang* diesen Satz zu einer kindlichen Melodie, die er sich in diesem Moment einfallen ließ. Er versuchte nun doch aufzustehen, fiel wieder nach vorne, und Derrek griff ihm unter die Arme und richtete ihn mit einiger Mühe auf. Mercenario blieb halb gegen die Wand gelehnt stehen und begann hysterisch und vollkommen grundlos zu kichern. Derreks Gestalt schien sich vor seinen Augen in die Länge zu ziehen, schrumpfte dann mit einem Ruck auf ihre halbe Größe und wurde zugleich breiter, als betrachte er den Krieger durch einen Zerrspiegel hindurch.

»Wir haben versucht, uns zu wehren«, fuhr Derrek fort, »aber es war zwecklos. Die meisten Krieger sind geflohen, als sie die Drachen sahen. Und die, die blieben, wurden getötet. Es war kein Kampf, sondern ein Gemetzel. Niemand kommt gegen sie an.«

»Iscchon«, nuschelte Mercenario. »Schick schie rein. Alle tauschend, wenn esch schein musch. Schie müschen schisch nur hintereinander aufschtellen.«

Plötzlich geschah etwas. Die Farben und Formen, die bisher so strahlend und leicht erschienen waren ... veränderten sich. Alles wurde düster, dunkel ... bedrohlich. Die hysterische Fröhlichkeit fiel schlagartig von ihm ab. Erschrocken blickte er Derrek an. Der Krieger erwiderte seinen Blick auf eine Art, die Mercenario sagte, daß er nur zu gut wußte, was in diesem Augenblick in ihm vorging.

»Wenn du dagegen kämpfst, wird es nur schlimmer«, sagte er. »Laß dich einfach fallen.«

Der Rat war ehrlich gemeint, das spürte er, und er spürte ebenso, daß Derrek recht hatte – es wurde schlimmer, mit jeder Sekunde, und alle seine Versuche, der schwarzen Panik Herr zu werden, die seine

Gedanken plötzlich überfluteten, schienen sie nur zu verstärken.

»Kämpfe nicht dagegen«, sagte Derrek noch einmal. »Wenn du Glück hast, bleibt dir das Schlimmste erspart, und du verlierst das Bewußtsein.«

Aber wann hatte Mercenario in dieser Geschichte je *Glück* gehabt?

14

Wieviel Zeit vergangen war, als er in die Wirklichkeit zurückfand, wußte er nicht. Derrek hatte behauptet, daß es nicht länger als eine Stunde dauern würde, und er hatte keinen Grund, ihn zu belügen – aber Mercenario hatte das Gefühl, daß es Jahre gewesen sein mußten.

Er erinnerte sich auch nicht wirklich, was in dieser Zeit geschehen war – nicht in Einzelheiten, Bildern, Geräuschen oder wirklichen *Erinnerungen*. Wo die vergangene Stunde sein sollte, war nur ein tobendes schwarzes Chaos hinter seiner Stirn; ein Gefühl, als wäre er aus dem schlimmsten Alptraum seines Lebens erwacht. Er hatte Angst, eine Angst, die keinerlei konkreten Grund zu haben schien, und vielleicht gerade deshalb doppelt schlimm war, denn wenn er nicht wußte, *wogegen* er sich wehren sollte, hatte er auch keine Chance, es zu tun.

Aber er spürte, daß etwas nicht so war, wie es sein sollte. Er befand sich nicht mehr in dem kleinen Zimmer, in das sie ihn gebracht hatten, sondern in den Armen seiner beiden Wächter, die ihn ziemlich unsanft zwischen sich herschleiften. All die Schmerzen und unangenehmen Gefühle, die er vorhin vermißt hatte, waren nun da. Noch immer drehte sich alles um ihn. Er befand sich nicht mehr in jener tobenden Dimension des Wahnsinns, in die ihn Klostos' Droge geschleudert hatte, aber er war auch noch nicht wirklich wach, sondern schien in einem dämmerigen Zwischenreich zu schweben, aus dem es einfach kein Entkommen gab. Nur unscharf registrierte er, daß die große Tür zu Klostos' Thronsaal aufgestoßen wurde und man ihn hindurchschleifte und grob zu Boden stieß. Er sah die Bewegung sogar kommen, aber er war unfähig, irgendwie zu reagieren. Hilflos fiel er aufs Gesicht und spürte, wie seine Unterlippe aufplatzte. Salziges Blut lief in seinen Mund.

Eine Stimme sagte etwas. Sie kam Mercenario vage und auf unangenehme Weise bekannt vor, aber er konnte sie nicht richtig einordnen. Dann erklang sie erneut und ein wenig ungeduldiger, schärfer, und er begriff, daß es Klostos war, der seinen Namen aussprach.

Mühsam hob er den Kopf und sah ins Gesicht des Alchimisten.

Klostos sah noch ein wenig müder und älter aus. Er hatte sein Gewand gewechselt, und sein Arm hing nun in einer Schlinge; ein Anblick, der Mercenario mit einer grimmigen Befriedigung erfüllte. Aber sie hielt nur so lange an, wie er brauchte, seinen Blick von Klostos Schulter zu lösen und in seine Augen zu sehen.

Mercenario stand auf. Er fuhr sich erschöpft mit beiden Händen durch das Gesicht und wischte sich in der gleichen Bewegung das Blut vom Mund. Ein scharfer Schmerz zuckte durch seine Lippe und ließ ihn zusammenfahren.

»Tut es weh?« fragte Klostos. »Aber von dieser Kleinigkeit abgesehen, scheinst du dich erholt zu haben. Das ist auch gut so. Schließlich hast du eine anstrengende Reise vor dir.«

Mercenario fuhr sich abermals über den Mund, blickte eine Sekunde lang stirnrunzelnd auf das Blut auf seinem Handrücken herab und starrte Klostos dann haßerfüllt an.

Der Alchimist lachte nur. Dann wandte er sich an einen seiner Krieger. »Bring seine Kleider. Und seine Rüstung. Und beeil dich. Wir wollen unseren Gast doch nicht warten lassen, oder?«

Mercenario sah verwirrt zu, wie der Mann den Raum verließ und nur einen Augenblick später mit der weißen Rüstung zurückkam, um sie neben ihm auf den Boden zu werfen. Sie war komplett; selbst das Schwert steckte in der Scheide.

»Bitte.« Klostos machte eine auffordernde Handbewegung. Ein amüsiertes Glitzern erschien in seinen Augen, als er Mercenarios immer größer werdende Verwirrung registrierte. »Zieh dich an. Es geziemt sich nicht, nur in einem Lendenschurz vor seinem Herrn zu stehen. Außerdem erwarten wir Besuch.«

Mercenario war ziemlich sicher, daß es sich nur um einen weiteren Trick handelte, den Klostos sich ausgedacht hatte, um ihn zu demütigen – aber er bückte sich trotzdem gehorsam nach seinen Kleidern und begann erst das grobe Unterzeug, dann die Rüstung anzulegen. Er überprüfte alles pedantisch auf seinen Sitz, sah Klostos dabei immer wieder mißtrauisch an und zog schließlich sogar das Schwert ein Stück aus seiner Umhüllung. Die Klinge war unbeschädigt.

»Zieh es«, befahl Klostos.

Mercenario rührte sich nicht, und Klostos machte eine unwillige Handbewegung und verlangte noch einmal: »Zieh deine Waffe, Mercenario.«

Mercenario gehorchte, und Klostos fuhr fort: »Und jetzt töte mich.«

»Wie?« sagte Mercenario verblüfft.

»Nimm dein Schwert und erschlage mich«, forderte

ihn Klostos lächelnd auf. »Oder wirf es nach mir – darin hast du ja eine Menge Übung. Nun mach schon.«

Mercenario zögerte noch eine Sekunde, aber dann zog er die Waffe vollends auf der Scheide, holte aus – und erstarrte.

Er konnte es nicht.

Sein Arm war hoch erhoben, seine Muskeln gespannt, und Klostos saß keine fünf Meter von ihm entfernt, so daß er ihn praktisch gar nicht verfehlen konnte. Aber er tat es nicht.

Dabei war es nicht etwa so, daß er gelähmt gewesen wäre oder daß irgend etwas seinen Willen paralysierte. Er *wollte* es nicht. Er haßte Klostos, wie er noch nie im Leben einen Menschen gehaßt hatte – und zugleich war er vollkommen unfähig, ihm irgend etwas zuleide zu tun.

»Was ...«, murmelte er hilflos. »Was habt Ihr ... mit mir gemacht?«

Klostos lachte. »Nichts«, sagte er. »Sagen wir: Ich habe dafür gesorgt, daß du deine wahren Freunde erkennst. Du kannst mir nichts mehr tun, Mercenario. Nie mehr. Ob du es willst oder nicht – nie wieder wirst du die Hand gegen mich heben können. Ich dachte mir, daß diese einfache Demonstration uns eine Menge Erklärungen und somit Zeit erspart. Ich könnte noch mehr tun. Ich könnte dir befehlen, auf einem Bein herumzuhüpfen und dabei zu gackern wie ein Huhn, oder mit den Armen zu wedeln und aus dem Fenster dort zu springen. Aber ich erspare uns beiden diese Peinlichkeit. Du weißt jetzt, wer dein wahrer Herr ist.«

Er drehte sich wieder zu dem Mann um, der Mercenarios Rüstung geholt hatte. »Bring unseren Gast herein. Und du«, fügte er an Mercenario gewandt hinzu, »wirst schweigen, bis ich dir ausdrücklich gestatte zu reden.«

Mercenario registrierte mit einem kalten Entsetzen, daß er plötzlich nicht mehr sprechen *wollte*. Und plötzlich begriff er, daß *dies* die wahre Wirkung des Teufelstranks war, den Klostos' Männer ihm eingeflößt hatten, es war hundertmal schlimmer als jede Droge, von der er je gehört hatte. Es machte ihn nicht zu einem willenlosen Sklaven, einer Marionette, an deren Fäden der Alchimist zog, sondern machte ihn zu einem Gefangenen in seinem eigenen Körper.

Er hörte Schritte hinter sich, wandte den Kopf – und riß ungläubig die Augen auf. Der Räuber kam zurück, und in seiner Begleitung befand sich niemand anderes als Nan-Tay!

Die Kriegerin trug ihre Rüstung, und sie kam nicht als Gefangene, wie Mercenario erwartet hatte. Sie bewegte sich frei und stolz erhobenen Hauptes, und ihre Rechte lag auf dem Schwertgriff. Sie streifte ihn nur mit einem flüchtigen Blick, dann wandte sie sich an Klostos. »Ich grüße Euch, edler Klostos«, sagte sie. Mercenario fiel auf, daß sie sich bemühte, ihre Stimme ein wenig tiefer klingen zu lassen, als sie war. Anders als er hatte Mercenario ja noch keinen Blick hinter den metallenen Schleier vor ihrem Gesicht geworfen.

Sie gab sich auch Mühe, besonders freundlich zu klingen, was Klostos allerdings nicht zu beeindrucken schien. Immerhin raffte er sich zur Andeutung eines Lächelns auf und neigte flüchtig den Kopf.

»Ich würde diesen Gruß gern erwidern – wenn ich wüßte, wer Ihr seid, fremder Krieger«, sagte er. »Was führt Euch nach Harumal, noch dazu mitten in der Nacht?«

»Mein Name ist Nan-Tay«, antwortete Nan-Tay. »Ich denke, das beantwortet auch Eure zweite Frage.«

»Nan-Tay?« Mercenario hatte ja schon Gelegenheit genug gehabt, herauszufinden, welch hervorragender Schauspieler Klostos war. Auch jetzt brachte er einen Ausdruck des Erstaunens auf sein Gesicht. »Der berühmte Nan-Tay, der sagenumwobene Wächter der Eisstadt?«

Er schwieg ein paar Augenblicke, dann fuhr er mit veränderter Stimme fort: »Ja, ich fürchte, ich weiß, was Euch hierher treibt, Nan-Tay.«

»Dann wißt Ihr auch, was ich will.« Nan-Tay trat auf den Tisch zu, hinter dem Klostos saß, und streckte fordernd die Hand aus. Der Krieger zu Klostos Linken senkte die Hand auf den Schwertgriff und spannte sich, aber der Alchimist machte eine rasche, abwehrende Bewegung.

»Bitte, Nan-Tay, gebt mir Gelegenheit zu einer Erklärung«, sagte er.

»Eine Erklärung?« Nan-Tays Stimme klang verächtlich. Sie deutete auf Mercenario, ohne zu ihm zurück zu sehen. »Was ich sehe, ist Erklärung genug. Ihr habt unsere Gastfreundschaft schändlich ausgenutzt. Wir haben Euch empfangen, Euch Obdach und Schutz gewährt, und zum Dank habt Ihr und Euer gedungener Mörder da unseren Herrn zu ermorden versucht und uns bestohlen.«

Klostos wirkte für einen Moment überrascht. Eine halbe Sekunde lang irrte sein Blick zwischen Mercenario und Nan-Tay hin und her, und Mercenario konnte sehen, wie es hinter seinen Augen arbeitete. Dann breitete sich wieder der gleiche, schuldbewußte Ausdruck auf seinen Zügen aus.

»Ich verstehe Euren Zorn«, sagte er. »Und er ist berechtigt. Ich... habe einen Fehler begangen.

Einen schweren Fehler. Aber als ich sah, was Mercenario getan hat, da ... da habe ich einfach die Nerven verloren.«

»Er hat nicht in eurem Auftrag gehandelt?« fragte Nan-Tay. Sie legte fragend den Kopf auf die Seite.

»Keine Sekunde«, antwortete Klostos. »Obwohl ... in gewissem Sinne ist es meine Schuld, das gestehe ich ein. Als wir auf dem Weg zu Eurem Meister waren, da haben wir geredet. Ich fürchte, ich habe ihm das Gefühl gegeben, das Amulett Eures Herrn um jeden Preis haben zu wollen. Als ich begriff, was er vorhatte, da war es bereits zu spät. Ich weiß, es war ein Fehler – aber auch ich bin nur ein Mensch. Ich ... geriet in Panik und bin einfach geflohen, statt das Richtige zu tun und zu bleiben, um alles zu erklären. Ist Euer Meister noch am Leben?«

»Als ich die Stadt verließ, war er es noch«, antwortete Nan-Tay. »Aber er ist schwer verletzt. Nur Blut kann wieder gutmachen, was geschehen ist. Wir verlangen die Auslieferung des Mörders.«

Mercenario begann allmählich an seinem Verstand zu zweifeln. Nach allem, was er Nan-Tay über Klostos erzählt hatte, konnte sie doch unmöglich glauben, mit einem derart plumpen Trick durchzukommen. Schon, daß sie lebendig bis hierher gekommen war, grenzte an ein Wunder.

»Seine Auslieferung?« Klostos wiederholte die Worte auf eine Art, als müsse er sich erst über ihre Bedeutung klar werden. Er wiegte den Kopf. »Immerhin steht Mercenario in meinen Diensten«, sagte er. »In gewissem Sinne bin ich für ihn verantwortlich – was auch bedeutet, daß *ich* ihn bestrafe, wenn er mich verrät. Er hat auch mich hintergangen, edler Nan-Tay.«

»Er hat unsere Gesetze gebrochen, und er wird

nach unserer Gerechtigkeit bestraft«, beharrt Nan-Tay. »Ich verlange seine Auslieferung sowie die Rückgabe des Amuletts, das er gestohlen hat.«

Klostos seufzte. Das Lächeln auf seinen Lippen war nun eindeutig höhnisch. »Ich nehme an, Ihr redet hier von«, sagte er. Mit der unverletzten Hand griff er unter sein Gewand und zog das klobige Amulett hervor, das Mercenario das letzte Mal am Hals des Meisters der Eisstadt gesehen hatte.

»Es gehört uns«, bestätigte Nan-Tay. »Gebt es heraus.« Wieder streckte sie die Hand aus, aber Klostos reagierte auch diesmal nur mit einem Lächeln.

»Und wenn ich es nicht tue?«

Nan-Tays Rechte sank in einer eindeutig drohenden Bewegung auf den Schwertgriff. Angesichts der Übermacht, der sie sich gegenübersah, wirkte die Geste jedoch eher hilflos.

»Bitte zwingt mich nicht, Gewalt anzuwenden, Klostos«, sagte sie. »Unser Volk und Ihr sind seit zwanzig Jahren befreundet, laßt diese Zeit nicht mit Blut zu Ende gehen.« Sie machte einen halben Schritt zurück, drehte sich zu Mercenario herum und sah ihn ausdruckslos an. Dann wandte sie sich wieder an Klostos.

»Ich sehe, Ihr habt nicht versucht, das Amulett zu öffnen«, sagte sie. »Das ist gut, denn Ihr hättet es unweigerlich zerstört. Es ist sehr wertvoll für mein Volk, denn es ist das Sinnbild für alles, woran wir glauben und wofür wir leben. Deshalb soll ich Euch folgendes ausrichten: Gebt es zurück und liefert uns den Verräter Mercenario aus, und Ihr sollt bekommen, was Ihr von unserem Meister gewünscht habt.«

»Wie?« sagte Klostos. Seine Überraschung war echt.

»Die Formel des Schwarzen Pulvers«, bestätigte

Nan-Tay. »Gebt mir das Amulett und Mercenario, und ich gebe sie Euch.«

Klostos blickte sie verblüfft an. »Das ist... sehr großzügig«, sagte er. »Aber verratet mir eines, edler Krieger aus dem Norden: Warum sollte ich um etwas schachern, das ich längst besitze?«

»Tut Ihr das denn?« fragte Nan-Tay.

Klostos' Augen wurden schmal. »Wie meint Ihr das?«

»Versucht das Amulett zu öffnen, und Ihr zerstört es«, antwortete Nan-Tay. »Zusammen mit der Formel, die es enthält. Und selbst, wenn es Euch gelänge, würde es Euch nichts nutzen, denn die Formel ist nicht vollständig.«

»Das ist nicht wahr!« behauptete Klostos.

Nan-Tay zuckte gleichmütig mit den Schultern. »Es ist Eure Entscheidung, ob Ihr mir glaubt oder nicht«, sagte sie. »Aber auch Euer Risiko. Ein zweites Mal werde ich dieses Angebot nicht machen.«

In Klostos' Gesicht arbeitete es. Für endlose Sekunden saß er da und starrte Nan-Tay aus brennenden Augen an. Seine unverletzte Hand schloß sich um das schwere goldene Amulett. Schließlich nickte er.

Doch als Nan-Tay die Hand nach dem Anhänger ausstrecken wollte, zog er den Arm noch einmal zurück. »Beantwortet mir eine Frage«, sagte er. »Euer Meister verweigerte mir die Formel. Wieso bietet Ihr sie mir jetzt an?«

»Ihr werdet nicht sehr glücklich damit werden«, antwortete Nan-Tay abfällig. »Die Weigerung, sie Euch zu geben, diente Eurem Schutz. Aber Ihr verdient diesen Schutz nicht. Bringt Euch gegenseitig um, wenn es Euch beliebt. Der feige Mordanschlag hat nur bewiesen, daß die Welt es nicht wert ist, gerettet zu werden.«

»Eine ehrliche Antwort«, sagte Klostos lächelnd. »Und die einzige, die ich akzeptiert hätte.« Dann warf er Nan-Tay das Amulett zu.

Die Kriegerin fing es geschickt auf, drehte es in den Händen und drückte rasch und in einer bestimmten Reihenfolge auf die quadratischen Erhebungen, die die Vorderseite des Anhängers zierten. Dann ließ sie es blitzschnell fallen.

Das schwere Schmuckstück prallte auf der Tischplatte auf, aber noch bevor dies geschah, schossen zwei dünne, silberne Nadeln aus seinen Seiten. An ihren Spitzen glitzerten winzige Tröpfchen einer rosafarbenen Flüssigkeit. Klostos wurde blaß.

»Gift, nehme ich an?«

»Das stärkste Gift, das Ihr Euch denken könnt«, bestätigte Nan-Tay. »Ihr hättet nicht einmal den Schmerz gespürt.« Sie zog einen Dolch aus dem Gürtel, drehte das Amulett vorsichtig herum und drückte auf ein weiteres Quadrat. Die beiden Nadeln schnappten in das schwere Gehäuse zurück. Einen Augenblick später klappte das gesamte Amulett auseinander, und ein quadratisches Plättchen aus Gold kam zum Vorschein. Mercenario sah, daß auf seiner Oberfläche winzige Schriftzeichen eingraviert waren. Nan-Tay machte eine auffordernde Geste.

Klostos beugte sich gierig vor und griff nach dem Plättchen. Seine Augen wurden schmal, als er die Schrift studierte. Dann runzelte er die Stirn. »Das ist alles?« fragte er zweifelnd.

»Ja. Alles, was Ihr an Zutaten braucht. Aber es kommt auf die richtige Menge an. Nehmt von allem was angegeben ist, aber das dreifache an Schwefel, und erhitzt die Mischung in einem geschlossenen Gefäß. Nicht länger als fünf Minuten, aber auch nicht weniger. Ihr erhaltet einen Sud. Wenn Ihr ihn durch ein Tuch oder ein sehr feines Netz seiht, habt Ihr das Schwarze Pulver.«

»Wer garantiert mir, daß das die Wahrheit ist?« fragte Klostos.

»Ihr zweifelt mein Wort an?« sagte Nan-Tay scharf.

»Natürlich nicht«, erwiderte Klostos hastig. »Es ist nur ... ich bin ein wenig überrascht, wie einfach es ist.«

»Die meisten großen Dinge sind einfach«, antwortete Nan-Tay. »So einfach wie unser Handel.« Sie nahm das Amulett an sich, klappte es wieder zu und ließ es rasch unter ihrer Rüstung verschwinden. »Ihr habt, was Ihr wolltet, Klostos. Ich werde jetzt gehen und meinen Gefangenen mitnehmen. Ich bin froh, daß letztendlich die Vernunft gesiegt hat und es nicht zum Schlimmsten gekommen ist.«

»Ja«, sagte Klostos. »Ich auch. *Packt ihn.*«

Nan-Tays blitzschnelle Reaktion verriet, daß sie mit nichts anderem gerechnet hatte. Das Schwert sprang regelrecht in ihre Hand, und der Schlag, mit dem sie den ersten Angreifer zu Boden streckte, war so schnell, daß der Mann den Hieb, der ihn tötete, wahrscheinlich nicht einmal kommen sah. Noch bevor er zu Boden stürzte, sprang Nan-Tay mit einer behenden Bewegung zurück und zur Seite, schlug einem zweiten Krieger das Schwert samt der Hand, die es hielt, herunter und setzte zu einem Sprung über den Tisch an. Ihr Ziel war Klostos.

»Mercenario!« schrie Klostos.

Vielleicht nur für den Bruchteil einer Sekunde war Nan-Tay abgelenkt – aber diese winzige Zeitspanne reichte aus, den Kampf zu entscheiden. Mercenario erwachte blitzartig aus seiner Erstarrung, warf sich mit weit ausgestreckten Armen vor und bekam Nan-Tays Beine zu fassen. Nan-Tay reagierte ganz instinktiv und trat nach seinem Gesicht. Sie traf. Mercenario sank benommen zurück, aber der Ruck brachte Nan-Tay auch aus dem Gleichgewicht. Sie stolperte, prallte schwer gegen die Tischkante und fiel auf die Knie herab.

Mercenario ließ ihr keine Chance. Blitzschnell war er über ihr, schlug ihren Schwertarm zur Seite und packte in der gleichen Bewegung ihr Handgelenk. Nan-Tay schrie vor Schmerz, als er ihren Arm mit einem kräftigen Ruck nach hinten bog, und ließ ihre Waffe fallen.

Aber so schnell gab sie nicht auf. Mercenarios Hand war plötzlich leer, als sich die Kriegerin mit einer blitzschnellen Drehung aus seinem Griff wand, und eine Sekunde später taumelte er zurück, von einem Schlag getroffen, der ihn an den Rand der Besinnungslosigkeit brachte. Nan-Tay setzte einen Fußtritt nach, der ihn nach hinten schleuderte und über den Tisch warf. In ihrer Hand blitzte ein Dolch.

Sie kam nicht dazu, die Waffe zu schleudern. Zwei weitere Krieger warfen sich auf sie. Der eine entrang ihr die Waffe, während der andere ihr die Fäuste in den Nacken schlug, so daß sie nach vorne taumelte und abermals auf die Knie fiel. Diesmal ließen ihr die Männer keine Chance, noch einmal in die Höhe zu kommen. Ein Fußtritt schleuderte sie vollends zu Boden, und einen Augenblick später wurde sie gepackt und von gleich drei von Klostos Kriegern in die Höhe gezerrt und festgehalten.

Mercenario richtete sich benommen auf. Er taumelte, verlor die Balance und mußte sich an der Tischkante festhalten, um nicht gleich wieder zu Boden zu stürzen. Bei passender Gelegenheit würde er seine Meinung, was Nan-Tays Fähigkeiten als Krieger anging, noch einmal überdenken müssen.

Auch Klostos hatte sich erhoben und kam mit kleinen, mühsamen Schritten um den Tisch herum. Nan-Tay bäumte sich im Griff der drei Soldaten auf, als er auf sie zutrat, aber sie hatte keine Chance.

Klostos lachte leise. »Du Narr«, sagte er. »Hast du wirklich geglaubt, mich so einfach übertölpeln zu können? Von rechts wegen sollte ich eigentlich beleidigt sein, daß du mich für so dumm hältst.« Er schüttelte den Kopf, hob den Arm und riß mit einer einzigen Bewegung das Netz von Nan-Tays Gesichts.

Erstaunt riß er die Augen auf. »Du?«

Nan-Tay funkelte ihn an. Sie sagte nichts, aber ihr Blick sprühte vor Haß.

»*Du* bist Nan-Tay?« fragte Klostos ungläubig. »Wahrhaftig, selbst ein Mann wie ich ist nicht vor Überraschungen gefeit. Der berühmte Nan-Tay – ein kleines Mädchen.« Sein Blick wanderte über die Gesichter seiner Krieger, dann über die Gestalten des erschlagenen Kriegers und seines Kameraden, den Nan-Tays Schwerthieb die Hand gekostet hatte. »Hätte ich es nicht mit eigenen Augen gesehen, würde ich es nicht glauben«, sagte er. »Euer Volk steckt wirklich voller Geheimnisse. Wie schön, daß sie bald alle mir gehören werden.«

»Niemals«, antwortete Nan-Tay haßerfüllt. »Du kannst mich umbringen, aber du wirst unser Land nie wieder betreten.«

»Da wäre ich nicht so sicher.« Klostos deutete mit einer beiläufigen Geste auf Mercenario. »Sieh deinen Freund hier an. Noch vor ein paar Stunden hätte er mir am liebsten mit bloßen Händen die Kehle herausgerissen. Und jetzt ist er einer meiner treuesten Verbündeten. Obwohl ...« Wieder sah er auf die beiden reglosen Gestalten am Boden herab, dann lächelte er »... wenn ich es mir recht überlege, sollte ich vielleicht *dich* zu meiner Leibwache machen. Oder auch euch beide. Wir werden sehen.«

Nan-Tay starrte ihn noch einen Herzschlag lang aus brennenden Augen an, dann drehte sie mit einem Ruck den Kopf. Ihre Stimme bebte, als sie sich an Mercenario wandte. »Also hast du mich vom ersten Moment an belogen«, sagte sie. »Hat es dir wenigstens Freude bereitet?«

Mercenario wollte antworten, aber Klostos kam ihm zuvor. »Nicht doch«, sagte er kopfschüttelnd. »Du tust deinem Freund Unrecht, glaube mir. Er hat dir schon die Wahrheit gesagt. Du wirst sehen – schon morgen früh wirst du mir eine ebenso treue Verbündete sein wie er.«

»Niemals!« antwortete Nan-Tay.

»Ein großes Wort, das man nicht vorschnell in den Mund nehmen sollte. Bei allen Göttern, ein kleines Mädchen!« Wieder schüttelte Klostos den Kopf. »Ich glaube, du und ich werden uns viel zu erzählen haben. Wir . . .«

Nan-Tay spuckte ihn an. Klostos taumelte zurück, als hätte sie ihn geschlagen, und hob die Hand an das Gesicht. Für eine Sekunde verwandelte sich sein Antlitz in eine Miene puren Hasses.

Aber er beherrschte sich. Nach einem Moment verschwand der Haß von seinen Zügen und machte einem bösen Lächeln Platz. »Eine richtige kleine Wildkatze, wie? Aber das macht nichts. Ich mag Frauen, die wissen, was sie wollen. Ich denke, ich werde mich persönlich darum kümmern, daß du auf den rechten Weg geführt wirst, mein Kind. Aber erst, nachdem ich mich mit der Formel beschäftigt habe.«

Er zog das Goldplättchen mit der Formel hervor und schwenke es vor Nan-Tay in der Luft. »Ich habe lange auf diese Formel gewartet. Zu lange, um mich noch zu gedulden. Überhaupt war ich noch nie ein geduldiger Mensch oder gar jemand, der es schätzt, belogen zu werden. Solltest du also bei der Zusammensetzung irgend etwas vergessen haben, wäre jetzt noch Gelegenheit, das Versäumte nachzuholen.« Er wartete einen Moment vergebens auf eine Antwort, zuckte mit den Schultern und steckte das Plättchen wieder ein. »Nun gut«, sagte er. »Wir haben Zeit genug, die Wahrheit herauszufinden.« Er wedelte mit der Hand. »Bringt unseren Gast auf sein Zimmer, und...«

Klostos unterbrach sich, sah Mercenario einen Atemzug lang nachdenklich an und grinste plötzlich. »Ihr wart eine gute Woche zusammen, nicht wahr?« fragte er. »Hattest du wenigstens etwas davon? Nein. Nun, dann werde ich dir beweisen, daß es sich durchaus lohnt, in meinen Diensten zu stehen. Ich schenke sie dir.«

»Man kann einen Menschen nicht *verschenken*, Klostos«, sagte Mercenario.

»Unsinn«, erwiderte Klostos. »Ein Mensch. Ha! Was für ein großes Wort für ein Ding, das meistens weniger wert ist als der Schmutz, in dem es herumkriecht. Du bist ein tapferer Mann, Mercenario, aber dumm wie die meisten tapferen Männer. Eines Tages wirst du begreifen, daß auch Menschen nur Dinge sind. Führt sie beide ab.«

Sie wurden in dieselbe Zelle gebracht, in der Mercenario zuvor gewesen war. Diesmal *wurden* sie gebunden – Nan-Tay mit groben, sehr festen Stricken um Hand- und Fußgelenke, die es ihr unmöglich machten, auch nur aufzustehen, Mercenario mittels einer eisernen Schelle, die mit einem der Ringe in der Wand verbunden wurde. Nach dem, was soeben geschehen war, verstand Mercenario diese Vorsichtsmaßnahme nicht ganz, aber vielleicht traute Klostos seinem eigenen Zauber nicht. Vielleicht hatte er auch nur Angst, daß Nan-Tay die Wirkung des Trankes auf irgendeine Weise beeinträchtigen könne.

Wieder war es Derrek, der sie in ihr Gefängnis brachte, aber diesmal blieb er nicht bei ihnen, sondern überzeugte sich nur davon, daß seine Gefangenen sicher und gut gefesselt waren. Doch bevor er die Zelle verließ, blieb er noch einmal stehen und sah nachdenklich auf Nan-Tay herab. Er stand sehr lange so da, und Mercenario spürte, daß irgend etwas in ihm vorging. Aber er sagte nichts, sondern drehte sich schließlich mit einer abrupten Bewegung herum und ging. Mercenario hörte, wie er draußen mit den beiden Wächtern redete.

Es wurde sehr still. Nan-Tay starrte an ihm vorbei ins Leere, und irgend etwas Ungutes war in dieser Stille, daß es Mercenario unmöglich machte, das Schweigen zu brechen. Er spürte, daß etwas in Nan-Tay vorging. Schließlich sagte er doch: »Das war sehr tapfer von dir. Aber auch sehr dumm.«

Im allerersten Moment schien es, als hätte Nan-Tay seine Worte gar nicht gehört. Dann lächelte sie auf eine eigentümlich traurige Weise.

»Vielleicht«, sagte sie. »Aber es war das einzige, was ich noch tun konnte.« Sie setzte sich auf und sah zu Mercenario hoch. »Was hat er mit dir getan? Dich verzaubert?«

»So könnte man es nennen«, antwortete Mercenario. »Sie haben mich gezwungen, einen Trank zu schlucken. Ich weiß nicht, was es war, aber ich ...« Er suchte vergebens nach Worten, um zu beschreiben, was in ihm vorging. Er fand sie nicht. Es gab Dinge, die ließen sich nicht mit Worten beschreiben, und der schleichende Schrecken in seiner Seele gehörte dazu.

»Du mußt ihm gehorchen«, vermutete Nan-Tay. »Du willst es nicht, aber dein eigener Wille stellt sich gegen dich. Klostos ist jetzt dein Herr.«

Mercenario nickte.

»Der Todestrank«, flüsterte Nan-Tay. Ihre Stimme vibrierte vor Angst.

»Du kennst diese Droge?« fragte Mercenario überrascht.

»Ja. Die Fürsten der Alten Welt benutzten sie, um ihre Krieger gefügig zu machen und ihnen im Kampf die Kraft von zehn Männern zu geben. Sie macht dich unbesiegbar, aber sie verzehrt dich auch.«

»Woher weißt du das?« fragte Mercenario.

»Unser Meister hat mir davon erzählt«, antwortete Nan-Tay. »Auch dieser Trank gehört zu den Geheimnissen, über die wir wachen. Ich weiß nicht, woher Klostos davon erfahren hat. Aber wenn er seine Krieger durch den Todestrank beherrscht, dann ... dann gibt es nicht viel, was ihn aufhalten kann.« Sie sah ihn aus Augen an, die dunkel vor Furcht waren. »Du würdest mir mit bloßen Händen das Herz aus dem Leib reißen, wenn Klostos es dir befiehlt«, sagte sie.

Mercenario hätte ihr gerne widersprochen, aber er konnte es nicht. Er spürte, daß sie recht hatte.

»Trotzdem ist Klostos ein Narr«, fuhr Nan-Tay fort. »Wer die Droge nimmt, stirbt binnen eines Jahres. Er wird seine eigenen Krieger töten.«

»Nach dem, was ich hier gesehen habe, hat er keinen Mangel daran«, sagte Mercenario. Er seufzte tief. »Warum bist du hier? Hast du wirklich geglaubt, er würde dich wieder gehenlassen – oder gar mich? Du hättest in Ruhe abwarten sollen, bis er versucht, das Amulett zu öffnen.«

»Das konnte ich nicht«, erwiderte Nan-Tay. »Klostos ist kein Dummkopf. Er hatte zehn Tage Zeit. Hätte er es mit Gewalt öffnen wollen, so hätte er es längst getan. Und ich fürchtete, daß er früher oder später einen Weg findet, an die Formel zu gelangen, ohne den Mechanismus auszulösen, der das Amulett zerstört.«

»Und deshalb hast du sie ihm vorsichtshalber gleich freiwillig gegeben?«

»Ich habe geschworen, die Formel zurückzubringen«, erwiderte Nan-Tay, »oder Klostos zu vernichten.«

»Du meinst, du hast ihm nicht die Wahrheit gesagt?« fragte Mercenario.

Nan-Tay schüttelte den Kopf. »Die Zusammensetzung stimmt, doch wenn er das Gemisch, das er erhält, tatsächlich über dem Feuer erhitzt, wird er sterben.« Sie zögerte einen winzigen Moment. »Und ich fürchte, wir auch.«

»Und wenn nicht?« fragte Mercenario.

»Dann ist Zomar verloren«, antwortete Nan-Tay mit großem Ernst. »Wenn Klostos im Besitz des Schwarzen Pulvers ist, kann kein Heer der Welt ihn noch aufhalten.«

15

Nan-Tay glaubte, daß Klostos höchstens eine Stunde benötigen würde, um das Pulver nach ihren Angaben zusammenzumischen; und es gab keinen Grund, anzunehmen, daß er nicht sofort damit beginnen würde. Anders ausgedrückt – sie hatten noch ungefähr eine Stunde zu leben, denn Nan-Tay hatte keinen Zweifel daran gelassen, daß niemand in diesem Gebäude mit dem Leben davonkommen würde, wenn ihr Plan aufginge.

Sie verbrachten diese Zeit mit Reden. Aber es waren keine großen Dinge, die sie besprachen. Ganz im Gegenteil – jetzt, wo sie beide den sicheren Tod vor Augen hatten, schienen es plötzlich gerade die Kleinigkeiten zu sein, die ungemein wertvoll waren. Mercenario erzählte von den wenigen Erinnerungen, die er an seine Kindheit hatte, und Nan-Tay sprach von ihrer Jugend in der Stadt unter dem Eis.

Es war eine sonderbare Stimmung, die sich zwischen ihnen ausbreitete; zum Schluß war sie beinahe heiter, jene Art von stoischer Gelassenheit, die Menschen oft überkommt, die sich in einer ausweglosen Situation befinden. Mercenario hatte keine Angst vor dem Tod. Nach dem, was ihm Nan-Tay über die Wirkung des Trankes erzählt hatte, und über das, was Zomar vielleicht bevorstand, sollte Klostos tatsächlich in den Besitz der Formel gelangen, wäre er wahrscheinlich eine Erlösung.

Ihre Frist mußte nahezu abgelaufen sein, als sie

wieder Schritte vor der Tür hörten. Nan-Tay brach mitten im Wort ab und wandte den Kopf, und obwohl Mercenario ihr Gesicht jetzt kaum noch erkennen konnte, sah er doch, daß sie bleich geworden war.

»Sie kommen«, sagte sie leise. »Es ... es hat nicht funktioniert.«

Draußen wurden Stimmen laut. Mercenario hörte, wie der Riegel zurückgeschoben wurde.

Nan-Tay wandte mit einem Ruck den Kopf und sah ihn aus großen, angstvoll geweiteten Augen an. »Versprich mir eines, Mercenario«, sagte sie.

»Was?«

»Laß nicht zu, daß sie mir den Trank geben. Töte mich, wenn du kannst.«

Mercenario schloß mit einem lautlosen Seufzer die Augen. Am liebsten hätte er geschrien. Er verstand Nan-Tay nur zu gut – aber er *konnte* ihr dieses Versprechen nicht geben, denn er wußte, daß er es nicht halten konnte.

Die Tür wurde geöffnet, und Derrek trat ein. Er wirkte sehr nervös. Sein Blick irrte unstet durch den Raum und suchte die Ecken und Winkel ab, als müsse er sich davon überzeugen, daß sie auch wirklich allein waren. Langsam schloß er die Tür hinter sich, blieb einen Moment reglos stehen, um zu lauschen, und ließ sich dann neben Nan-Tay in die Hocke sinken. Seine Hand kroch mit kleinen unsicheren Bewegungen zum Gürtel und zog einen Dolch hervor.

»Bist du wirklich Nan-Tay, die Kriegerin aus dem Norden?« fragte er.

Nan-Tay nickte. »Ja. Warum fragst du? Glaubt Klostos mir immer noch nicht?«

»Klostos weiß nicht, daß ich hier bin«, antwortete Derrek. »Ich habe den Wachen erzählt, daß ich euch

abholen soll, aber das ist nicht die Wahrheit. Klostos hat befohlen, den Trank für dich vorzubereiten, aber er will ihn dir selbst geben, sobald er mit seinem Experiment fertig ist.«

»Sein Experiment?« Nan-Tay schrak zusammen. »Wo ist er jetzt?«

»In einem Raum neben der Bibliothek«, antwortete Derrek. »Ich darf ihn nicht betreten, aber ich habe gesehen, daß die Diener ununterbrochen Dinge hineinschleppen. Sie haben ein Feuer entzündet.«

»Also ist er darauf he ...« Nan-Tay biß sich auf die Lippen und brach ab, ehe sie das Wort zu Ende sprechen und *hereingefallen* sagen konnte.

»Wo ist dieser Raum?« fragte Mercenario. »Auf dieser Etage?«

Derrek nickte, wandte sich aber sofort wieder an Nan-Tay. »Ich helfe euch«, sagte er nervös. »Aber du mußt mir die Wahrheit sagen. Bist du wirklich die, für die du dich ausgibst?«

»Das ist sie«, sagte Mercenario an Nan-Tays Stelle. »Was zum Teufel soll das?«

»Und du kommst aus dem Land jenseits der Großen Tiefe? Man sagt, Ihr seid Zauberer.«

»Wir wissen vieles«, antwortete Nan-Tay. »Zauberer sind wir nicht. Warum fragst du?«

»Ich helfe euch zu entkommen«, sagte Derrek. »Aber ihr müßt mich mitnehmen.«

»Mitnehmen? Aber das geht ...«

»Wenn ihr wirklich so mächtig seid, wie Klostos glaubt, dann könnt ihr auch den Bann seines Zaubertrunkes brechen«, fuhr Derrek nervös fort. »Nehmt mich mit und helft mir, und ich bringe euch hier heraus.«

»Vielleicht könnten wir das«, sagte Nan-Tay vorsichtig. »Aber ich kann es dir nicht versprechen. Ich bin Krieger, kein Heilkundiger. Es wäre möglich, aber . . .«

»Eine Chance«, sagte Derrek, »mehr will ich nicht. Ich kann so nicht leben. Lieber sterbe ich bei dem Versuch, als weiter als Klostos Sklave hier zu bleiben und in einem Jahr zu sterben.« Er sah zu Mercenario auf, und ein schuldbewußter Ausdruck erschien in seinem Blick.

»Da ist noch etwas, was ich euch nicht gesagt habe«, sagte er. »Die Droge . . . tötet die, die sie nehmen. Es dauert lange Monate, wenn nicht ein Jahr. Aber am Ende verzehrt sie dich.«

»Ich weiß«, sagte Mercenario.

Derrek fuhr sichtlich zusammen, biß sich auf die Lippen und wandte sich dann wieder an Nan-Tay. »Nun?«

»Ich kann dir nichts versprechen, was ich nicht halten kann«, sagte Nan-Tay ernst. »Mein Drache kann keine drei Reiter tragen. Und du würdest die Reise über die Große Tiefe nicht aushalten. Sie dauert zehn Tage. Du würdest schon am zweiten Tage wahnsinnig, wenn du Klostos Trunk nicht hättest.«

»Das gilt auch für ihn«, sagte Derrek mit einer Geste auf Mercenario. »Ich habe einen Vorrat des Trankes gestohlen. Genug für uns beide, um die Reise durchzustehen. Und ich weiß, wo sie ihre Drachen untergebracht haben. Wir können einen davon stehlen.«

Nan-Tay zögerte noch immer. »Nur eine Chance?« fragte sie schließlich. »Du verlangst kein Versprechen, daß ich dich rette?«

»Nur eine Chance«, sagte Derrek.

Nan-Tay hob die gefesselten Hände. »Also gut. Aber beeile dich. Wir haben nicht mehr viel Zeit. Vielleicht nur noch Minuten.«

Sie tauschte einen stummen Blick mit Mercenario, während Derrek den Dolch hob und die dicken Stricke durchzusäbeln begann, mit denen sie gebunden war, und Mercenario las die Trauer in ihrem Blick und wußte im selben Moment, daß sie ihr Wort nicht würde halten können. Sie hatte nicht vor, es zu brechen – aber sie wußten beide, daß es nicht funktionieren würde. Und wahrscheinlich wußte Derrek es ebenso. Vielleicht war der einzige wahre Grund, aus dem er ihnen half der, daß er ahnte, daß sie bei diesem Fluchtversuch mit großer Wahrscheinlichkeit alle ums Leben kommen würden. Ein weiterer Punkt, für den Klostos bezahlen würde.

Derrek löste rasch hintereinander Nan-Tays und Mercenarios Fesseln, dann richtete er sich auf, legte mahnend die Hand über die Lippen und trat an die Tür. Mercenario sah ihn fragend an, ob er Hilfe benötigte, aber Derrek schüttelte nur den Kopf. Er zögerte noch einen Moment, dann schob er entschlossen die Tür auf und verließ die Zelle.

»Traust du ihm?« fragte Nan-Tay.

Mercenario nickte und zuckte gleichzeitig mit den Schultern. »Er hat mir schon einmal geholfen. Warum sollte er uns belügen?« antwortete er im Flüsterton. »Es gibt keinen Grund für diese Farce. Außerdem sind wir kaum in der Situation, uns unsere Verbündeten aussuchen zu können.«

Er verstummte, als Derrek zurückkam. Das Gesicht des Stadtsoldaten war wie Stein, aber Mercenario sah frisches Blut an seinen Fingern, und so sehr er seine Züge unter Kontrolle hatte, so wenig konnte er die Angst unterdrücken, die in seinem Blick flackerte.

Wortlos und sehr schnell verließen sie die Zelle. Die beiden Wächter waren tot. Derrek hatte ihnen mit zwei sauberen Schnitten die Kehlen aufgeschlitzt, und er war sogar so umsichtig gewesen, sie so hinzulegen, daß kaum Blut auf den Boden tropfte. Mercenario half ihm, die beiden Leichen in die Zelle zu schleifen und die wenigen Spuren zu verwischen, dann eilten sie weiter.

Nan-Tay wurde mit jedem Moment nervöser – und nach allem, was sie über das Schwarze Pulver und ihre verbliebene Zeit erzählt hatte, konnte Mercenario das durchaus verstehen. So, wie sich diese ganze Geschichte bisher entwickelt hatte, dachte er, würde es ihn nicht überraschen, wenn das Schicksal sie genau so weit kommen ließ, wie es gerade noch ging, damit sie zusammen mit Klostos ums Leben kamen. Wenn es die zahllosen Götter Zomars wirklich gab, dann hatten sie sich zweifellos allesamt gegen ihn verschworen.

Aber diesmal hatten sie Glück. Weder stürzte das Gebäude über ihnen zusammen, noch standen plötzlich Klostos' Krieger vor ihnen. Sie erreichten unbehelligt die Treppe und gingen ins nächste Stockwerk hinab. Zwei oder drei Krieger der Stadtgarde kamen ihnen entgegen, aber sie erkannten Nan-Tay und ihn entweder nicht, oder ihr Vertrauen in den Zaubertrank ihres neuen Herrn war grenzenlos. Niemand nahm Notiz von ihnen.

Als Mercenario die Stufen ins unterste Stockwerk in Angriff nehmen wollte, schüttelte Derrek den Kopf. Er deutete nach rechts. Mercenario sah in die angegebene Richtung, konnte aber nur einen langen Korridor erkennen und setzte zu einer Frage an.

Derrek legte hastig den Zeigefinger über die Lippen, ging voraus und verschwand in einer Nische auf der rechen Seite. Erst, als Mercenario und Nan-Tay ihn fast eingeholt hatten, erkannten sie, daß sich darin eine schmale Tür verbarg. Das Holz war kunstvoll und in der gleichen Farbe bemalt worden wie die Wände, so daß man schon sehr genau hinsehen mußte, um sie überhaupt zu entdecken.

»Was ist das?« fragte er.

»Ein Gang, den nur die Dienstboten benutzen«, antwortete Derrek nervös. Er gestikulierte ungeduldig, weiterzugehen, und zog die Tür hinter sich zu, nachdem Mercenario und Nan-Tay an ihm vorübergetreten waren. Sie fanden sich auf einer schmalen, sehr steilen Steintreppe wieder. Vor irgendwoher kam Licht, aber es reichte nicht aus, um *wirklich* etwas zu sehen. Sie erahnten ihre Umgebung mehr, als daß sie sie erkannten.

»Es gibt ein ganzes System solcher Gänge«, fuhr Derrek fort. »Ich glaube nicht, daß Klostos von ihnen weiß. Ihr müßt jetzt sehr vorsichtig sein. Der Weg führt direkt an den Ställen vorüber. Viele von Klostos Kriegern sind dort untergebracht. Sie kennen euch. Wenn sie uns entdecken, ist es aus.«

Er wollte weitergehen, aber Mercenario hielt ihn zurück. »Was ist mit deiner Mutter«, fragte er, »und deiner Schwester?«

»Klostos wird ihnen noch nichts tun«, antwortete Derrek nervös. »Ich habe ihnen eine Nachricht geschickt. Sie verlassen Harumal in diesem Augenblick. Wenn wir davonkommen, werde ich mich um sie kümmern. Wenn nicht, dann ... sind sie an jedem anderen Ort besser aufgehoben als hier.« Er versuchte zu lächeln, aber es mißlang. »Kommt jetzt weiter.«

Schweigend folgten sie ihm. Die Treppe führte in engen Schleifen in die Tiefe hinab, und obwohl Mercenario die Stufen nicht gezählt hatte, spürte er doch, daß sie sich unter der Erde aufhalten mußten, als sie endlich wieder auf ebenem Boden gingen. Es wurde immer dunkler, so daß sie ihren Führer bald nur noch als schwarzen Schatten in der Düsternis vor sich sehen konnten.

Endlich erreichten sie eine Tür, und Derrek blieb abermals stehen. »Dahinter liegt eine Treppe, die auf den Hof hinaufführt«, flüsterte er. »Es ist nicht weit – vielleicht fünf oder sechs Schritte, aber für dieses Stück haben wir keine Deckung. Wenn sie uns sehen, müssen wir kämpfen.« Er rang einen Moment mit sich selbst, dann griff er unter sein Wams und zog eine bauchige Flasche hervor, die er Mercenario reichte.

»Hier. Sie ist bei dir besser aufgehoben.«

Mercenario wußte, was sie enthielt, ohne fragen zu müssen. Er nahm die Flasche entgegen, aber er hatte kein sehr gutes Gefühl dabei.

»Falls wir getrennt werden, versuche ich mich zum Hof durchzuschlagen«, fuhr Derrek fort. »Ihr erinnert Euch? Der Berghof, auf dem wir die Drachenreiter trafen.«

»Ein guter Treffpunkt«, sagte Mercenario. »Die Felsen sind für Reiter fast unpassierbar. Wir warten bis morgen abend auf dich, wenn es nötig sein sollte.« Er lächelte. »Aber es wird nicht nötig sein. Jetzt sind wir so weit gekommen, da müßte es schon mit dem Teufel zugehen, wenn noch etwas dazwischen käme.«

»Klostos *ist* der Teufel«, sagte Derrek ernst.

Er öffnete die Tür. Die Scharniere quietschten, und ein so durchdringender Fäulnisgestank schlug Mercenario entgegen, daß er im ersten Moment kaum atmen konnte. Die Treppe, die dahinter zum Vorschein kam, war dick mit Staub und eingetrocknetem Schmutz bedeckt, der an ihren Füßen klebte.

Wahrscheinlich war seit Jahren niemand mehr hier gewesen.

Wie Derrek gesagt hatte, befanden sie sich ganz in der Nähe der Pferdeställe. Mercenario spürte den typischen, durchdringenden Geruch, und nach ein paar Augenblicken hörte er die Tiere auch; ihren schnaubenden Atem, das unruhige Stampfen ihrer eisenbeschlagenen Hufe auf dem Boden. Aber er vernahm auch rauhe Stimmen sehr vieler Männer, die sich in unmittelbarer Nähe befanden.

Ein paarmal sah er sie sogar, denn die Wand zur Linken bestand nur aus dünnen Brettern, durch deren Ritzen man manchmal einen Finger hätte stecken können.

Mercenario schätzte, daß sich mindestens fünfzig Krieger in schwarzen Rüstungen in dem Pferdestall versammelt hatten – warum, wußte er nicht, aber das spielte im Moment auch keine Rolle. Derreks Warnung war jedenfalls kein bißchen übertrieben gewesen. Wenn sie sie entdeckten, dann war es aus. Gegen diese Übermacht wäre jede Gegenwehr lächerlich gewesen.

Beinahe mit angehaltenem Atem schlichen sie weiter, bis sie schließlich das Ende der Treppe und eine Tür erreichten, die auf den Hof hinausführte. Helles Sonnenlicht fiel durch die Fugen, und Mercenario hörte abermals Stimmen und Schritte. Konzentriert blinzelte er zwischen den verzogenen Bohlen hindurch, ohne jedoch irgend etwas Verdächtiges zu entdecken.

»Riskieren wir es?« fragte er.

Derrek nickte, Nan-Tay schloß die Augen. Ihr Gesicht war eine einzige Maske der Anspannung. »Ich hoffe, die Zeit reicht.«

»Wozu?« wollte Derrek wissen.

Nan-Tay lächelte nervös. »Nichts«, sagte sie. »Ich habe nur... laut gedacht, das ist alles.«

Aber die Zeit reichte nicht.

Es begann mit einem leisen, kaum wahrnehmbaren Grollen; nicht viel mehr als das unwillige Knurren eines Drachen, den etwas im Schlaf gestört hatte. Aber das Geräusch steigerte sich rasch zu einem Dröhnen, dann zu einem Donnern und Tosen, und zugleich begann der Boden unter ihren Füßen so heftig zu schwanken, daß Mercenario mit weit ausgebreiteten Armen um sein Gleichgewicht kämpfen mußte, gegen Nan-Tay fiel und zusammen mit ihr gegen die Wand prallte.

Plötzlich erstrahlte jenseits des dünnen Holzes ein grausam helles, fast weißes Licht. Das Donnern steigerte sich zu einem lauten Dröhnen, Bersten und Krachen, und dann schien die Welt nur noch aus Feuer, Lärm und fliegenden Trümmerstücken zu bestehen. Mercenario und die beiden anderen wurden einfach von den Füßen gerissen und zu Boden geschleudert, während rings um sie herum die gesamte Stadt in Trümmern zu fallen schien. Glühendes Holz und scharfkantige Steine prasselten auf Mercenario herab, der Boden zitterte noch immer wie ein bockender Wilddrache, und das zuckende, jetzt orangerote Licht drang selbst durch seine zusammengepreßten Augenlider. Instinktiv verbarg er den Kopf zwischen den Armen, krümmte sich und spannte alle Muskeln an, als weitere Trümmer auf ihn herabstürzten wie versteinerter Regen.

In Wahrheit dauerte es wohl nur Sekunden, aber Mercenario kamen sie vor wie Stunden. Das Krachen ließ nur ganz allmählich nach, und es hörte auch nicht ganz auf, sondern ging lediglich in ein lang anhaltendes, nur wenig leiseres Poltern und Rut-

schen über, und zugleich begann ein ganzer Chor erschrockener Schreie rings um sie herum laut zu werden.

Vorsichtig hob Mercenario den Kopf und öffnete die Augen. Der Staub war so dicht, daß er im ersten Moment kaum mehr als Feuer und Schatten erkennen konnte. Schreiende Menschen und Tiere rannten in kopfloser Panik an ihnen vorbei. Einige davon brannten. Überall lagen Tote und Verwundete. Der Stall und ein Teil der gegenüberliegenden Wand waren zusammengebrochen, und aus den Trümmern schlugen prasselnde Flammen. Als Mercenario sich auf den Rücken wälzte, erblickte er etwas, was ihn mit einem überraschten Schrei in die Höhe fahren ließ.

Wo der Königspalast von Harumal gestanden hate, erhob sich eine rauchende, zerfetzte Ruine, aus der Flammen und schwarzer, fettiger Qualm aufstiegen. Wo der große Turm gewesen war, in dem sich der Thronsaal und somit auch Klostos improvisiertes Laboratorium befunden hatten, gähnte nur noch ein niedergebrannter Rest, wie ein verkohlter Baumstumpf. Aus nahezu jedem Fenster des Gebäudes schlugen Flammen.

»Ihr Götter«, flüsterte Mercenario. »Was ... was war das?«

»Das Schwarze Pulver«, sagte Nan-Tay und richtete sich unsicher auf. Sie war über und über mit Ruß und Staub bedeckt, schien aber bis auf ein paar Kratzer unverletzt zu sein.

»Das ... das Schwarze Pulver?« Mercenario spürte, wie ihm ein eisiger Schauer über den Rücken lief. »*Das* ist es, was Klostos von euch wollte?« Allein der Gedanke daß diese unvorstellbare Zerstörungsmacht in die Hände des wahnsinnigen Alten gefallen wäre, ließ ihn beinahe schon wieder aufstöhnen.

Es war nicht nötig, deshalb antwortete Nan-Tay auch nicht. Mercenario erhob sich, tastete prüfend über seine Glieder und seinen Körper, wie um sich zu überzeugen, daß noch alles an seinem Platz war, und sah sich dann nach Derrek um.

»Beeilen wir uns«, sagte er. »Im Moment interessieren sie sich zwar nicht für uns, aber wenn sie ihren Schrecken erst einmal über ...«

»Was hast du?« fragte Nan-Tay, als er nicht weitersprach.

Mercenario starrte mit steinernem Gesicht zu Derrek herab, der wenige Schritte neben ihm zwischen den rauchenden Trümmern lag. Sein Gesicht war rußbeschmiert, aber seine Augen standen weit auf, so daß man den überraschten Ausdruck darin erkennen konnte. Ein Stück eines Dachbalkens hatte seine Brust durchbohrt und ihn an den Boden genagelt.

»Armer Kerl«, murmelte Nan-Tay. »Er muß sofort tot gewesen sein.« Sie wartete auf eine Antwort. Als sie nicht kam, sah sie Mercenario fragend an. »War er ein Freund von dir?«

»Ja«, antwortete Mercenario. »Vielleicht der beste, den ich je hatte. Nur wußte ich das bisher nicht einmal.« Seine Hand glitt zum Gürtel und schmiegte sich um die kleine Flasche, die er daran befestigt hatte. Ob es wirklich ein Zufall war, daß der Balken Derreks Brust genau dort durchbohrt hatte, wo er die Flasche unter dem Wams getragen hatte?

Mercenario riß sich mühsam vom Anblick des toten Kriegers los und sah noch einmal zur Ruine des Turmes empor. Die Flammen griffen immer schneller um sich. Was die Explosion nicht vernichtet hatte, das würde das Feuer verzehren, wenn nicht noch ein Wunder geschah. Auf dem Hof erschienen immer mehr Menschen, aber noch immer nahm niemand Notiz von Nan-Tay und ihm. Unter hunderten verletzter, verdreckter Gestalten waren sie nur zwei weitere verletzte, verdreckte Gestalten, die sich in nichts von irgendeinem der anderen hier unterschied.

»Verschwinden wir, Mercenario«, sagte Nan-Tay. »Bevor ihnen auffällt, daß wir noch am Leben sind. Gondra wartet zwei Meilen von der Stadt entfernt, und wir sollten auf ihrem Rücken sitzen, ehe sie sich wieder an uns erinnern. Klostos ist zwar tot, aber seine Leute könnten ein wenig nachtragend sein.«

»Nein«, sagte Mercenario. »Das ist er nicht.«

Nan-Tay blinzelte. »Wie meinst du das?«

Mercenario antwortete nicht mehr. Statt dessen drehte er sich mit einem Ruck herum und begann mit schnellen Schritten auf das gewaltige Loch in der Hofmauer zuzugehen, wo vor zwei Minuten noch ein Tor gewesen war. Er erklärte seine Worte nicht, weder jetzt noch zu einem späteren Zeitpunkt, aber er wußte eines plötzlich mit unerschütterlicher Sicherheit:

Klostos war nicht tot.

Und es war auch noch nicht vorbei.

Ende des zweiten Abenteuers des
Söldners El Mercenario

Band 20 187

Wolfgang Hohlbein

El Mercenario – Der Söldner

Deutsche Erstveröffentlichung

Das einzigartige Projekt der Fantasy:
Mit seiner Serie EL MERCENARIO hat der spanische Illustrator Vicente Segrelles dem Fantasy-Comic eine neue Dimension eröffnet.
In seinen Fantasy-Romanen hat Wolfgang Hohlbein große Stoffe zu abenteuerlichen Geschichten geformt.

Nun haben sich beide zusammengetan: Auf seine ganz eigene Art erzählt Wolfgang Hohlbein die Geschichte des Söldners El Mercenario, des mächtigsten Kriegers von Zomar, der mit seinem Flugdrachen als Befreier eine geheimnisvolle Welt durchstreift.

Bisher unveröffentlichte Illustrationen und Farbbilder von VICENTE SEGRELLES ergänzen diesen Band und machen ihn zu einem unvergleichlichen Fantasy-Erlebnis.

BASTEI LÜBBE

Sie erhalten diesen Band im Buchhandel, bei Ihrem Zeitschriftenhändler sowie im Bahnhofsbuchhandel.

71 100 · DM 12,80

71 101 · DM 12,80

71 102 · DM 12,80

Die sensationelle Fantasy-Comic-Serie von Vicente Segrelles!

EL MERCENARIO

Verlangen Sie die lieferbaren Bände:

DER SÖLDNER

DIE FORMEL DES TODES

DIE VIER PRÜFUNGEN

DAS OPFER

DIE FESTUNG

71 103 · DM 12,80

71 104 · DM 12,80

BASTEI LÜBBE

Bei Ihrem Buch-, Comic- oder Zeitschriften-Händler

BASTEI
LÜBBE
Science Fiction
Bücher mit Zukunft
Die größten Erzähler der SF
holen Ihnen die Sterne vom Himmel
ISAAC ASIMOV
ROBOTER-TRÄUME
und 20 andere SF-Geschichten
ISBN 3-404-24144-4
DM 10,–
IAN McDONALD
REBELLIN DES GLÜCKS
Science Fiction Roman
ISBN 3-404-24147-9
DM 9,80
MARGARET WEIS
DIE STERNENHÜTER
DER LETZTE KÖNIG
Science Fiction Roman
ISBN 3-404-24156-8
DM 12,80
LARRY NIVEN
STEVEN BARNES
DIE WAHL DES ACHILL
Science Fiction
ISBN 3-404-24157-6
DM 8,80
ORSON SCOTT CARD
XENOZID
ISBN 3-404-24153-3
DM 12,80
ALLEN STEELE
MONDHUNDE
ISBN 3-404-23129-5
DM 9,80